Schatten über Wangerooge

****

Malte Goosmann

Umschlaggestaltung: Monika Goosmann

Verlag: epubli GmbH, Berlin, www.epubli.de

ISBN 978-3-7375-3087-3

Donnerstag

Das Schiff begann zu vibrieren. Man hörte das Brummen der Motoren. Langsam schob sich das Heck der MS „Wangerooge“ in das Hafenbecken. Die Schraube quirlte den Hafenschlick auf. Möwen umkreisten das Schiff in der Hoffnung, dass Touristen ihnen Brot zuwarfen. Es kam auch vor, dass sie sich in direktem Sturzflug ihre Beute direkt aus den Händen der verdutzten Feriengäste holten. Der Schreck war dann immer groß und vor allem Kinder konnten kaum von ihren Eltern ob dieses Schocks beruhigt werden. Diese Gefahr bestand heute nicht. Es waren an diesem grauen Novembertag nur ca. zwanzig Fahrgäste an Bord. Die Saison 2013 war vorbei und es sah so aus, als wollten nur einige Handwerker die Überfahrt von Harlesiel nach Wangerooge machen. Sie hatten ihre Blaumänner an und Werkzeugkoffer und Rucksäcke dabei. Einige spielten Skat, andere hatten schon die erste Flasche Jever in der Hand.

Es war ein grauer nebelverhangener Tag. Das Wasser lief seit etwa einer Stunde auf und die „Wangerooge“ quälte sich den Leitdamm entlang. Der Wattenmeerboden war noch kaum mit Wasser bedeckt. Der Nebel verband sich mit dem schlammigen Grau des Watts. Man sah eigentlich nur eine düstere Wand, auf die das Schiff zufuhr. Die Geschwindigkeit des Schiffes wurde verringert. Der „Wangerooge“ kam das Bestattungsschiff „Horizont“ entgegen. Man konnte durch die großen Fenster des Schiffes eine kleine Gruppe schwarz gekleideter Menschen erkennen, die schon bei Bier, Schnaps und Butterkuchen angelangt waren. Seebestattungen erfreuten sich seit einiger Zeit großer Beliebtheit. Zwischen

den Inseln Spiekeroog und Wangerooge werden die Urnen zu Wasser gebracht. Der Kapitän sagt ein paar Worte, es werden acht Glasen, das sind vier Doppelschläge, auf der Schiffsglocke geschlagen Als Zeichen der Ehrerweisung umrundet das Schiff den Blumenkranz und meist wird dann ein Lieblingslied des Verstorbenen gespielt. Aktueller Hit, in der vom Reeder geführten Liste, war Hans Albers *Weiße Möwe flieg nach Helgoland*. Danach ist dann kein Halten mehr und der Schmerz muss mit Jever und Köm betäubt werden. Als Grundlage wird vorher, nach norddeutschem Brauch, Butterkuchen gereicht. Genau diese Trauerzutaten konnte man durch die leicht beschlagenen Scheiben des Bestattungsschiffs erkennen. Die Badegäste der beiden Inseln, zwischen denen die Zeremonien stattfinden, werden in der Hauptsaison häufig mit den Spuren dieser Bestattungsart konfrontiert. Verwelkte Kränze und Trauerschleifen werden, bei ungünstigen Wind- und Strömungsverhältnissen, an die Strände der Urlauber getrieben. In Wangerooge soll, an einer Strandburg mit Deutschlandfahne, eine Trauerschleife mit der Aufschrift: „Ich werde dich nie vergessen! Deine dich ewig liebende Anke“ gesichtet worden sein.
Die Begegnung beider Schiffe war abgeschlossen und die Geschwindigkeit wurde wieder erhöht. Unter Deck wurde die nächste Runde Jever am bordeigenen Kiosk geordert. Das Oberdeck war leer, was bei dieser Witterung nicht ungewöhnlich war. Nur ein Mann lehnte sich an die Reling zwischen Niedergang und Hauptreling. Er war mit einer Segeljacke der Marke Helly-Hansen bekleidet und trug eine Basecap mit der Aufschrift Rubymax, eine Kappe, die ihm ein alter Kumpel, der eine Motorradwerkstatt in Wuppertal betrieb, geschenkt hatte. Ein Teil seiner aschblonden und stark angegrauten Haare wurde nicht von der Mütze bedeckt. Mit

einer Hand umfasste er die Reling, mit der anderen einen Gitarrenkoffer, der den Schriftzug Fender trug. Der Mann war groß gewachsen, hatte einen 3 Tage Bart. Sein Gesicht war mit Falten übersät, was ihn durchaus interessant machte. Seine strahlend blauen Augen waren ein markantes Merkmal. Die Melancholie in seinem Gesicht passte zu der allgemeinen Stimmung, die durch diesen bleiernen Nebel erzeugt wurde. Petersen war mit dieser Schiffsfahrt an seinem Tiefpunkt angekommen. Vor anderthalb Jahren war er noch erfolgreicher Ermittler des Zivilen Einsatzdienstes(ZED) Süd der Bremer Polizei und jetzt befand er sich auf der Überfahrt nach Wangerooge, wo er den kranken Polizeioberkommissar der Polizeistation Wangerooge unterstützen sollte. In einem aufsehenerregenden Strafprozess wurde Petersen zu einer Geldstrafe von 300 Tagessätzen zu je 60Euro verurteilt. Dieses Strafmaß ließ es zu, dass er im Polizeidienst verbleiben konnte. Seine Suspendierung wurde aufgehoben. In einem Disziplinarverfahren wurden seine Bezüge gekürzt und die Versetzung in eine andere Dienststelle verfügt. Hiermit hatte die Bremer Polizeiführung aber nun ein großes Problem. Der viel beachtete Prozess hatte nicht nur die öffentliche Meinung gespalten, sondern auch die Bremer Polizei. Das Gericht hatte auch mit seinem Urteilsspruch die Polizeiführung kritisiert, die nun ein Problem damit hatte, Petersen weiter beschäftigen zu müssen. In dem Prozess hatten Polizeibeamte gegen Polizeibeamte ausgesagt. Neid und Missgunst spielten hier eine große Rolle. Die internen Ermittlungen der Innenrevision wurden abgeschlossen, ohne die Staatsanwaltschaft zu informieren. Bei einem erneuten Vorwurf gegen Petersen und seine Ermittler schaltete die Polizeiführung das LKA Niedersachsen ein, um die Vorwürfe zu klären, dabei wurde sogar gegen die Bremer Innenrevision ermittelt. Höhepunkt der Ermittlungen gegen Petersen und seine Männer war die Öffnung der Spinde der Kollegen durch das LKA Niedersachsen. Der Betriebsfrieden bei der Bremer Polizei war empfindlich gestört. Was sollte aber nun mit Petersen geschehen, an dem sich der interne Konflikt kristallisierte? Diese Problemlage war nun Ausgangspunkt für einen Deal zwischen den Ländern Bremen und Niedersachsen. Laut Spruch der Disziplinarkammer des Verwaltungsgerichts musste Petersen innerhalb Bremens in eine andere Dienststelle versetzt werden, eine solche Versetzung barg sehr viel Sprengstoff für die Bremer Polizeiführung. So bot man Petersen folgenden Deal an: er verblieb im Bremer Polizeidienst, behielt auch seinen Rang, sollte aber in Niedersachsen Dienst tun, mit der Option irgendwann nach Bremen zurückkehren zu können. Hier kam nun die Polizeistation Wangerooge ins Spiel. Der dortige Beamte Onno Siebelts, ein Urgestein der Insel, stand zwei Jahre vor dem Ruhestand und beabsichtigte in Kur zu gehen. Er brauchte dringend Unterstützung. Petersen stimmte diesem Deal zu, auch wenn seine Freunde, als auch sein Rechtsbeistand, ihm abrieten. Die Enttäuschung über das, was ihm widerfahren war, saß so tief, dass er rationalen Argumenten nicht zugänglich war. Er wollte nur weg, kostete es, was es wolle. Als geborener Bremer hätte er sich einen solchen Schritt vorher nie vorstellen können. Die Verzweiflung und Verbitterung trieben ihn dazu, seine Heimatstadt zu verlassen.

Mittlerweile hatte die MS „Wangerooge“ die offene Fahrrinne erreicht und erhöhte seine Geschwindigkeit. Das Schiff fing langsam an zu schaukeln. Der offene Zugang zur Nordsee war spürbar. In der grauen Nebelwand zeichneten sich langsam die Umrisse des Westturms der Insel ab. Petersen kannte den Turm. Während seiner Schulzeit hatte er eine Klassenfahrt nach Wangerooge gemacht. Im Westturm befand sich damals die Jugendherberge. Er würde nachschauen, ob das immer noch so war. Ihr Lehrer hatte ihnen erzählt, dass der Turm ein Nachbau war, der während der Nazizeit vom Reichsarbeitsdienst errichtet wurde. Der eigentliche Westturm wurde von den Deutschen vor dem 1. Weltkrieg zerstört. Man wollte den Engländern, so kurz vor dem Krieg, keine Landmarke liefern. Petersen fand es merkwürdig, dass ihm das jetzt einfiel. Damals hatte er sich dafür wenig interessiert. Sollte doch etwas vom Geschichtsunterricht hängen geblieben sein? Es schien so.

Langsam verspürte er das Bedürfnis auch ein Bier zu sich zu nehmen. Die Handwerkerrunde unter Deck war schon beim vierten Bier angelangt. Er hätte jetzt durchaus Lust gehabt, sich dazu zu setzen und sich vollzuschütten, aber er konnte unmöglich Onno Siebelts auf dem Bahnhof Wangerooge mit einer Fahne gegenübertreten. Er hatte nur kurz mit dem Kollegen telefoniert, um die Modalitäten der Anreise zu klären. Dass dieser Mann durch und durch Ostfriese war, konnte man schon am Telefon spüren. Er musste mit einer gehörigen Portion Skepsis rechnen, wenn ein Beamter aus einer Großstadt mit einem „Diszi“ an den Hacken, auf die Insel versetzt wurde. Man stelle sich die Szene vor, er würde, zugedröhnt mit einigen Flaschen Bier, auf den Bahnsteig torkeln. Nein, diese Szenerie sprach eindeutig gegen das Bier. Das Schiff verlangsamte jetzt sehr auffällig seine Geschwindigkeit, obwohl es noch mindestens 2 Seemeilen bis zum Hafen waren. Petersen starrte zum Heck raus aufs Wasser. Tatsächlich, das Schiff bewegte sich nicht mehr. Sie waren aufgelaufen. Mit einem Blick voraus und achterraus über das Heck vergewisserte er sich, dass die „Wangerooge“ sich mitten im Fahrwasser befand. Er erinnerte sich an einen

Artikel im Weser-Kurier, in dem von der Forderung des Wangerooger Bürgermeisters nach einer Vertiefung der Fahrrinne die Rede war. Anlass zur Sorge bestand nicht. Petersen beobachtete am Lauf des Wassers im Verhältnis zur roten Backbordfahrwassertonne, dass auflaufend Wasser war. Eine Übernachtung im Wattenmeer war nicht zu befürchten. Das sich selbst auferlegte Bierverbot hätte sonst auch nicht durchgehalten werden können. Ersatzweise entschloss er sich vom Schiffskiosk auf dem Hauptdeck einen Kaffee zu holen. Nach etwa zehn Minuten setzte sich das Schiff wieder in Bewegung. Die Hafeneinfahrt war jetzt klar zu erkennen, auch die Waggons der Inselbahn mir ihrer blauen Bemalung waren auszumachen. Das Schiff drehte im Hafenbecken und legte am vorgesehenen Platz an. Nachdem die Gangway heruntergelassen war, verließen, leicht schwankend, die Handwerker als erstes das Schiff. Es folgte Petersen in gebührendem Abstand. Er hatte keine Lust auf Unterhaltung, deshalb stieg er auch in den letzten Waggon der Inselbahn ein. Hier war er für sich. Die Verladung der Gepäckcontainer dauerte nur sehr kurz, so dass die Inselbahn relativ schnell ihren Weg durch die Salzwiesen des Deichvorlandes suchen konnte. Der Westturm war nun deutlich zu erkennen. Sofort bemerkte Petersen den modernen Vorbau, dieser war während seines Klassenausfluges noch nicht da gewesen. Da es langsam dunkel wurde, kreiste auch schon das rote Licht des neuen Leuchtturms über die Landschaft, ein wichtiges Seezeichen für den Großschifffahrtsweg in der Deutschen Bucht. Mit einem Pfeifen der Lokomotive fuhr der Zug durch den Deichschart zum Bahnhof Wangerooge. Normalerweise standen bei der Ankunft des Zuges in der Saison viele Pensionswirte mit ihren Bollerwagen auf dem Bahnsteig, um ihre Feriengäste in Empfang zu nehmen. Heute Abend war es anders, gähnende

Leere. Niemand wurde anscheinend erwartet. Petersen nahm seinen Gitarrenkoffer vom Sitz und stieg aus dem Waggon und bewegte sich in Richtung Gepäckcontainer, um seine Koffer abzuholen. Aus der Dunkelheit des Durchgangs zum Bahnhofsvorplatz löste sich jetzt ein kleiner untersetzter Mann mit deutlichem Bauchansatz und ging auf Petersen zu. Er trug eine Wollmütze, ähnlich einer Skimütze, mit der Aufschrift Polizei. Petersen hatte solche Mützen, die er absolut albern fand, auch schon in Bremen bei einigen Kollegen gesehen.
„Kollege Petersen?" sprach ihn der Mann an. Er nickte. „Onno Siebelts, herzlich willkommen auf Wangerooge!“ Sie schüttelten sich die Hände.
„Geben Sie mir mal Ihre Gepäckscheine. Ich lasse das Gepäck gleich von Bodo in die Charlottenstraße bringen.“ Onno Siebelts gab die Scheine auf dem Bahnhofsvorplatz einem bärtigen Mann, der vor einem lilafarbenen E-Karren stand. Seine Schirmmütze war mit Abzeichen übersät. An dem E-Karren war ein HSV-Aufkleber zu erkennen.
„Das fängt ja gut an“, murmelte Petersen.
Nachdem die Gepäckfrage geklärt war, nahm Onno Siebelts seinen Kollegen zur Seite.
„Ich heiße Onno! Als Kollege duzt man sich hier.“
„Lars, einverstanden“, entgegnete Lars Petersen mit einem Gefühl der Erleichterung. Sie gingen jetzt erst einmal schweigend die Zedeliusstraße hinauf, am alten Leuchtturm vorbei, in Richtung Ortsmitte. Nach einigen Minuten durchbrach Onno Siebelts das Schweigen:
„Ich wohne nicht mit meiner Frau auf dem Revier. Wir haben ein kleines Haus in der Friedrich-August-Str. Du hast also in deiner Dienstwohnung über dem Revier sturmfreie Bude.“ Petersen grinste und Onno Siebelts konnte sein schelmisches Lachen nicht unterdrücken.

„So, jetzt kommst du aber erst einmal mit zu uns nach Hause, meine Frau hat für uns gekocht." Ohne dass Petersen etwas sagen konnte, bogen sie in die besagte Friedrich-August-Str. ein. An der Straßenecke befand sich eine Kneipe, die auch schon geöffnet war. Das grüne Jever Schild war erleuchtet und über der Eingangstür war der rotbeleuchtete Schriftzug „Zum Störtebeker" erkennbar. Ungefähr vier bis fünf Männer saßen an der Theke. Durch das geöffnete Oberlicht der Eingangstür konnte man *Hey Joe* von Jimi Hendrix hören.
„Nicht schlecht", dachte sich Petersen.
„Lars", Onno Siebelts unterbrach das Schweigen, „du musst mir nicht erzählen, warum du hierher versetzt worden bist. Für mich bist du einfach nur ein Kollege, sonst nichts. Mein Vorgesetzter hat nur wenig erzählt."

Petersen war auf diese Situation vorbereitet. Er hatte sich immer wieder überlegt, wie er mit etwaigen Fragen nach seinem Vorleben umgehen sollte. Nach seinem Selbstverständnis hatte er nichts Unrechtes getan und wollte auch so auf die Fragen reagieren. Ihm war schon klar, dass dies der sympathische Versuch war, ihm etwas zu entlocken. Er konnte Onno Siebelts versteckte Frage nachvollziehen, denn sein Kollege hatte ein Recht darauf zu wissen, mit wem er es zu tun hatte. Für Polizeibeamte war das Vertrauen in Kollegen eine Grundvoraussetzung für eine erfolgreiche Arbeit. Das Fehlen dieses Vertrauens hatte er in Bremen schmerzvoll erfahren müssen.

„Onno, ich werde dir alles erzählen und all deine Fragen beantworten. Ich habe damit kein Problem. Es gibt nichts zu verschweigen." Onno sah ihn erschrocken an.
„Ich wollte dich nicht nötigen, schon gar nicht so kurz nach deiner Ankunft."

„So ist das bei mir auch nicht angekommen. Lass mir etwas Zeit! Ich glaube die Sache sollten wir bei einem schönen Bier besprechen, wenn die Gelegenheit günstig ist.“ Onno war erleichtert:

„Jau, so machen wir es!“

Sie waren vor einem kleinen gepflegten Haus mit rotem Klinker angekommen. Der Vorgarten machte einen sehr akkuraten Eindruck. Onno Siebelts öffnete die Haustür.

„Komm rein in die gute Stube!“

Eine Tür zum Flur öffnete sich und eine große schlanke Frau mit etwas strengem Gesicht kam zum Vorschein.

„Moin Herr Petersen, ich bin Frieda Siebelts!“ Sie streckte Petersen ihre Hand entgegen.

„Moin, Moin“, entgegnete dieser. Dieses norddeutsche Moin, Moin war ihm auch aus Bremen geläufig. Die meisten Kollegen begrüßten sich so.

„Ich bin heilfroh, dass mein Mann jetzt Unterstützung bekommt. Letztlich ist das ein 24 Stunden Job auf der Insel, vor allem in den Monaten, wo Onno allein ist“, fuhr Frieda Siebelts fort. Onno unterbrach sie:

„Nun hör auf Frieda, sonst läuft uns Lars noch wieder weg. Der denkt doch, dass er hier ‘nen schönen Urlaub machen kann. Außerdem solltet ihr euch auch duzen. Das macht vieles einfacher!“

Petersen und Frieda schüttelten sich noch mal die Hände und dann wurde gegessen. Frieda hatte ein rustikales norddeutsches Essen vorbereitet, Labskaus mit roter Bete, Spiegelei, sauren Gurken und Matjes. Petersen verschlang das Essen. Er hatte seit heute Morgen nichts mehr gegessen. Frieda Siebelts interpretierte den Appetit von Petersen zu Recht als Kompliment für ihr Essen. Das Eis war gebrochen. Nach dem Essen gab es Bier und Schluck. Langsam spürte Petersen auch die Wirkung des Alkohols. In ihm drängte sich die Frage auf, was wohl passieren würde, wenn jetzt jemand 110 auf Wangerooge wählen würde. Er behielt diese Frage aber für sich, obwohl er befürchtete, dass diese Situation sich nicht vermeiden ließe. Pappsatt und ziemlich abgefüllt, verließen Onno und Petersen das Haus Siebelts, nicht ohne, dass Petersen sich herzlich bei Frieda Siebelts für die Bewirtung bedankte.

Durch die Kapitän-Wittenberg-Str. gelangten sie zur Polizeistation Wangerooge, Charlottenstraße 9, ein rotgeklinkertes zweigeschossiges Haus. Das Polizeischild leuchtete in die Nacht. Eine orangefarbene Notrufsprechanlage hing links neben der Eingangstür. Vor der Eingangstür standen Petersens Koffer. Onno Siebelts schloss den Eingang auf. Sie brachten die Koffer ins Obergeschoss. Hier befand sich eine möblierte 2 Zimmer Wohnung mit Küche und Bad, die jetzt erst einmal die Wohnstatt von Petersen sein würde. Auf dem Flur befanden sich noch 2 Einzimmerappartements für Kollegen, welche die Wache in der Saison verstärkten, so erklärte Onno Siebelts die Raumaufteilung.

„So Lars, ich lass dich jetzt alleine. Wir treffen uns morgen um 9 Uhr unten in der Dienststelle. Dort bereden wir alles weitere. Gode Nacht, slop god!“ Der gute Nachtgruß auf Plattdeutsch kam Petersen sehr bekannt vor. Seine Großeltern sprachen häufig platt, so dass er die meisten Redewendungen verstehen konnte.

Er schaute sich um. Die Wohnung machte einen tristen, aber sauberen Eindruck. 60-er Jahre Ambiente, schlichte Furnierholzschränke, das Sofa durchgesessen. An den Wänden hingen Bilder mit maritimen Motiven. Er war zu müde, um jetzt Trübsal zu blasen und sein Schicksal zu bedauern. Er bezog sein Bett, streifte sich die Kopfhörer über und hörte ohrenbetäubend ACDC. Dabei schlief er ein.

Freitag

Als ihn sein Handy am nächsten Morgen mit dem Gitarrenriff von *Smoke on the Water* weckte, wurde sich Petersen angesichts der tristen möblierten Umgebung, seiner trostlosen Lage wieder bewusst. Er hatte noch nicht richtig ausgepackt, geschweige denn für das Frühstück eingekauft. In einer halben Stunde musste er unten in der Dienststelle antreten. Auf keinen Fall wollte er Onno Siebelts enttäuschen. Den Empfang gestern empfand er als äußerst kollegial, wenn nicht sogar als liebevoll. Beim Aufstehen sah er auf einem Kleiderbügel an diesem hässlichen Schrank seine neue Uniform hängen. Als Zivilfahnder hatte er seit Jahren keine Uniform mehr getragen. Zwischen Bremen und der Polizeidirektion Wilhelmshaven, die für den Polizeiposten Wangerooge zuständig war, musste erst einmal geklärt werden, in welcher Uniform er durch Wangerooge stolzieren sollte. Formal war er noch bremischer Beamter, sollte aber seinen Dienst in Niedersachsen ableisten. Wilhelmshaven bestand auf der niedersächsischen Uniform, die sich ja nur durch das Länderwappen von der bremischen unterschied. Widerwillig zog er die Uniform an, sie passte ganz gut, obwohl die Hose reichlich eng ausfiel, was sicherlich auf seinen Bauchansatz zurückzuführen war. Er hatte seine Maße vor einer Woche nach Wilhelmshaven durchgegeben. Das hatte schon mal geklappt!

Er musterte sich im Spiegel. Seine halblangen, etwas wirren Haare, wurden von der Uniformmütze nicht ganz bedeckt. Auch egal, dachte er. Auf keinen Fall wollte er die bereitliegende Wollmütze, die er schon bei Onno auf dem

Bahnhof bewundern durfte, aufsetzen. Er empfand sie als irgendwie deppig.
Langsam ging er die Treppe zum Revier hinunter. Onno schien noch nicht da zu sein. Er schloss die Bürotür auf und sah in ein gemütliches Büro mit drei Schreibtischen und drei PCs. Wie man es aus vielen Fernsehserien kannte, war der Bürobereich mit einem Tresen aus hellem Holz abgetrennt, so dass der Publikumsverkehr von den Schreibtischen getrennt war. An den Wänden hingen ein großer Lageplan von der Insel und mehrere Nachdrucke von maritimen Motiven, die wohl von Ole West Bildern stammten. Neben dem Hauptbüro lag eine Art Besprechungszimmer, das nur mit Regalen und einem Besprechungstisch mit 4 Stühlen ausgestattet war. In diesem Moment ging die Tür auf und Onno kam mit einem kräftigen „Moin, Moin" auf den Lippen in den Raum. Er hatte eine große Brötchentüte in der Hand.
„So mien Jung, jetzt wird erst mal gefrühstückt", brummte er in den Raum.
Während des sehr ausgiebigen Frühstücks, erläuterte Onno die groben dienstlichen Abläufe. Petersen erinnerte sich an die Worte von Frieda Siebelts am gestrigen Abend. Sie sprach von 24 stündiger Bereitschaft. Onno schien die Besorgnis im Gesicht von Petersen zu bemerken.
„Wenn keine Saison ist, passiert hier kaum etwas. Die Insulaner hängen allerdings am Brett aufeinander und dann kann es schon mal in den Kneipen rumsen. Aber in der Regel holen sie uns nicht und wenn, dann wird die Anzeige am nächsten Morgen wieder zurückgezogen. So ist das hier! Manchmal kann es Ärger mit den Handwerkern vom Festland geben, aber auch das hält sich in Grenzen."
Petersen schaute etwas beruhigter in Onnos Gesicht. Den

Ausdruck Brett, der ja wohl ein anderes Wort für Theke sein sollte, kannte er aus Bremen nicht. Onno fuhr mit seinem Vortrag fort: „In der Saison kommen dann zwei bis drei zusätzliche Beamte vom Festland, um uns zu unterstützen. Da geht hier natürlich die Post ab. Randale in Kneipen, Drogendelikte, freilaufende Hunde, Fahrradunfälle und Schulklassen, die von ihren Lehrern nicht beherrscht werden. Also der ganze Kleinscheiß, wenn du verstehst, was ich meine."

„Na ja, Kleinscheiß ist das ja nicht alles", warf Petersen ein, „über die Drogensachen musst du mir später mehr erzählen. Ich war nämlich lange Zeit in Bremen als Drogenfahnder eingesetzt." So jetzt ist es raus, dachte Petersen. Was wohl jetzt in Onno vorgeht? Drogenfahnder, Mafia, Korruption?
Aber Onno war nichts anzumerken.
„Hier liegt das Reviertagebuch, schau dir das in Ruhe an", fuhr er fort, „Diensthandy und zwei digitale Funkgeräte haben wir auch."
Während er das sagte, ging er an einen Blechschrank, schloss ihn auf und händigte Petersen die Dienstwaffe aus.
„Ich brauch dir dazu ja nichts zu sagen. Du bist ja lang genug im Geschäft."
Petersen nickte. War das eine versteckte Warnung oder überinterpretierte er jetzt die letzte Äußerung von Onno. Der aber machte weiter im Text, indem er ihn auf die für die Polizei wichtigen Telefonnummern der Insel hinwies. Freiwillige Feuerwehr, Krankentransporte, Ärzte, Gemeinde usw.
„So, ich habe dich jetzt genug vollgelabert. Ich würde vorschlagen, du gehst jetzt auf deine erste Streifenrunde, machst dich mit der Insel vertraut. Zwischendurch werde ich dich mal anfunken, damit wir wissen, ob alles funktioniert und ob du die Technik auch beherrscht. Einkaufen kannst du natürlich nebenbei auch."

Bei den letzten Worten grinste Onno Petersen freundlich an.

Petersen verabschiedete sich und nahm Kurs auf die Zedeliusstraße, der Hauptstraße Wangerooges.

Es waren kaum Menschen zu sehen. Viele Lokale waren augenscheinlich geschlossen. Nur das „Café Treibsand" hatte geöffnet. Auf einer Tafel stand: Hier immer Bundesliga-Live! Für Petersen eine wichtige Information. In Bremen war er regelmäßig ins Stadion gegangen. Das würde ihm fehlen. Nun hatte er das „Café Pudding" erreicht, welches auch geschlossen hatte. Das Café war ein Rundbau, der auf einem alten Bunker aus dem 2. Weltkrieg stand. Auf diesem Bunker war einmal eine Funkmessantenne angebracht, einer Vorläufertechnik des heutigen Radarsystems. Beim Anblick des „Café Puddings" kam ihm die Redewendung „einmal um den Pudding gehen" in den Sinn. Der Wind pfiff mächtig kalt aus dem Durchgang zur Strandpromenade. Er musste seine Dienstmütze festhalten. Da war er nun, der freie Blick auf Strand und Nordsee. Die Wellen hatten Schaumkronen, was immer ein Zeichen für erhöhte Windstärken war. Bei seiner Sportbootführerscheinprüfung musste er eine Frage nach den Schaumkronen beantworten. Mit einigen Kumpels hatte er regelmäßig Segeltörns auf Charterbooten unternommen.
„Lars, bitte kommen", quäkte es aus seinem Funkgerät.
„Ja, Onno, bin auf der Promenade", antwortete Petersen. „Okay, das klappt ja gut. Hier ist gerade der Spediteur. Er will einen Gitarrenverstärker für dich bringen. Ist das okay?"
„Ist okay, lass ihn bitte in meine Wohnung bringen! Over!"
Das klang professionell, dachte er sich. Er konnte das Grinsen von Onno förmlich erahnen.
Links neben dem Haus Monopol schien auch noch eine Kneipe geöffnet zu haben, der „Strandkorb." Mehrere Fahrräder

standen im Eingangsbereich, neben einem eingepackten Strandkorb. Er drehte um und ging die Zedeliusstraße wieder hinunter und tätigte im Spar-Markt seine Einkäufe. Im Laden wurde er von mehreren Leuten mit einem freundlichen „Moin, Moin“ begrüßt.

Als er ins Revier zurückkam, hatte Onno Kundschaft. Ein hochgewachsener, bärtiger Mann stand vor dem Tresen und unterhielt sich mit Onno. Petersen betrat das Zimmer mit einem „Moin, Moin“ und stellte seine Einkäufe ab. Onno wies auf den Bärtigen:
“Darf ich dir unseren Bürgermeister vorstellen, Günter Depken und das ist hier mein neuer Kollege Petersen.“
Beide gaben sich die Hand. Depken hatte gerade gegenüber Onno eine Einladung ausgesprochen:
“Auf der nächsten Gemeinderatssitzung haben wir als Tagesordnungspunkt 2, Verkehrssicherheit auf der Zedeliusstraße. Ihr seid hiermit eingeladen. Es wird wohl darum gehen, dass ihr eure Kontrollen in der Saison erhöht, weil zu viele Leute in der Fußgängerzone Fahrrad fahren."
„Wir kommen“, antwortete Onno.
Der Bürgermeister dampfte ab.
„Dieses Problem ist ein Dauerbrenner auf der Insel, so lang ich hier bin und das ist schon sehr lang. An dem Punkt kriegst du auch immer Ärger mit den Insulanern. Die halten sich nämlich auch nicht an das Fahrradverbot in der Saison. So, nun ist Mittagspause, wir treffen uns um 2 Uhr wieder hier.“
Petersen ging in seine Wohnung packte seine Einkäufe aus und überlegte, wo er seinen Marshall-Gitarrenverstärker hinstellen sollte. Er hatte mindestens zwanzig Jahre in verschiedenen Bands in Bremen gespielt, meistens im Rock-Oldie-Bereich. Sein ständiger Schichtdienst verhinderte leider eine feste Bandmitgliedschaft. Er half hier und da mal aus,

wenn ein Gitarrist ausfiel. Es gab auch immer Komplimente, viele der verschiedenen Bandkollegen hielten ihn für einen sehr guten Gitarristen. Ob er diese Leidenschaft für die Musik ausgerechnet in Wangerooge ausleben könnte, bezweifelte er sehr.

Nach der Mittagspause trafen sich beide Beamte wieder im Revier. Petersen drückte Onno einen Schnellhefter mit Zeitungsausschnitten in die Hand:
„Hier habe ich alle Presseartikel über meinen Fall gesammelt. Lies dir das mal durch, danach können wir darüber reden."
Onno schaute Petersen verdutzt an:
„Du musst dich hier nicht rechtfertigen oder erklären, schon gar nicht vor mir!“
„Das ist mir aber wichtig, Onno. Vielleicht brauche ich das auch für mich selbst,“ insistierte Petersen.
„Okay, wenn ich alles durchgelesen habe, besprechen wir alles bei einem Bierabend."
Onno nahm die Mappe und steckte sie in seine Aktentasche. Plötzlich ging die Tür auf und eine kleine pummelige Frau mit Hund stürzte völlig außer Atem in die Dienststelle.
„Onno, auf der Baustelle der neuen Feuerwehr spielen Kinder auf dem Mauerwerk in ziemlicher Höhe“, prustete die Frau heraus. Onno setzte sein Pokerface auf und wandte sich an Petersen:
“Einsatz, Herr Kollege!“
Kurz erläutere er Petersen, wo sich die Baustelle befand. Petersen schwang sich auf sein Dienstfahrrad, für ihn eine völlig neue Art der polizeilichen Fortbewegung. Als Drogenfahnder war er meistens mit schnellen Zivilautos unterwegs. An der Baustelle angekommen, sah er auch schon die beiden Jungs, die auf den frisch gemauerten Wänden in ungefähr sieben bis acht Meter Höhe herumturnten. Die

beiden etwa sieben bis achtjährigen Jungs erschraken beim Anblick des uniformierten Polizisten.
„Sofort runterkommen!“ rief Petersen in durchaus scharfem Ton. Er half dann beiden beim Abstieg über die wacklige Gerüstleiter. Fieberhaft überlegte Petersen, was er jetzt machen sollte? Er, der prominente Drogenfahnder, der Drogenringe aushob und schon in Schusswechseln verwickelt war, wusste nicht weiter. Die Absurdität der Situation war ihm durchaus bewusst. „Mitkommen!" herrschte er die Jungs an. So trotteten nun die beiden Jungs und der fahrradschiebende Polizist in Richtung Wache. Dort angekommen, war von Onno nichts zu sehen. An der Pinnwand hing ein Zettel, bin auf der Gemeinde. „Ach, du Scheiße!“ dachte Petersen. Jetzt musste er hier auch noch den Pädagogen spielen.
„Jungs, ihr wisst, warum ich euch da runter geholt habe?“ begann Petersen die Unterhaltung mit etwas milderem Ton. Beide Jungs nickten. „Die Mauer hätte einstürzen können oder ihr hättet abstürzen können. Dann wärt ihr jetzt tot!“ setzte Petersen seine Predigt fort. Bei den letzten Worten erschrak er selbst. Hier übertrieb er wohl. Einer der beiden Jungs hatte Tränen in den Augen. „Einsperren tue ich euch aber nicht!“ fuhr er fort. „Jetzt geht es ab nach Haus!“
Er ließ sich von beiden die Adresse sagen und lieferte beide bei ihren Eltern ab. Von der Polizei nach Hause gebracht zu werden, das reicht als Maßnahme fand er.

In der Wache traf er Onno, dem er kurz über den Vorfall berichtete. „Du hättest Lehrer werden sollen“, wurde er von Onno angeflachst.
„Niemals“, antwortete Petersen, „meine geschiedene Frau ist Lehrerin. Ich kenne die Lehrerszene in der Großstadt, das muss ich mir nicht antun.“

Er machte einen kurzen Eintrag ins Reviertagebuch. Onno instruierte ihn noch, dass er heute Abend das Diensthandy mitnehmen müsse, wenn er noch eine private Runde machen würde. Sie verabschiedeten sich und wünschten sich ein schönes Wochenende, denn es war Freitagnachmittag.

Den späten Nachmittag verbrachte Petersen mit dem Einräumen seiner Sachen. Wirklich gemütlich fand er diese Wohnung mit ihrem 60-er Jahren Charme ja nicht, aber irgendwie musste er damit klarkommen. Er stöpselte seine Gitarre in den Verstärker und fing an zu spielen. Rücksicht brauchte er nicht nehmen, denn er war allein im Haus. Er nahm sich den Gitarrenriff von *Sweet Home Alabama* vor, den er immer noch nicht fehlerfrei beherrschte. Nach dem Üben beschloss er, noch eine Runde zu drehen. Ihm fiel ein, dass er vergessen hatte, Onno zu fragen, wie es mit Alkohol in Kneipen aussah. Er war in Bremen passionierter Kneipengänger gewesen. Schon von Berufs wegen hatte er sich häufig in Kneipen aufgehalten, was ihm nicht unbedingt missfiel. So ganz wollte er aber davon nicht lassen. Ihm war schon klar, dass er in einem solchen kleinen Ort wie Wangerooge unter Beobachtung stand. Er erinnerte sich an seinen Freund Lothar, der drei Jahre lang Lehrer auf Helgoland gewesen war und es immer vorgezogen hatte, mit ihm in seiner Wohnung zu trinken. Petersen hatte das immer wieder bedauert, weil es in Helgoland so schöne Kneipen gab.

Ohne Uniform zog er gegen 20 Uhr los. Als er aus dem Revier trat, kam ihm eine zierliche, etwas blässliche Frau entgegen.
„Waren Sie das eben?“ sprach sie ihn an.
„Wie, was meinen Sie, “antwortete er.“
„Na, ja, Lynyrd Skynyrd kennt man doch“, lachte sie ihn an.

„Danke für das Kompliment“, murmelte er und schon war die Frau weiter gegangen. Vielleicht hätte ich doch mit Kopfhörer spielen sollen, ging es ihm durch den Kopf.
Im „Café Treibsand“ angekommen, setzte er sich an die Theke und bestellte ein Bier. Auf der Leinwand im hinteren Bereich lief das Freitagsspiel der Bundesliga. Eine Dartscheibe schien dort auch vorhanden zu sein. Die Kneipe war recht leer. Einige Fußballfans saßen direkt vor der Leinwand. Sie hatten blaue Schals um. Schalke spielte.
„Zeigt ihr morgen Werder?“ sprach Petersen die junge Bedienung an, die gelangweilt auf einem Barhocker saß.
„Nein, nur Konferenz!“
„Was soll das denn?“ entfuhr es Petersen.
„Wir müssen hier Rücksicht auf die Touris nehmen und auch nicht alle auf der Insel sind Werder-Fans“, flötete sie in Richtung Petersen. Es kam ihm vor, als hätte sie diesen Satz schon mehrfach gesagt.
„‘Iss ja gut“, beruhigte er die junge Frau. Aber irgendwie fühlte er sich provoziert und schoss zurück: „Ich glaube nicht, dass in Garmisch-Partenkirchen oder Oberstdorf aus Rücksicht auf Touris Bayern nicht gezeigt wird.“
„Anweisung von der Wirtin“, zog sich die Bedienung jetzt auf die Order ihrer Chefin zurück.
Hier machte es jetzt keinen Sinn nachzuhaken. Die Diskussion war beendet. Petersen bestellte sich noch ein Bier und folgte gelangweilt dem Schalke Spiel. Ein Gast, der zwei Hocker neben ihm an der Theke saß, rückte jetzt näher an ihn ran. Der Typ schien kein Feriengast zu sein. Er war sehr vertraut mit der Bedienung und beide schienen auch über ihnen bekannte Personen auf der Insel zu sprechen.
„Wenn du Werder sehen willst“, sprach der Kneipengast, der Schwede genannt wurde, „dann musst du zu „Schlocki" gehen.

Das ist unten am Flugplatz, „Tower-Stübchen" heißt das Lokal. Ich selbst bin Dortmund-Fan, aber ich kann dich verstehen. Diese Konferenz-Scheiße bringt nix, man will ja Fußball sehen."

An diesem Punkt traf er auch die Meinung von Petersen, der mit der Konferenz im Fernsehen nichts anfangen konnte. Im Radio war das was anderes.

„Manchmal macht auch der Magister früher auf, der ist auch Werder-Fan", setzte der Kneipenkollege nach.

Als der Name Magister fiel, horchte Petersen auf. Diesen Namen hatte er schon einmal gehört und zwar aus Bremen. War das nun Zufall? „Wer und wo ist das denn?" fragte Petersen."

„Der hat hier die Kneipe „Zum Störtebeker", unten am Brunnen. Da musst du mal hin. Der Typ ist ein Original, der bezeichnet sich selbst als Kult-Wirt und wenn der voll ist, kann der sehr witzig sein."

„Und warum nennt der sich Magister?" setzte Petersen nach.

„Da macht der ja gerade so 'n Tamtam drum. Wenn der gut drauf ist, erzählt der an jedem Abend die Geschichte. Über seinem Tresen hängt ein Ausschnitt aus einer alten Chronik über Störtebeker. Dort werden seine Gesellen aufgeführt, unter anderem auch Wigbold, „een mester an den seven kunsten." Ich kenn das schon auswendig. Dieser Magister Wigbold war also ein Studierter, der sich den Seeräubern um Störtebeker anschloss. Da macht der nun so ein Buhei drum, ein intellektueller Seeräuber. Manchmal glaub ich, er meint, er sei das selbst."

Diese Geschichte kam Petersen sehr bekannt vor. Leichte Unruhe kroch in ihm hoch.

„Er ist aber auf der Insel umstritten. So manchen Insulaner hat er schon mal blöd angemacht. Die gehen dann lieber oben in den Korb."
„Strandkorb, da oben an der Promenade?“ fragte Petersen.
“Ja, genau. An den Kneipen hier scheiden sich die Geister. Das ist fast so etwas wie eine Weltanschauung, eigentlich blöde."

Es entspann sich nun ein längeres Kneipengespräch, in dem Petersen einiges über die Insel erfuhr. Auch warum sein Kneipenkollege Schwede genannt wurde, war ihm klar geworden. Wenn Jürgen, so hieß der Gast wirklich, sein Erstaunen über etwas zum Ausdruck bringen wollte, kam „alter Schwede“ über seine Lippen. Man gab sich gegenseitig das eine oder andere Bier aus, bis Petersen zahlte und sich in sein Revier verzog, nicht ohne beim „Störtebeker“ vorbei zu gehen. Einkehren würde er dort morgen, hatte er sich vorgenommen, pünktlich zum Werder-Spiel.

Sonnabend

Am nächsten Morgen kam Petersen nur schwer aus dem Bett. Da er noch zwei Stunden offiziell Dienst hatte, streifte er seine Uniform über. Er entschloss sich frische Brötchen bei der Inselbäckerei Kunst zu holen.

Die freundliche Bedienung hinter dem Tresen lachte ihn an: „Da kommt ja unser Insel-Clapton."
Petersen, noch nicht ganz wach, wurde leicht verlegen: „Wer hat da denn wieder geplaudert?" fragte er.
„Wir sind eben ein kleines Dorf, da bleibt nichts unbemerkt", kicherte die junge Frau.
Zwar musste er auf dem Rückweg über diese Begebenheit grinsen, aber sie zeigte ihm auch, wie stark man hier unter Beobachtung stand.
Kaum im Revier angekommen, klingelte sein Diensthandy: „Polizei Wangerooge, Petersen", meldete er sich.
„Bahnhof Wangerooge, moin, wir haben Graffiti auf drei Waggons der Inselbahn. Könnt ihr mal kommen?"
„Bin in einer Viertelstunde da", antwortete Petersen.

Er musste wieder an Frieda Siebelts Worte vom ersten Abend denken, ein 24 Stunden Job. Er schmierte sich schnell zwei Brötchen, trank einen Pott Tee, nahm sich die digitale Dienstkamera und ging zum Bahnhof. Vor dem alten Leuchtturm sammelte sich eine Hochzeitsgesellschaft. Sie warteten augenscheinlich auf das Brautpaar, dass sich oben im Leuchtturm trauen lies. Diese Art der Trauung war immer beliebter geworden, in Bremen zum Beispiel konnte man sich auf einem Segelschiff trauen lassen. Auf dem Bahnhof angekommen, nahm er Kontakt zum Bahnhofsvorsteher auf.

Dieser zeigte ihm die drei Waggons, die direkt auf dem Gleis am Bahnsteig standen. Petersen nahm die Anzeige auf, fotografierte die Tags (individuelle Graffitizeichen) und machte sich wieder auf den Rückweg. Im „Störtebeker" wurde sauber gemacht. Die Jever-Kisten stapelten sich vor der Eingangstür. Er studierte das Schild mit den Öffnungszeiten. Erst ab 17 Uhr war die Kneipe geöffnet? Die Bundeliga begann aber schon um 15:30 Uhr. Ich werde es einfach versuchen, dachte Petersen und ging zurück ins Revier. Er trug den Graffiti-Vorfall ins Reviertagebuch ein, schickte die Bilddatei mit den Tags nach Wilhelmshaven.
Ohne Uniform, aber mit einem Werder-Schal bekleidet, ging er gegen 15:15 Uhr los, um zu sehen, was nun im „Störtebeker" auf ihn wartete. Etwas komisch war ihm schon zumute. Die Außenbeleuchtung der Kneipe war nicht eingeschaltet, auch das Schild „open" war nicht rot beleuchtet. Er sah aber vier Personen an der Theke sitzen. Mit etwas gemischten Gefühlen öffnete er die Kneipentür.
„Geschlossene Gesellschaft! Hier wird nur Werder gezeigt", donnerte es ihm entgegen.
„Du wirst doch wohl unseren neuen Sheriff rein lassen", tönte es von der Theke. Petersen erkannte den Mann. Es war der Bahnbeamte von heute Morgen. Petersen und der Magister fixierten sich jetzt. Es entstand eine kurze Pause. In beiden Gesichtern konnte man eine gewisse Ratlosigkeit beobachten. Der Magister unterbrach das Schweigen:
„Gut okay, komm rein. Du hast ja auch den richtigen Schal um."
Petersen setzte sich auf den freien Hocker neben den Bahnhofsvorstand. Er bestellte ein kleines Bier. Und nun stand es fest. Der Magister war der, den er aus Bremen kannte. Ein groß gewachsener Mann, ungefähr 1,90 m, mit großer

schwarzer Brille und Kurzhaarfrisur. Man sah diesem Mann an, dass er gelebt hatte und das nicht zu wenig. Er trug eine verwaschene Jeans, die eigentlich mal in die Wäsche gehörte, darüber ein gelb schwarz geringeltes T-Shirt, das sehr stark an die Biene Maja erinnerte und nicht sehr vorteilhaft im Bauchbereich wirkte. Fieberhaft arbeitete es in Petersens Kopf. Sollte er hier quasi öffentlich bekennen, dass er diesen Mann kannte und einiges über ihn wusste. Auf der anderen Seite konnte auch der Magister, eine ganze Menge über ihn berichten. Er entschied sich nichts zu sagen und augenscheinlich hatte der Magister die gleiche Entscheidung getroffen.

Petersen musterte die Kneipe, während der Fernseher, der sich im Flaschenregal für die harten Getränke befand, angeschaltet wurde. An der Decke hingen Fischernetze, Aalreusen und ein Sack mit Kronkorken von unzähligen Bierflaschen. An den Wänden waren maritime Bilder angebracht und in den Ecken auf der Empore waren zwei große Gallionsfiguren mit sehr üppiger Oberweite aufgestellt. Am Eingang vor dem Tresen hing ein grünes Jever-Fahrrad unter der Decke. Über dem Tresen waren Bilder, wahrscheinlich von Stammgästen, zu sehen. Und es fehlte natürlich nicht das Schild mit dem Auszug aus der mittelalterlichen Chronik: „Magister Wygbold een mester an den seven kunsten." Daneben hing ein großes Ölbild, auf dem der Kopf von Klaus Störtebeker dargestellt war. Unter dem Bild standen die Worte “Claus Stürz den Becher.“

Dieses Bild tauchte zum ersten Mal im 17. Jhrdt. auf und es war höchst umstritten, ob hier tatsächlich das Konterfei von Klaus Störtebeker dargestellt wurde. Petersen hatte mal gelesen, dass es sich eher um die Darstellung des Kunz von Rosen, Hofnarr von Kaiser Maximilian, handele. Er hatte einmal in einer

Bremer Kneipe, in der der Magister bediente, ihn mit dieser Erkenntnis aus einem Buch über Störtebeker konfrontiert. Der Magister fühlte sich provoziert und hielt wiederum Petersen einen Vortrag über die wahre Geschichte des Klaus Störtebeker. Das Leben dieses berühmtesten deutschen Seeräubers faszinierte beide.
„Was tippst du denn Sheriff?“ schreckte ihn der Bahnhofsvorsteher aus seinen Gedanken auf.
„2:1 für Werder“, antwortete Petersen.
Jetzt mischte sich der Magister ein: „Wenn du mit tippen willst, zwei Euro auf den Tisch. Du kannst auch noch die anderen Spiele tippen, die da auf den ausgehängten Listen stehen."
Unter den aufgeführten Begegnungen standen die getippten Ergebnisse, da hinter standen Namen wie z. B. Schwede, Jens Strandwärter oder andere Spitznamen. Petersen trug seine Tipps ein und zeichnete diese mit „Sheriff“ ab.
„Humor scheinst du ja zu haben“, lachte der Mann von der Bahn, auch die anderen vier Thekengäste lächelten Petersen freundlich an, selbst der Magister konnte sein Grinsen nicht verbergen. Das Eis schien gebrochen. Petersen zahlte seinen Wetteinsatz. Im Fernsehen lief das übliche Vorgeplänkel mit Robin Dutt, der nun auch mehr in die Kritik geriet. Er appellierte an die Geduld der Fans beim Neuaufbau der Mannschaft. Die Mannschaften betraten das Spielfeld. Von nun an konzentrierte sich die gesamte Thekenbesatzung auf das Spiel. Man ereiferte sich, schimpfte auf den Schiedsrichter, titulierte einige Spieler als Nullnummern und Fehleinkäufe, die noch Klaus Allofs zu verantworten hatte. Nach 80 Minuten torloser Magerkost wurde die Runde durch ein Tor für Werder erlöst. Dieses 1:0 hatte auch bis zum Schluss noch Bestand. Petersen hatte zwei Ergebnisse im Tippspiel richtig getippt. Er

erhielt 18 € ausgezahlt und gab eine Runde davon aus, was bei der Thekenbesatzung sehr gut ankam. In diesem Moment klingelte sein Diensthandy. Onno, der Bereitschaft hatte, war dran:
"Lars, wir haben eine Schlägerei im „Korb“ oben. Ich krieg die Kerle allein nicht gebändigt. Wo bist du?“
„Ich bin beim Magister, ich komme rauf.“ Zu seinen neuen Tresen-Freunden gewandt, sagte er: „Es gibt Ärger im „Korb“, ich muss mal eben Onno helfen.“
„Na, ja, das wundert mich nicht, was da alles so rumhängt“, schaltete sich der Mann von der Bahn ein. Petersen zahlte und eilte zügig zur Strandpromenade.
Vor der Kneipe auf der Promenade hatte sich ein Knäuel von Menschen gebildet. Jeweils drei hielten einen Kontrahenten fest und in der Mitte befand sich Onno mit hochrotem Kopf. Onno schilderte, dass beide sich wohl beim Fußballspiel derart in Rage geredet hatten, dass die Fäuste flogen. Weder Wirt noch Mitgästen sei es gelungen, die beiden zu bändigen. Petersen schnappte sich den ersten mit gekonntem Polizeigriff und herrschte ihn an: „Mitkommen!" Onno und der Wirt des Strandkorbs, der mittlerweile herbeigerufen wurde, nahmen den anderen mit.
Um kein Aufsehen in der Zedeliusstraße zu erwecken, gingen sie einen Umweg zur Polizeistation. Zum ersten Mal sah Petersen die drei Zellen im Erdgeschoss der Station. Sie sperrten die beiden Streithähne jeweils getrennt ein, bedankten sich bei dem Wirt und gingen dann in ihr Dienstzimmer. Onno schrieb ein kurzes Protokoll über den Vorfall.
„Was machen wir jetzt?“ fragte Petersen Onno.
„Wir warten jetzt erst einmal. Dann versuchen wir zu schlichten. Meistens geht so was ohne Anzeige aus. Ich kenn

den einen. Das ist nicht das erste Mal, dass der beim Fußball Ärger macht. Der ist HSV-Fan und wenn der nur Werder Bremen hört, rastet der aus, aber nüchtern ist der ganz umgänglich", antwortete Onno.
Nach ca. einer Stunde gingen Onno und Petersen in jeweils eine Zelle, redeten ruhig und sachlich auf die Männer ein. Danach wurden beide Kontrahenten ins Dienstzimmer gesetzt. Der eine saß dem anderen gegenüber.
„So Männer, habt ihr euch beruhigt oder steht noch etwas zwischen euch? Dann raus damit." Beide schüttelten mit dem Kopf. „Auf eine Anzeige können wir wohl verzichten? Kommt sowieso nichts bei raus. Ihr gebt euch jetzt die Hand und geht schön nach Hause. Wenn ihr zu Hause seid, ruft ihr hier an und wehe unterwegs passiert was! In einer Viertelstunde läutet hier das Telefon und wenn nicht, dann suchen wir euch, und wir werden euch finden. Raus mit euch!"
Petersen war begeistert mit welcher Souveränität Onno diesen Vorfall händelte.
„Hast du mal ´ne Mediatorenausbildung gemacht?" fragte er.
„Wat is dat denn?" raunzte Onno.
„So was machen in Bremen die Kontaktpolizisten, auf deutsch Streitschlichtung."
„Ich brauch das hier nicht", konterte Onno, „meine Fortbildungen sind zwanzig Jahre Dienst auf Wangerooge, Fußball, Alkohol und die langen Novemberabende."
In diesem Moment läutete das Telefon. Der erste meldete sich bei Onno und nur eine Minute später rief auch der andere Streithahn an. Onno grinste:
„Gode Nacht Lars!"
„Nacht Onno."
Eigentlich hatte Petersen das dringende Bedürfnis, noch ein Bier trinken zu gehen. Aber sein gesunder Menschenverstand

riet ihm von diesem Vorhaben ab. Er ging nach oben in seine Wohnung, stöpselte die Gitarre ein, diesmal mit Kopfhörer, und spielte mindestens viermal hintereinander *Rockin‘ all over the World.*

Sonntag

Der Sonntag verlief ohne besondere Vorkommnisse. Petersen hatte zwar Bereitschaft, kümmerte sich aber um private Angelegenheiten, Mail-Verkehr mit seiner Tochter und zwei längere Telefongespräche mir Kumpels aus Bremen. Den Rest des Tages lag er auf dem Sofa, sah fern oder hörte Musik. Die Niedergeschlagenheit der Zeit nach dem Prozess und des Anreisetages verflog langsam. Warum das so war, wusste er nicht, vielleicht wollte er es auch nicht wissen.

Montag

Am Montagmorgen sorgte Onno wieder für das obligate Frühstück. Allerdings entpuppte sich das Frühstück eher als ein Arbeitsessen. In Vorbereitung der Gemeinderatssitzung am Dienstag, zu der sie ja offiziell durch den Bürgermeister eingeladen waren, versuchte Onno Petersen einen Überblick über die Inselpolitik zu geben. Im Gemeinderat hatten CDU, SPD, die Grünen und die Wählergemeinschaft Bürger für Wangerooge jeweils zwei Sitze. Der parteilose Bürgermeister hatte eine Stimme. Er war kommunaler Beamter und gleichzeitig Direktor der Kurverwaltung.
„In einer solch kleinen Gemeinde geht es nicht um die großen parteipolitischen Auseinandersetzungen, wie vielleicht bei euch in Bremen. In vielen Fragen zieht man schon an einem Strang“, führte Onno aus, „aber in den letzten Jahren hat sich das Klima verschlechtert. Um zwei Fragen haut man sich im

Moment die Köppe ein: der Golfplatz und die Bebauung der sogenannten Polizeiwiese an der Promenade. Vielleicht hast du den freien Platz schräg hinter dem „Korb“ gesehen. Natürlich ein Sahnegrundstück. Hier steht ein großer Teil der Insulaner gegen den Gemeinderat. Man hat dieses Grundstück an einen Investor verkauft und verspricht sich dadurch eine Sanierung der Gemeindefinanzen. Der Investor will dort Eigentums-wohnungen bauen und ein Aparthotel."
„Und die Insulaner fürchten jetzt die Konkurrenz durch neue Appartements mit Seeblicklage“, unterbrach Petersen Onno.
„Genauso ist es! Diese Appartements müssen während einer langen Zeit im Jahr in die Vermietung gegeben werden. Außerdem werden die Eigentumswohnungen zuerst gebaut und viele befürchten jetzt, dass das Hotel gar nicht kommt."
„Was haben denn die Grünen dazu gesagt?" bohrte Petersen weiter.
„Die hat man damit geködert, dass man einige behindertenfreundliche Wohnungen eingeplant hat. Ich sage nur peinlich! Nur die Frau Dunker hat dagegen gestimmt. Das sind doch "Bauernfängertricks“, redete Onno sich jetzt in Rage.
„So was würde ich öffentlich nicht sagen. Du weißt ja, der Beamte muss sich zurückhalten, das gilt besonders auf so ‘ner kleinen Insel. Du musst ja hier als Polizist irgendwie mit allen klar kommen. Das ist in Bremen bestimmt anders.“
„Stimmt“, warf Petersen ein, „wir haben in Bremen sogar Demos in voller Uniform gemacht."
Ihre Unterhaltung wurde jetzt durch das Läuten des Telefons unterbrochen. Onno nahm ab. Es war die Direktion Wilhelmshaven, die die Graffiti-Aufnahmen an den Waggons der Inselbahn von Petersen ausgewertet hatten. Es wurde eine Übereinstimmung mit Tags an einer Gesamtschule in Wilhelmshaven festgestellt. Nach Beendigung des Gesprächs

mit Wilhelmshaven schlug Petersen vor, zu überprüfen, ob eine Klasse aus der besagten Schule gerade eine Klassenfahrt auf der Insel macht.
Onno nickte anerkennend: „Man merkt, dass du mal Ermittler warst. Jetzt trinken wir aber erst einmal „Tass Tee“ und dann machen wir uns an die Arbeit."
Dieses „Tass Tee“, was Onno da immer raus ließ, erinnerte Petersen an die Werbung: „und was is‘ mit Tee?“
Er hatte immer vermutet, dass es sich um ein Klischee handelte. Dem war aber offensichtlich nicht so......

Nach der Teezeremonie telefonierten sie die Schullandheime, die es auf Wangerooge gab, ab. In der Jugendherberge, die sich tatsächlich noch im Westturm befand, wurden sie fündig. Hier war, im Rahmen einer Projektwoche, eine 9. Klasse der IGS Wilhelmshaven einquartiert.
„Na du Superermittler, das hast du nun davon, dann fahr mal schön in den Westen“, flachste Onno Petersen an.
„Das mach ich auch! Ich wollte da sowieso mal hin, ob das da noch so ist, wie zu meiner Schulzeit“, überraschte Petersen Onno.
Er zog seine Segeljacke über die Uniform, schwang sich auf das Dienstfahrrad und radelte gen Inselwesten. Nachdem er das kleine Wäldchen am Inselfriedhof durchfahren hatte, musste er nun auf dem Deich weiterfahren. Hier pfiff ihm ein eisiger Westwind entgegen. Er musste kräftig treten, um gegen den Wind anzukommen. Je näher er dem Westturm kam, desto besser konnte er erkennen, dass es einen modernen Vorbau gab, der zu seiner Zeit noch nicht da war. Das „Westturm Café“ machte einen erbärmlichen Eindruck. Die Fensterscheiben waren eingeschlagen und innen drin sah es äußerst verwahrlost aus. Er bog nun direkt auf das Grundstück der Jugendherberge ein, öffnete seine Segeljacke, damit man die

Uniform erkennen konnte. Der Herbergsvater begleitete ihn zu dem Gruppenraum im neuen Anbau, in dem sich die 9. Klasse aus Wilhelmshaven befand. Sein Eintreten in den Gruppenraum löste bei den Schülern größtes Erstaunen aus. Er steuerte auf eine etwas ältere, aber durchaus attraktive Frau zu: „Sind Sie hier die Klassenlehrerin?“ begann er.
„Ja, ist etwas vorgefallen?“ fragte die Lehrerin sofort.
„Ich würde Sie erst einmal gern unter vier Augen sprechen“, fuhr Petersen fort.
Sie gingen in eines der Gruppenleiterzimmer. Petersen stellte sich kurz vor und konfrontierte die Lehrerin mit den Fotos von den bemalten Eisenbahnwaggons. Die Lehrerin wirkte leicht verlegen und nervös. „Doch die Symbole oder auch Tags wie man in der Fachsprache sagt, kommen mir bekannt vor. Es gibt zwei Jungs, in deren Heften habe ich schon einmal solche Zeichen gesehen. Da die Schüler im Moment schriftliche Aufgaben haben, schlage ich vor, dass wir mal rumgeh'n."

Soviel Entgegenkommen hatte Petersen von einer Lehrerin nicht erwartet. In Bremen schlug ihm immer sehr viel Skepsis von lehrerseite entgegen, wenn er die Pädagogen mit möglichen Drogendelikten ihrer Schüler konfrontierte. Es entspann sich dann immer eine Grundsatzdiskussion über Datenschutz und darüber, ob die Polizei überhaupt im schulischen Raum tätig werden dürfte. Gemeinsam gingen sie zu den Arbeitsgruppen der Schülerinnen und Schüler, die eine Präsentation zum Thema Nationalpark Wattenmeer erarbeiten sollten. Und tatsächlich, bei zwei Schülern entdeckten sie dieselben Zeichen wie auf den Waggons. Unvorsichtigerweise hatten sie ihre Tags auf die Tischoberfläche gemalt. Petersen bat beide Schüler mit in den Gruppenleiterraum und konfrontierte sie mit den Bildern. Beide konnten dem Druck, den er aufbaute, nicht lange

standhalten. Letztlich gaben sie dann zu, dass sie in einer Freizeitphase am Vormittag aus der Herberge geflüchtet waren und die Waggons am Westanleger besprüht hatten. Petersen protokollierte die Aussagen, nahm die Personalien der Schüler auf und fotografierte die Tischplatte. Er war mit sich sehr zufrieden, nur die völlig verstörte Lehrerin tat ihm leid.
„Wenn Sie noch Platz in ihrem Programm haben, dann kommen Sie mit Ihrer Klasse mal auf der Polizeistation vorbei. Wir beantworten dann Ihre Fragen. Aber nur wenn Sie Lust haben und es Ihnen passt?"
„Da komm ich drauf zurück", antwortete die erleichterte Lehrerin.
Sie verabschiedeten sich und Petersen stieg wieder aufs Fahrrad, aber diesmal schob ihn der Rückenwind gewaltig an. Auf dem Deich wurde er von einem bärtigen Mann mit einem E-Bike überholt:
„Moin, Moin Sheriff", rief dieser in den Wind.
„Jetzt habe ich aber meinen Spitznamen auf der Insel weg", brummte Petersen in sich hinein.
Es war schon irgendwie grotesk, dass er sich über seinen ersten Fahndungserfolg auf Wangerooge freute. Im Verhältnis zu dem, was er in Bremen gemacht hatte, geradezu lächerlich. Zurückgekehrt in die Dienststelle, berichtete er Onno von seinem Erfolg.
„Das schraubt unsere Aufklärungsrate in die Höhe. Wir werden bestimmt belobigt", frotzelte Onno. „Du bist heute Abend bei Frieda und mir zum Essen eingeladen. Danach machen wir unseren Bierabend. Ich habe einige Fragen zu deinem Prozess."
Petersen willigte ein, aber von seinem Stolz war jetzt nicht mehr viel übrig geblieben. Die Niedergeschlagenheit hatte ihn wieder eingeholt. Die Ereignisse von Bremen saßen ihm wieder

im Nacken.
Gegen 19 Uhr trudelte er bei den Siebelts ein, nicht ohne für Frieda einen Blumenstrauß besorgt zu haben. Diesmal gab es Rinderbraten mit Rotkohl. Petersen schmeckte es außerordentlich gut, obwohl er innerlich sehr angespannt war. Würden die Ereignisse in Bremen sein Verhältnis zu Onno belasten? Bevor es überhaupt zu dem Gespräch über die Bremer Vorkommnisse kam, konfrontierte Onno Petersen mit einer Neuigkeit:
„Auch wenn mir das jetzt sehr unangenehm ist, Lars, ich bekomme den Platz für meine Kur schon in einer Woche."
Petersen war wie vor den Kopf geschlagen. „Was bedeutet das jetzt für mich?“ fragte er sichtlich verunsichert.
„Nun mal langsam! Ich habe schon mit Wilhelmshaven gesprochen. Du wirst ca. eine Woche allein sein. Ich sehe darin kein Problem, weil du die Dinge hier beherrscht. Man merkt schon, dass du ein erfahrener Polizeihase bist. Ich hab‘ das Wilhelmshaven auch genauso gesagt. Nach einer Woche bekommst du Unterstützung durch einen Polizeianwärter. Das ist zwar nicht das Gelbe vom Ei, aber du kannst die Bereitschaften aufteilen. So und ab dem 15. Dezember kommt dann sowieso die Aufstockung für die Weihnachtsferien. Vielleicht bin ich dann auch schon wieder da."
Der Schrecken stand Petersen im Gesicht geschrieben. Er traute sich den Job schon alleine zu, aber 24 Std. Bereitschaft war schon eine Hausnummer. Er hatte sich gerade an den gemütlichen Dienstablauf mit Onno gewöhnt, zumal er mittlerweile große Sympathie für diesen Inselpolizisten empfand.
„Ich brauch erst mal ‘nen Schnaps“, unterbrach jetzt Petersen die Stille.
„Den kannst du haben“, antwortete Onno und holte die

Flasche Strothmann aus der Küche. Beide stießen mit den kleinen Gläsern an, aber irgendwie war jetzt die Gesprächsbereitschaft abhanden gekommen. Onno fühlte sich sichtlich unwohl, weil er Petersen augenscheinlich die Laune verdorben hatte.
„Lars, die Sache mit dem Graffiti hat sich auf der Insel wie ein Lauffeuer rumgesprochen. Das wir hier mal was aufklären, kommt nicht so oft vor. Die Leute sind ganz angetan von dir. Der Musiklehrer der Inselschule, der einen Shantychor leitet, hat mich auch schon angesprochen, ob er dich mal wegen deiner Gitarrensache ansprechen darf. Du hast einen guten Start hingelegt."
„Danke, ich fühl mich ja auch ganz wohl, aber ob das noch ohne dich so sein wird, weiß ich nicht."
„Quatsch, du wirst hier auch noch andere nette Leute kennen lernen. So, nun Schluss mit dieser Miesepeterstimmung."
Er stand auf und holte aus seiner Wohnzimmerschrankwand die Mappe mit den Zeitungsausschnitten, die Petersen ihm gegeben hatte und legte sie auf den Tisch. Frieda brachte noch zwei Flaschen Jever.
„Danke für das Bier, aber nun lass uns mal allein“, knurrte Onno Frieda an. Mit einem „is‘ ja schon gut“ verzog sie sich wieder.
„Wenn ich das hier alles richtig verstanden habe, hast du in Bremen ein sehr erfolgreiches Drogenfahnderteam geleitet. Ihr habt große Erfolge gehabt. Und nun wurde euch oder insbesondere dir vorgeworfen, dass ihr Dealern, die euch ‚nen Tipp gegeben haben, mit beschlagnahmten Stoff belohnt habt. Richtig?“ schloss Onno erst einmal seine Zusammenfassung ab.
„Das ist richtig und das bestreite ich auch nicht, aber nur so ist Drogenfahndung möglich, um an die Hintermänner ranzu-

kommen. Wir standen damals unter enormem politischen Druck. Im Ostertor– und Steintorviertel, das ist in Bremen das Szeneviertel, wurden wir regelrecht vorgeführt."

„Kenn ich Lars, ich sag nur Helenenstraße“, lachte Onno.

„Ja, richtig, aber um den Puff ging‘s nicht“, unterbrach ihn Petersen grinsend. „An der berüchtigten Siewallkreuzung und an anderen Stellen hatte sich eine offene Drogenszene entwickelt und die Politik verlangte von der Polizeiführung, die Sache zu unterbinden. Es wurde mit schnellen Beförderungen gelockt und unter der Hand wurde auch eine Zusammenarbeit mit Kleindealern nicht ausgeschlossen und das haben wir eben dann auch gemacht."

„Wenn ich mal als kleiner Dorfpolizist was dazu sagen darf, aber anders geht das doch auch nicht oder?“ unterbrach Onno Petersen.

„Natürlich nicht“, fuhr Petersen fort, „durch reines Observieren und Razzien läuft gar nichts und wenn du mal jemanden hast, lassen die Richter ihn sofort laufen. Kleindealer, die mit uns zusammenarbeiten, hab’n dann auch was von uns gekriegt, aber nur kleine Mengen, und nur Hasch, kein Koks und kein Heroin. Irgendwann sind wir dann verpfiffen worden. Ich denke von Kollegen, die neidisch auf uns waren, die haben natürlich einige Kleindealer weichgekocht und die haben dann im Prozess gegen uns ausgesagt."

„Und die Polizeiführung, wie hat die sich verhalten?“ hakte Onno nach.

„Einige haben durchaus versucht, die internen Ermittlungen gegen uns runterzufahren, aber das ging dann nicht mehr, als bekannt wurde, dass ich bei diesem Brechmitteleinsatz mit dem toten Afrikaner dabei war. Wir hatten einen Nigerianer festgenommen, der direkt bei der Festnahme mehrere

Drogenbeutel verschluckt hatte. Die damals geltende Anweisung lautete, Brechmittel zuführen, um den Drogenbesitz nachweisen zu können. Heute steht keiner mehr zu der Anweisung."
„Davon haben sie auch hier in der Nordwest-Zeitung berichtet."
„Ja, das war natürlich auch 'ne heftige Sache. Aber es gab die Anweisung von Oben, das zu machen. Damals, als der Mann starb, wollte es keiner gewesen sein. Die Szenen mit dem Afrikaner verfolgen mich noch heute. Ich hatte da überhaupt keine aktive Rolle und musste als ermittelnder Beamter nur zuschauen, ein Albtraum. Man sucht die Schuldigen dann ja immer bei den kleinen Beamten." Petersen war jetzt sichtlich erregt. „In diesem Fall hat es den Polizeiarzt getroffen, obwohl der erst einmal freigesprochen wurde. Jetzt soll es ein Wiederaufnahmeverfahren geben. Das hat das Bundesgericht verfügt. Die politische Stimmung ist dann gekippt. Die Politik hat sich aus dem Staub gemacht. Man hat sogar versucht, mir Drogenbesitz, Drogenkonsum und persönliche Bereicherung vorzuwerfen."
„Das kann doch nicht wahr sein“, mischte sich Onno wieder ein, der spürte wie erregt und verbittert Petersen immer noch war. Er holte die Kornflasche und zwei neue Buddel Jever.
„Lass uns mal eben einen trinken. Ich kann deine Verbitterung verstehen“, versuchte er Petersen vergeblich zu beruhigen.
„Was nachher wirklich überblieb, war die Sache mit den Dealern als Tippgebern. Alles andere mussten sie fallen lassen. Im Richterspruch wurde ausdrücklich die Polizeiführung kritisiert. Rausgekommen ist ja dann nur eine kleine Geldstrafe“, sprudelte es aus Petersen raus.
Onno unterbrach ihn: „Und deshalb haben die dich hierher abgeschoben. Ich verstehe."

„Na ja, was meinst du was in unserer Abteilung los war. Da ging ein richtiger Riss durch die Kollegen. Und ich wollte dann auch nicht mehr. Ich hatte die Schnauze voll! Hinzu kam dann noch, dass meine Frau sich von mir getrennt hatte. Du weißt ja, Lehrerin hoch moralisch und ich musste mir ständig Vorträge über moralisch anständiges Verhalten anhören. Wenn das denn auch noch kommt, bist du platt."
„Das wusste ich ja nicht, aber ich glaube, dass das ganz gut ist, dass du jetzt auf der Insel bist. Das tut dir gut."
Onno griff erneut zu den Getränken.
Langsam beruhigte Petersen sich wieder:
„Das tat gut, Onno, danke."
Sie tauschten noch für den Rest des Abends Belanglosigkeiten aus. Petersen verließ das Haus Siebelts mit einiger Schieflage. Zum Einschlafen musste wieder ACDC herhalten *Highway to Hell.......*

Dienstag

Der nächste Vormittag verging ohne besondere Vorkommnisse. Onno erinnerte Petersen noch einmal an die Gemeinderatssitzung am Abend.
„Wir kommen in Uniform, das macht ‘nen besseren Eindruck“, instruierte Onno Petersen, der sichtlich Schwierigkeiten hatte, sich zu konzentrieren. Die Folgen des gestrigen Bierabends machten ihm zu schaffen und er wunderte sich, dass Onno so fit war.
Am Abend machten sich beide Beamte auf den Weg zum Restaurant „Strandlust“ an der Promenade. Hier sollte die Sitzung stattfinden. Unterwegs trafen sie einige Insulaner, die auch auf dem Weg zur Sitzung waren und die beiden Polizisten freundlich grüßten. Der Sitzungsraum war eine Art Clubraum. Vorne hatte man in U-Form die Sitzordnung des Gemeinderates festgelegt. Auf den Tischen standen Namensschilder mit dem Hinweis auf die Parteizugehörigkeit. Ab der Mitte des Raumes waren Stuhlreihen für die Besucher aufgestellt. Der Saal war schon recht gut gefüllt, als Onno und Petersen eintraten. Onno schüttelte viele Hände und stellte Petersen einigen Leuten vor u.a. dem Chef der freiwilligen Feuerwehr und einem der Inselärzte. Sie nahmen beide in der ersten Besucherreihe Platz und warteten auf den Sitzungsbeginn. Nachdem die Mitglieder des Gemeinderates Platz genommen hatten, begann die Sitzung. Im Tagesordnung Punkt 1 ging es um die Bebauung des Grundstückes an der Promenade. Von diesem Streitpunkt hatte Onno Petersen erzählt. Die beiden Grünen Ratsmitglieder versuchten den Bürgermeister mit Fragen in die

Enge zu treiben, ob die Sache mit dem versprochenen Hotelbau nur eine Täuschung gewesen sei, um die Eigentumswohnungen durchzusetzen und ob es einen Zusammenhang zwischen dem Wunsch nach Ausbau des Golfplatzes und Zusagen an den Investor der Appartementanlage gäbe.
Petersen verstand nicht alle Zusammenhänge. Die kritischen Fragen der Grünen wurden häufig mit Beifall bedacht, obwohl die anderen Parteien immer wieder darauf verwiesen, dass auch die Grünen dem Bau der Eigentumswohnungen zugestimmt hätten. Für Petersen auffällig war die grüne Ratsfrau mit Namen Brigitte Dunker. Sie fiel durch ihre scharfe Rhetorik auf und war offensichtlich in dieser Hinsicht den anderen Mitgliedern des Rats deutlich überlegen. Petersen schätzte sie auf Ende 50. Sie war schlank, machte einen sportlichen Eindruck. Ihre Haare waren augenscheinlich silbergrau gefärbt, dies verlieh ihr eine gewisse Eleganz. Das Gesicht empfand Petersen als maskenhaft. Man konnte nicht erkennen, was in dieser Frau vorging. Irgendetwas erinnerte ihn an diese Frau, er wusste nur nicht was.

Im Tagesordnungspunkt 2 wurden die Polizeikontrollen in der Fußgängerzone der Insel angesprochen. Unverholt stand der Vorwurf im Raum, die Polizei täte hier zu wenig. Nun kam Onnos Auftritt. Er verwies auf die mangelnde personelle Ausstattung der Polizei auf der Insel, versprach aber für die kommende Saison die Kontrollen zu verstärken. Genüsslich wies er dann noch darauf hin, dass die Verwaltung in den letzten Weihnachtsferien versäumt habe, die Fahrradverbotsschilder anzubringen. Der Bürgermeister reagierte verärgert und kündigte an, dies zu überprüfen. Die anderen Ratsmitglieder unterstützten Onnos Beobachtung. Nach allerlei Kleinkram war die Sitzung gegen 21:30Uhr beendet. Es

bildeten sich noch einige Gesprächstrauben. Petersen stand sehr verloren im Raum, bis ihn ein bärtiger Mann mittleren Alters ansprach:
„Mein Name ist Sönke Meiners, ich bin hier Lehrer an der Schule und leite den Shantychor „die Knurrhähne." Ich habe gehört, dass Sie sehr gut Gitarre spielen können. Kann ich Sie gewinnen, mal bei einer Probe vorbeizuschauen?“
Petersen stutzte, die Sache mit seinem Gitarre spielen schien sich tatsächlich wie ein Lauffeuer verbreitet zu haben.
„Erst mal, ich bin Lars, Shanties sind nicht unbedingt mein Ding, aber Lust auf Musik hätte ich schon.“
„Gut Lars, ich sehe das ähnlich. Aber auf so ′ner Insel muss man irgendetwas auf die Beine stellen, sonst dreht man hier durch. Wenn du einverstanden bist, Mittwoch in der Inselschule 20 Uhr, bring nur deine Gitarre mit. Alles andere ist vorhanden. Ich freu mich!“
„Okay, ich komme“, antwortete Petersen, der nicht bemerkt hatte, dass Onno schon hinter ihm stand:
„Geht doch! Die suchen den Kontakt zu dir. So jetzt komm, ich hab von dem vielen Sabbeln eine trockene Kehle.“
Gemeinsam verließen sie den Versammlungsort und gingen langsam die Zedeliusstraße hinunter. Kurz bevor sie beim „Störtebeker“ angekommen waren, stieß Onno Petersen an:
„Jetzt verarschen wir den Magister!“ Er riss die Kneipentür auf und brüllte:
„Razzia, keiner bewegt sich von der Stelle!“
Die Kneipengäste blickten erschrocken auf, nur die Thekenbesatzung, die gerade knobelte, reagierte gelassen.
Mit tiefer Stimme konterte der Magister: „Mit deinem Insel-SEK kannst du hier niemanden erschrecken. Was wollt ihr trinken?“
„Na ja, ein kleines Bier dürfen wir ja wohl, auch wenn wir

Uniform an haben?“

Onno lief zur Hochform auf: „Mein neuer Kollege hat mich neulich gefragt, ob es auf Wangerooge einen Puff gibt? Magister, was sagst du dazu. Jetzt muss der Klassiker kommen."

Der Magister reagierte sofort: „'nen Puff brauchen wir hier nicht. Du musst nur klingeln.“

Grölendes Gelächter in der gesamten Kneipe, am lautesten lachte der Magister selbst. Petersen erinnerte sich an seine Zeit mit dem Magister in Bremen, auch dort konnte er über seine eigenen Witze am lautesten lachen.

Nach einer halben Stunde unterbrach der Magister alle Unterhaltungen:

„Männer, der Magister hat jetzt Pause!“ Er holte aus seinem Thekenschrank ein riesiges Schild, auf dem „Pause“ stand, hängte es sich um den Hals und zündete sich eine Zigarette an. Diesen Gag kannte Petersen noch nicht. Nach drei Bieren zahlten Onno und Petersen. Beide hätten gerne noch weiter getrunken, aber in voller Uniform war das ein Risiko. Auf dem Nachhauseweg murmelte Onno:

“Ich wär‘ noch gern geblieben. Aber du weißt nie, wer dich dann anscheißt. Du wirst einfach angreifbar, wenn du in Uniform säufst.“ Sie verabschiedeten sich und Petersen ging in seine Polizeistation.

Mittwoch

Am nächsten Morgen erledigten sie auf der Wache bürokratische Dinge. Petersen bemerkte aber die zurückhaltende Art Onnos:
„Hast du was?“
„Na ja, es wird dir nicht gefallen, aber Freitag ist erst mal mein letzter Arbeitstag“, druckste Onno herum.
Petersen spürte ein Grummeln in seiner Magengrube: „Das ist ja denn schon früher als erwartet.“
„Ja, ist mir auch unangenehm, aber ich kann doch schon früher in die Kur, umso eher bin ich wieder da. Übrigens Wilhelmshaven schickt den Polizeianwärter schon nächstes Wochenende, am Sonntag mit dem Abendschiff.“

Petersen war die gute Laune vergangen. Kaum hatte er zu Onno Vertrauen gefunden, wurden sie wieder getrennt. Vor dem Hintergrund seiner eigenen Geschichte war ihm Vertrauen sehr wichtig und nun stand er wieder allein da. Das Telefon klingelte. Ein benachbartes Hotel hatte Schwierigkeiten mit einem ehemaligen Angestellten, der lautstark in der Lobby des Hotels randalierte.
„Ich mach das“, mit diesen Worten verließ Onno die Wache. Ihn schien die etwas angespannte Stimmung zu nerven, deshalb nahm er den Einsatz sofort an. Erneut klingelte das Telefon. Diesmal war der Magister dran:
„Kannst du mal eben kommen, die wollten bei mir einbrechen!“
„Bin schon unterwegs."
Petersen nahm den Spurensicherungskoffer aus dem Schrank und ging die paar Schritte zum „Störtebeker." Vor der

Eingangstür stand auch schon der Magister und zeigte ihm die Einbruchsspuren an der Eingangstür. Jemand hatte versucht die Tür aufzuhebeln, was ihm aber nicht gelungen war. Offensichtlich wurde er gestört oder die Tür war zu robust. Petersen fotografierte den Schaden und suchte nach Fingerabdrücken. Spuren waren aber nicht zu finden. Der Magister unterbrach plötzlich Petersen bei der Arbeit:
„Vielen Dank Sheriff, dass du nichts gesagt hast, du weißt schon,.... dass wir uns aus Bremen kennen und so. Das geht niemanden etwas an oder?“ Er blickte sein Gegenüber zweifelnd an.
„Sehe ich genauso“, kam von Petersen zurück.
„Du musst mir mal in einer ruhigen Minute erzählen, was in Bremen abgegangen ist und warum du hier bist. Ich habe das nur am Rande mitgekriegt, dass gegen dich ermittelt wurde“, fuhr der Magister fort.
„Sei froh, dass du nicht mehr in Bremen warst, sonst hätten sie dich auch noch als Zeugen vorgeladen“, unterbrach Petersen den Magister.
„Aber ich hätte nie gegen dich ausgesagt“, versicherte der Magister.
„Lass es gut sein, die Wunden sind noch nicht verheilt.“ Der Magister spürte Petersens Unwillen, weiter über die Sache sprechen zu wollen.
Petersen nahm noch die Anzeige auf, gab dem Magister die Tagebuchnummer und ging wieder zurück zur Wache. Dort saß bereits Onno mit dem Randalierer vom Hotel und schrieb Anzeigen wegen Hausfriedensbruch, Beleidigung und Sachbeschädigung.
„Du gehst heute Abend zum Shantychor habe ich gehört?“ fragte Onno plötzlich Petersen.

„Woher weißt du das denn schon wieder?“ tat Petersen erstaunt.
„Du weißt doch, auf der Insel bleibt nichts geheim. Ich find das übrigens gut, dass du hingehst, auch wenn das nicht unbedingt deine Musik ist. Da sind wichtige und nette Leute".
„Ich weiß bloß nicht, was die in einem Shantychor mit einem Gitarristen wollen, da ist doch Schifferklavier angesagt."
„Sönke wird sich schon was dabei gedacht haben, der hat hier schon viel auf die Beine gestellt. Lass dich überraschen“, mit diesen Worten beendete Onno die Unterhaltung, packte seine Sachen und machte Feierabend.

Petersen brach noch zu einer Streifenrunde auf. Er musste noch einmal Seeluft schnuppern. In der Zedeliusstraße kam ihm die grüne Gemeinderätin Birgit Dunker entgegen. Sie hatte einen blauen Jogginganzug an und hatte Nordic-Walking-Sticks unter dem Arm, mit einem freundlichen Lächeln grüßte sie Petersen. Irgendetwas ist mit dieser Frau, grübelte Petersen in sich hinein. Er musste unbedingt mit dem Magister darüber sprechen. Vielleicht kannten sie sich aus Bremen. Solche Dinge wusste der Magister immer, schon damals war er für ihn eine wichtige Informationsquelle. Auf der Promenade angekommen, blickte er auf das unruhige Meer. Er musste dann über sich selbst lachen, weil er anfing „Rolling Home“ zu summen.
„Willkommen in der Shantywelt“, murmelte er in sich hinein.

Am Abend zog er zum Trotz seine alte schwarze Lederjacke an. Darunter trug er ein Boss Hoss Kapuzenshirt mit der Aufschrift „Don’t control my Rock’n Roll." Wenn er schon Shanty-Musik machen sollte, wollte er wenigstens wie ein Rocker aussehen. Er nahm seinen Gitarrenkoffer und den Koffer mit dem Effektbrett und stiefelte in Richtung Inselschule. Unterwegs wurde er von einigen recht alten Männern auf Fahrrädern überholt, die augenscheinlich auch die Inselschule zum Ziel hatten. In diesem Moment fühlte sich Petersen sehr alt und er haderte mit der Vorstellung, jetzt Mitglied eines Shantychores zu werden.

In der Inselschule traf man sich im Musikraum. Sönke Meiners stellte Petersen den anderen Chormitgliedern vor:
„Männer, das ist unser neuer Sheriff Lars Petersen. Ich habe gehört, dass er ganz gut Gitarre spielt. Wir sollten mal ausprobieren, ob er uns unterstützen kann. Ich würde die Begleitgitarre von Friedo gerne mal mit der E-Gitarre von Lars koppeln. Wir hätten dann einen besseren Sound und könnten auch modernere Sachen machen, wie z. B. Stücke von Santiano, das wolltet ihr ja immer."
An Petersen gewandt fuhr er fort: „Wir singen mal ein paar Stücke und du spielst einfach mal mit. Die Akkorde hab' ich hier."
Bei den ersten Stücken hatte Petersen keine Schwierigkeiten, sie stellten keine große harmonische Herausforderung dar. Dann kam *Aloha Heja* von Achim Reichel. Dieses Stück hatte er schon in verschiedenen Bands gespielt. In seinem Effektbrett hatte er den Originalsound der Sologitarre einprogrammiert. Die Männer sangen, Petersen gab Sönke ein Zeichen und dann legte er los. Das Solo war nur kurz, aber es erzeugte bei den Shantymen Begeisterung, auch Sönke war vollauf zufrieden. Die Stimmung lockerte sich und Petersen fühlte sich sichtlich wohler. Man probierte dann noch den Titel *Santiano* von der Gruppe Santiano, auch ein alter Shanty. Petersen übernahm mit seiner Gitarre den Geigenpart, dass Stück bekam dadurch einen guten „Drive", wie sich Sönke ausdrückte. Am Ende der Probe wurde Petersen zum Bier im „Störtebeker" eingeladen.

Der Magister staunte nicht schlecht, als Petersen mit den Shantymännern die Kneipe betrat. Man zog sich auf die Empore zurück, am Tresen waren wieder die Knobler in Gange. An der Zahl der leeren Jever-Flaschen konnte man den Stand des Spieles erkennen. Auch der Magister schien schon schwer getankt zu haben. Er wollte partout wieder die Geschichte von Magister Wigbold, dem intellektuellen Seeräuber erzählen.
„Bitte nicht“, rief es aus allen Ecken. Der Schwede, den Petersen schon vom „Café Treibsand“ kannte, sprach den Magister recht forsch an:
„Ich geb‘ dir jetzt einen aus, dafür hältst du aber die Schnauze!“
„Keiner hat mich lieb“, säuselte der Magister mit trübem Blick durch seine beschlagenen Brillengläser.
„Nein, wirklich nicht!“ entgegnete der Schwede. Allgemeines Gelächter ertönte von allen Seiten. Die Knobler nahmen ihr Spiel wieder auf und Petersen bestellte eine Einstiegsrunde für den Chor. Als Petersen gegen Mitternacht die Kneipe verließ, war für ihn klar.
„Wenn das jetzt so jeden Abend weiter geht, werde ich endgültig zum Alkoholiker."

Donnerstag

Der Donnerstag verlief ohne große Ereignisse. Petersen ging während der Dienstzeit einkaufen. Am Nachmittag hatte Onno ein Übergabegespräch angesetzt, denn es war vorerst sein letzter Arbeitstag vor der Kur. Alle wichtigen Abläufe wurden noch einmal durchgesprochen.
„Den Leiter der Feuerwehr kennst du bereits, der singt auch im Shantychor, Harm Gerdes. In schwierigen Fällen musst du mit ihm zusammenarbeiten, die haben Fahrzeuge, die auch strandtauglich sind, mit unserem Dienstfahrrad kommst du da nicht weit, die Nummern für den Krankenwagen und die Inselärzte stehen hier. Und vergiss bitte nicht, am Sonntagabend den Polizeianwärter abzuholen. Einen Namen hab‘ ich noch nicht."
Petersen hatte Schwierigkeiten, alle Informationen aufzunehmen, zumal er noch vom gestrigen Abend angeschlagen war. Beide machten früh Feierabend. Ihm war angesichts der kommenden Aufgaben alles andere als wohl zumute. Neben seiner Einarbeitung auf der Insel hatte er einen Polizeianwärter an den Hacken, für den er womöglich noch den Aufpasser spielen musste.

Freitag

Am Freitagmorgen verabschiedete Petersen schweren Herzens Onno. Er war jetzt einziger Polizist auf Wangerooge und auch noch jemand, der sich nicht besonders gut auskannte auf der Insel. Dieser Umstand wurde ihm jetzt schmerzlich bewusst. Er konnte nur hoffen, dass nicht viel passierte, auf Stress hatte er nun überhaupt keine Lust. Auf dem Bahnsteig hielt er noch einen kleinen Plausch mit dem Bahnhofsvorsteher, den er ja mittlerweile kannte. Petersen erkundigte sich noch, wann am Sonntag das letzte Schiff kam. Er hatte ja den Auftrag, seinen Polizeianwärter abzuholen. Die Aussicht auf die zusätzliche Rolle als Ausbilder schmeckte ihm überhaupt nicht. Hoffentlich würde der junge Kollege seine Unsicherheit nicht bemerken und keinen Respekt vor ihm haben. Kurz bevor er im Revier ankam, klingelte sein Diensthandy. Eine Bewohnerin der Siedlerstraße teilte ihm mit, dass ein Mann Zementtüten in einem Abfallcontainer verbrannte. Petersen drehte um und bewegte sich in Richtung Siedlerstraße. Von weitem sah er schon den aufsteigenden Rauch.

„Dass das verboten ist, ist wohl klar, aber gegen welches Gesetz wird hier verstoßen?“ sprach er mit sich selbst und mehrere Falten kräuselten sich auf seiner Stirn.

Mit solchen Sachen hatte er noch nie zu tun gehabt, er musste jetzt irgendwie bluffen:

„Das geht aber nicht, was Sie da machen“, sprach er den Abfallbeseitiger an, „Sie verschmutzen die Umwelt, die Brandgefahr ist auch erheblich. Das ist illegale Abfallbeseitigung!“

Bei der letzten Formulierung war er sehr stolz, dass sie ihm eingefallen war. Der verdutzte Mann schien beeindruckt zu sein und sah seinen Fehler ein. Petersen nahm die Personalien auf und trat den Rückweg wieder an. Er würde nachprüfen müssen, gegen welche Gesetze oder Verordnungen der Mann tatsächlich verstoßen hatte. Im Revier erledigte er noch Papierkram. Heute Abend würde er nicht wieder in die Kneipe gehen können, dass würde seinem Ruf nicht gut tun, überlegte er, zumal morgen ja wieder Werder spielte und er sowieso zum Magister gehen würde. Er erledigte seine Hausarbeit, telefonierte mit einem Freund aus Bremen und setzte sich vor die Glotze.

Sonnabend

Am nächsten Morgen traf er beim Brötchen holen Frieda Siebelts. Sie berichtete, dass Onno gut in Bad Mergentheim angekommen sei. Sie solle ihn grüßen. Die blonde Verkäuferin in der Bäckerei Kunst lachte ihn freundlich an. Sie war es, die ihn als „Insel-Clapton" bezeichnet hatte. Er zahlte und grinste die Verkäuferin an:
„Clapton ist jetzt beim Shantychor!"
„Wow", das ist aber ein sensationeller Aufstieg. Diesen Chor muss ich mir ja unbedingt anhören", frotzelte sie.
Petersen lachte: „Sie kommen auf die Gästeliste als mein Groupie." Die Verkäuferin errötete und sehr beschwingt verließ Petersen die Bäckerei.
Irgendwann wird sich ja vielleicht auch mal die Frauenfrage wieder stellen.
Mit diesen Gedanken trottete er zum Revier zurück und frühstückte gut gelaunt. Er hatte gerade abgeräumt, als das Telefon klingelte.
„Hier ist Uwe Timmsen, ich bin Schulleiter der Inselschule und ich muss mal mit Ihnen ein Problem besprechen. Eine Kollegin ist gestern nicht zum Dienst erschienen und befreundete Kollegen berichten mir, dass auch bei heftigem Klingeln die Tür nicht aufgemacht wird. Die Zeitung liegt ebenfalls unberührt vor der Tür. Was können wir machen?"
„Wie heißt die Kollegin und wo wohnt sie?" wollte Petersen erst einmal wissen.
„Ihr Name ist Brigitte Dunker und sie wohnt in der Peterstraße Nr. 22."
„Die Brigitte Dunker aus dem Gemeinderat?"

„Ja, genau. Sie ist bei uns als angestellte Förderlehrerin im Ganztagsbereich eingesetzt“, erläuterte der Schulleiter.
„Telefonisch haben Sie sie sicherlich schon zu erreichen versucht“, fragte Petersen weiter „und dass sie aufs Festland gefahren ist, schließen Sie aus?“
„Na, ausschließen kann ich das natürlich nicht, aber was mich stutzig macht, ist, dass sie gestern nicht zum Dienst erschienen ist."
„Kann ich versteh'n. Nun ist ja man erst eine Nacht vergangen. Da kann ich noch nicht gleich die Wohnung aufbrechen lassen. Ich habe mir alles notiert. Wir bleiben in Kontakt."
Petersen beendete das Gespräch. In ihm stieg ein ungutes Gefühl auf. Müsste er jetzt sofort handeln? Wenn man jetzt einen Fehler machen würde, wäre das bitter. Gerade grüne Politiker sind sehr sensibel in Sachen Privatsphäre und Datenschutz. Er konnte davon ein Lied singen, denn er war einmal mit einer grün bewegten Lehrerin verheiratet. Vielleicht war er deshalb in dieser Situation leicht verunsichert. Jetzt fehlte Onno, der die Sache vielleicht ganz nüchtern betrachten konnte. In ihm nagten Zweifel, in einer Stunde würde das Werder-Spiel beginnen. Irgendwie saß er auf heißen Kohlen. Er entschloss sich Harm Gerdes, den Leiter der Freiwilligen Feuerwehr, anzurufen. Kurz schilderte er ihm das Problem. Harm Gerdes schlug ein Treffen nach dem Werder-Spiel vor, Petersen solle zu ihm in sein Restaurant kommen. Er war Besitzer eines Fischrestaurants in der Elisabeth-Anna-Straße. Das Lokal war bis zum Beginn der Weihnachtsferien geschlossen.
Kurz überlegte Petersen, ob er den Magister in sein Problem einweihen sollte, er entschloss sich aber, dies nicht zu tun, um seine eigene Unsicherheit nicht offensichtlich werden zu lassen. Das Werder-Spiel war eine einzige Katastrophe. Die

Mannschaft wurde von Borussia Dortmund regelrecht abgeschlachtet. An der Theke saßen dieselben Leute, wie vor einer Woche. Die Trainerfrage wurde heftig diskutiert und ob die alten Herren des Aufsichtsrats noch auf der Höhe der Zeit waren. Petersen war aber nicht richtig bei der Sache, sein mulmiges Gefühl begann langsam ihn zu beherrschen. Nach Ende des Spiels zahlte er sofort und eilte in die Elisabeth-Anna Straße. Harm Gerdes öffnete ihm sofort die Tür. Sie gingen in die verwaiste Gaststube. Harm stellte zwei Flaschen Jever auf den Tisch. Petersen eröffnete das Gespräch:

„Kennst du Brigitte Dunker näher?" fragte er.

„Nein, nur als Gemeinderätin. Das ist sie jetzt ein Jahr lang und dass sie Lehrerin an der Inselschule ist und für ihr Alter noch recht attraktiv wirkt. Mehr weiß ich auch nicht. Gut, sie hat sich natürlich bei einigen in der Gemeindeverwaltung Feinde gemacht, weil sie gegen den Golfplatz aufgetreten ist."

„Bei einer gewaltsamen Türöffnung haben wir in Bremen immer die Feuerwehr geholt, wenn kein Zweitschlüssel auffindbar war. Wie macht ihr das hier?"

„So was hab' ich hier noch nie erlebt. Bei den Ferienwohnungen gibt es ja meist immer eine Hausverwaltung, die haben dann einen Schlüssel. Aber die wohnt ja in einer normalen Mietwohnung."

„Lebt der Vermieter hier auf der Insel", unterbrach Petersen ihn.

„Nein, soviel ich weiß auf dem Festland."

„Scheiße", entfuhr es Petersen, was machen wir?"

Harm Gerdes überlegte: „Wenn die Montag wieder zu Arbeit kommen muss, müsste sie Sonntagabend hier auftauchen. Das letzte Schiff kommt schon gegen Mittag, glaube ich und der letzte Flieger ist um Fünf nach Vier da. Sollte sie dann nicht auftauchen, handeln wir."

„Einverstanden, ich telefoniere vorher den Flugplatz ab. Wenn wir nicht mehr voneinander hören, treffen wir uns um Viertel nach Vier in der Peterstrasse 22. Ich werde den Schulleiter bitten, auch dabei zu sein. Ein weiterer Zeuge ist gut, damit wir nachher nicht die Arschkarte haben."
„Bei uns in der Feuerwehr ist einer, der arbeitet bei der Tischlerei Schütte, den hole ich dazu, als Fachmann." Harm holte noch zwei Flaschen Bier aus seiner Kühlung.
„Dein Auftritt beim Shantychor war übrigens vom Feinsten. Respekt! Das hat mir gefallen“, lobte Harm den sichtlich verlegenen Petersen.
Sie unterhielten sich beide noch etwa eine Stunde über ihre Musikgeschmäcker und entdeckten dabei einige Gemeinsamkeiten. Dann verabschiedete sich Petersen. Er nahm den Umweg über die Strandpromenade. Am Horizont sah man das Zucken des Leuchtfeuers Helgoland. Viele Schiffe lagen auf Reede. Sie warteten auf den Schichtbeginn in Bremerhaven. Ihre Lichter waren deutlich zu sehen. Die Fahrwassertonnen blinkten je nach Lage mit rotem oder grünem Licht. Aus dem „Strandkorb“ torkelte ein offensichtlich stark Betrunkener. Petersen wandte sich ab in Richtung Schwimmbad. Jetzt bloß kein Stress, dachte er. Irgendwie ahnte er, dass der Stress noch kommen würde.

Sonntag

Am Sonntagmorgen war die Unruhe, die sich Petersens bemächtigt hatte, kaum zu bändigen. Er musste irgendetwas tun. Er checkte den Dienst-PC. Da war eine neue Mail aus Wilhelmshaven, der Polizeianwärter würde erst Montag mit dem Mittagsschiff kommen. Den Polizeianwärter hatte er bei der ganzen Aufregung völlig vergessen. Gut, dass sich das verschoben hatte. Heute konnte er das nicht gebrauchen. Er studierte den Schiffsfahrplan und entschloss sich dann, kurzfristig zum Bahnhof zu gehen, um zu sehen, ob Brigitte Dunker im Zug war. Es gab zwei Ankünfte innerhalb einer Stunde. Im ersten Zug waren kaum Fahrgäste, so dass es für ihn sofort ersichtlich war, dass keine Brigitte Dunker da war. Er musste jetzt 50 Minuten überbrücken. Er grüßte den Bahnhofsvorstand kurz, wollte aber keine Unterhaltung eingehen. Es wäre sonst zu offensichtlich gewesen, dass er zur Beobachtung auf dem Bahnsteig war. Als er wieder beim alten Leuchtturm vorbei kam, war die Eingangstür geöffnet. Er entschloss sich dem kleinen Heimatmuseum einen kurzen Besuch abzustatten.

„Oha, welch hoher Besuch“, begrüßte ihn ein älterer, weißhaariger Mann im Eingang.

„Moin, ich bin Lars Petersen, ich bin ja neu hier und wollt mich mal über die Geschichte Wangerooges informieren."

Petersen bezahlte seinen Eintritt und machte einen kleinen Rundgang. Das war alles sehr liebevoll aufgebaut. Es wurde über die Siedlungsgeschichte der Insel informiert. Ein Modell der Inselbahn fuhr im Kreis herum. Die Folgen der Sturmflut 1962 waren in beeindruckenden Fotos dargestellt. Der Deich zum Wattenmeer war augenscheinlich gebrochen und das Wasser war in den Dorfgroden, das war das Gebiet hinter dem Bahnhof, gelaufen. Petersen beschloss, den Besuch noch einmal zu wiederholen, bemerkte aber, dass er sich nicht konzentrieren konnte. Er klönte noch einen Moment mit dem alten Herrn vom Eingang, verabschiedete sich dann aber schnell wieder in Richtung Bahnhof. Das Pfeifen der Lokomotive bei der Fahrt durch den Deichschart war schon zu hören. Er musste sich beeilen. Wieder entstiegen dem Zug nur wenige Fahrgäste. Einige der Handwerker von der letzten Woche waren auch wieder dabei. Auf ihren Gesichtern waren die Spuren des Alkohols deutlich zu sehen. Petersen musste grinsen. Brigitte Dunker war nicht im Zug. Jetzt hatte er noch zwei Stunden Zeit bis der letzte Flieger durch war.

Im Revier angekommen, rief er Uwe Timmsen, den Schulleiter, an. Auch er hatte keine neuen Informationen zum Aufenthaltsort von Brigitte Dunker. Petersen informierte ihn über die verabredete Vorgehensweise. Timmsen war sofort bereit, um Viertel nach Vier in die Peterstraße zu kommen. Man spürte ihm die Erleichterung an, dass nun endlich etwas passieren würde.

Sollte er nun beim Flugplatz anrufen? Die Gefahr war, dass man ihm aus Datenschutzgründen keine Auskunft über die ankommenden Gäste geben würde. Er nahm das Dienstfahrrad und fuhr durch die Siedlerstraße zum Flugplatz. Vielleicht war es im persönlichen Gespräch besser möglich, etwas rauszubekommen. Hinter dem Schalter saß eine Frau, geschätzt Anfang Vierzig, mit langen mittelblonden Haaren. Sie las in ihrem E-Book.

„Moin, ich brauch eine Auskunft, ob die Frau Dunker heute mit dem Flieger angekommen ist?“ sprach Petersen die Frau direkt an.

„Moin, eigentlich darf ich Ihnen darüber keine Auskunft geben, das wissen Sie?“ belehrte sie Petersen.
„Entschuldigung, dass ich mich nicht vorgestellt habe, ich bin der neue Polizist. Aber wir machen uns Sorgen um Frau Dunker. Sie ist am Freitag nicht in der Schule gewesen. Können wir das nicht auf dem kurzen Dienstweg machen?“
„Sie können ruhig Ute zu mir sagen, auf der Insel ist das so üblich“, sagte sie augenzwinkernd und mit einem freundlichen Lächeln.
„Gerne, ich bin Lars Petersen. Das mit dem Brüderschaft trinken holen wir dann aber nach oder?“
„Machen wir, versprochen und nun zur Sache. Ich schau mal eben die Fluglisten durch." Mit einem bemerkenswerten Hüftschwung setzte sie sich an den PC.
„Für heute hat sie nicht gebucht und Freitag war sie auch nicht auf der Liste. Übrigens fliegt die Frau Dunker außerordentlich selten, aus Umweltschutzgründen."
Beide fingen an zu lachen. Petersen bedankte sich und schwang sich auf sein Fahrrad in Richtung Peterstraße.

In der Peterstraße angekommen, orientierte er sich an den Hausnummern. Nr. 22 war ein grau verputztes Haus. Der mittlere Teil war weiß gestrichen und am rechten Hausende hatte man einen Anbau errichtet, der nicht gestrichen war. An einem Teil des Hauses rankte Efeu bis zur Dachkante hoch. Einen Vorgarten gab es nicht, stattdessen war ein gepflasterter Vorplatz angelegt worden, auf dem Kübel mit verwelkten Blumenresten standen. Petersen stellte sein Fahrrad ab und kontrollierte das Klingelschild. Es war nur ein Schild angebracht, auf dem der Name Dunker stand. Die Gardinen waren nicht zugezogen. Mit zusammen gekniffenen Augen versuchte er durch die Fenster etwas zu erkennen, vergeblich. Die Dämmerung hatte eingesetzt, von außen war wirklich nichts zu machen. Er wurde durch ein Motorengeräusch aufgeschreckt. Wangerooge war autofrei und die Fahrzeuge, die hier verkehrten, waren in der Regel E-Karren. Ein roter Landrover, der aus der Nähe betrachtet sich als Feuerwehrfahrzeug entpuppte, näherte sich langsam. Das Fahrzeug hielt an und Harm Gerdes und ein weiterer Feuerwehrmann, es musste der Tischler sein, entstiegen dem Fahrzeug. Beide Männer hatten ihre Feuerwehrarbeitsanzüge an. Natürlich war auch Petersen in Uniform. Sie hatten das so abgesprochen, um den offiziellen Charakter ihrer Aktion zu betonen. Jetzt gesellte sich auch Schulleiter Timmsen zu ihnen. Nach der Begrüßung stellten sie fest, dass keiner über neue Informationen verfügte. Petersen berichtete über seine Überprüfungen am Bahnhof und Flugplatz. Der zweite Feuerwehrmann, der sich als Focko Hanken vorstellte, nahm seinen Werkzeugkoffer aus dem Feuerwehrfahrzeug.

Die erste Eingangstür war offen. Hier lagen die Zeitungen unter dem Briefkasten, so wie es Schulleiter Timmsen beschrieben hatte.
„Das Schloss dürfte kein Problem sein. Soll ich anfangen?“ fragte Focko Hanken.
Petersen und Harm Gerdes nickten. Das Schloss war in der Tat kein aufwendiges Sicherheitsschloss, auch Petersen erkannte dies sofort. Die Außenschrauben wurden mit dem Akkuschrauber aufgeschraubt und mit einer Zange drehte Focko Hanken den Schließzylinder heraus. Die Tür stand offen. Petersen zog seine Gummihandschuhe, die er mitgebracht hatte, über und öffnete die Tür.
„Ich gehe erst einmal allein rein, um zu klären, ob es sich um einen Tatort handelt. Wenn es dafür Anzeichen gibt, muss ich sowieso die Spurensicherung holen“, erklärte er den anderen.

Er schaltete das Licht ein und ging langsam in den Flur. Sein Herz schlug schneller. Er hatte zwar so was schon häufiger gemacht, vor allem, wenn es um Drogentote ging, aber hier hatte er die alleinige Verantwortung.
Das Wohnzimmer machte einen aufgeräumten Eindruck. Flachbildfernseher mit HiFi-Anlage, ein relativ großes Regal mit CDs und ein weißes IKEA-Sofa der Marke Klippan. Das kannte er aus seiner früheren Bremer Wohnung. An der Wand hing ein Selbstportrait von Paula Becker-Modersohn, der bekannten Worpsweder Malerin. Das angrenzende Arbeitszimmer war mit Bücherregalen der IKEA-Marke Billy vollgestopft. Petersen musste sich jetzt zwingen, nicht das Bücherregal zu inspizieren. Er wusste, dass man dadurch relativ viel über einen Menschen erfahren konnte, aber darum ging es im Moment nicht, noch nicht. Auf dem Schreibtisch lagen Schulbücher und einige Heftkladden. Hier war nichts Auffälliges für Petersen zu finden.
Er öffnete das nächste Zimmer, das Schlafzimmer. Hier lagen einige Kleidungsstücke, eine Jeans, ein Pullover und ein schwarzes T-Shirt auf dem breiten Futonbett. Auch die Suche in Bad und Küche blieb erfolglos, von Brigitte Dunker keine Spur. Er ging wieder in den Flur zurück, wo die anderen mit gespannten Gesichtern auf ihn warteten:
„Nichts, keine Spur von Frau Dunker. Herr Timmsen, bitte gehen Sie noch einmal durch. Sie kennen Frau Dunker ja näher, aber bitte nichts anfassen." Petersen war ziemlich ratlos. Zu den Feuerwehrleuten gewandt, fragte er:
„Kriegt ihr die Tür wieder zu?“
„Na, klar“, antwortete Focko Hanken.
„Ich muss das morgen Wilhelmshaven melden, da wir hier ja keine Bereitschaftspolizei haben, die bei einer Suche nach

Vermissten eingesetzt werden kann. Harm, wie viele Leute würdest du im Ernstfall für eine Suche bereitstellen können?"
Nach kurzem Überlegen schätzte dieser:
„Ungefähr 30 Leute, einige sind auf dem Festland oder in Urlaub. Wie stellst du dir das vor, Lars?"
„Lass uns morgen darüber reden, wenn ich mit Wilhelmshaven gesprochen habe."
„Okay, du weißt, wie du mich erreichen kannst", antwortete Harm.
Timmsen kam in diesem Moment wieder aus der Wohnung.
„Ich kann nichts Auffälliges erkennen", berichtete er. „Herr Timmsen, ich brauch wahrscheinlich die Hilfe Ihrer Kollegen. Ich melde mich morgen bei Ihnen."
„Natürlich, ich organisiere das", willigte Timmsen ein.
Focko Hanken hatte die Tür wieder verriegelt. Allen war irgendwie der Ernst der Lage anzumerken. Mit mulmigem Gefühl verabschiedete man sich. Der rote Landrover drehte und fuhr zurück ins alte Feuerwehrhaus. Das neue war ja erst im Rohbau fertig und sollte Ende des Jahres eingeweiht werden. Petersen erinnerte sich an die spielenden Kinder auf der Mauer. Er schwang sich aufs Fahrrad und radelte zurück ins Revier. Einen kurzen Bericht würde er schreiben müssen, er war davon wenig begeistert, aber die Sache war für ihn zu heiß, einen Fehler konnte er sich in keinem Fall erlauben. Plötzlich stand Frieda Siebelts vor der Tür und brachte Bettwäsche für den Polizeianwärter, der morgen kommen sollte. Wieder hatte Petersen diese Personalie verdrängt. Frieda blickte Petersen sorgenvoll an:
„Was war denn los? Ich habe dich mit Harm Gerdes in der Peterstraße gesehen?"
„Ich brauchte seinen Rat wegen eines Einbruchverdachts", log Petersen. Er wollte jetzt keinen Klatsch haben. Er merkte wohl,

dass Frieda nicht ganz zufrieden war mit seiner Antwort, aber er würde ihr das später erklären. Sie verabschiedete sich mit den Worten:
„Und denk morgen an den Anwärter!“
Petersen genoss die Ruhe im Revier. Dieser Tag hatte ihn gestresst und alles rief nach einem Bier. Der Magister hatte Ruhetag. Wohin jetzt? Wenn schon Frieda den Auflauf in der Peterstraße gesehen hatte, war die Gefahr groß, dass andere Insulaner ihn darauf ansprechen würden. Also nichts mit Kneipe, Bier zu Hause und „Tatort“ gucken.

Montag

Am nächsten Morgen war Petersen früh auf den Beinen. Der Besuch beim Bäcker war wieder eine Freude für ihn. Die blonde Bedienung hatte einen verführerischen Blick, er konnte sich dem nicht entziehen. Irgendwann muss was passieren, dachte er. Nach dem Frühstück im Revier rief er das Kommissariat in Wilhelmshaven an. Petersen gab seinen telefonischen Bericht einem Kommissar Wilbert zur Kenntnis, der wohl für den Bereich Wangerland zuständig war. Seine Direktive war klar und präzise:

„Kollege Petersen, Sie organisieren die Suche mit Hilfe der Freiwilligen Feuerwehr, bitte sprechen Sie sich auch mit den Seenotrettern ab. Vielleicht können die mal eine Kontrollfahrt ins Wattenmeer machen. Schaffen Sie sich einen Überblick über das Umfeld der gesuchten Person. Wenn bis Ende der Woche keine Ergebnisse da sind, müssen wir größeres Geschütz auffahren."

Petersen war mit dieser Vorgehensweise einverstanden, zumal sie ihm eine gewisse Freiheit, aber auch Verantwortung einräumte. Als nächstes rief er Harm Gerdes an und bat ihn aufs Revier zu kommen. Er fühlte eine gewisse Genugtuung, dass er die Fäden nun in der Hand hielt, wenn auch wahrscheinlich nur für eine Woche. Einsatzplanung, Absprachen mit Kollegen, das alles waren auch seine Aufgaben in Bremen gewesen. Es klopfte und Harm Gerdes trat ein. Dieser Feuerwehrmann mit seiner untersetzten Figur und seinem deutlichen Hang zum Bauch war eine vertrauenerweckende Erscheinung. Gleich nach der ersten Begegnung spürte Petersen eine Sympathie für diesen Mann, der ja auch noch im Hauptberuf Besitzer eines Fischlokals auf Wangerooge war. Petersen war froh, dass er jemanden hatte, der mit ihm ohne Vorbehalte kooperierte. Sicherlich war die Sache mit dem Shantychor hierbei sehr hilfreich. Petersen berichtete Harm über sein Gespräch mit Wilhelmshaven.

„Harm, wie könnte so eine Suche auf der Insel ablaufen“, fragte Petersen.

„Da gibt es nicht viel Möglichleiten. Der Strand wird täglich vom Wasser- und Schifffahrtsamt kontrolliert. Die fahren mit ihrem Unimog den kompletten Strand bei Ebbe ab. Wenn da was gewesen wäre, hätten die sich gemeldet. Also bleiben für uns nur die Dünen. Hast du was dagegen, wenn ich die Jugendfeuerwehr mit einsetze, viele andere müssen ja arbeiten."

„Okay, aber teile die Jugendlichen immer erfahreneren Männern zu, falls es tatsächlich zu einem Leichenfund kommen sollte.“

„Ja, richtig. Übrigens wir haben auch Frauen bei der Feuerwehr."

„Harm Gerdes, der Feminist“, frotzelte Petersen. Beide mussten heftig lachen. „Was ist mit den Seenotrettern?“ fragte Petersen.

„Ich ruf Stefan an, dass er sich bei dir melden soll."

„In Ordnung, haben wir hier so was wie 'ne Druckerei, um ein Suchplakat drucken zu lassen?“

„Ja, haben wir, Druckerei Frenzel, die drucken den Inselkurier, unsere Inselzeitung. Aber sollten wir das jetzt schon machen?“ Petersen war sich auch unsicher.

„Ich glaube du hast Recht. Das können wir immer noch machen“, pflichtete er Harm bei. „Harm“, fuhr er fort, „die Leitung der Suche liegt in deinen Händen. Du kennst dich hier

aus. Ich werde mich um die Lehrer kümmern, vielleicht wissen die was. Wir bleiben in ständigem Kontakt."
Mit einem kräftigen „Jau“, zog Harm ab.

Petersen stand von seinem Schreibtisch auf, um sich einen Kaffee zu machen, als er das Signal der Lokomotive der Inselbahn hörte. Er blickte auf die Uhr. Scheiße, dachte er, nahm seine Jacke und eilte zum Bahnhof. Schon wieder hätte er die Ankunft des Anwärters fast vergessen. Als Petersen den Bahnhof erreichte, stand der Zug schon am Bahnsteig. Eine Schulklasse lärmte. Die Gepäckcontainer wurden auf den Bahnsteig gestellt, die Schutzplanen geöffnet. Petersen baute sich sichtbar auf dem Bahnsteig auf. Die Uniform als Erkennungszeichen war ja nun allzu deutlich, aber kein Polizeianwärter zu sehen. Sollte er das Schiff verpasst haben, ein weiteres Schiff würde heute nicht mehr fahren. Das wäre ein ganz schlechter Dienstbeginn für einen Auszubildenden. Aus Richtung Gepäckcontainer löste sich eine äußerst attraktive junge Frau aus dem Knäuel. Die blonden Haare waren nach hinten zu einem Pferdeschwanz gebunden. Sie trug enge Jeans, die ihre sportliche Figur betonten. Die blau glänzend wattierte Jacke bedeckte den Körper bis zum Gürtel. Sie stellte einen Trolley ab und ging wieder zu den Containern, um augenscheinlich einen zweiten Trolley zu holen. Was will so eine Frau um diese Jahreszeit in Wangerooge, sinnierte Petersen und wollte sich umdrehen, als er eine Frauenstimme hörte:
„Hallo Herr Polizist, bitte nicht weggehen, einen Moment bitte“, rief sie in Richtung Petersen, dieser blieb verdutzt stehen. Er wartete bis die Frau mit ihrem zweiten Koffer auf ihn zukam:
„Wie kann ich Ihnen helfen, junge Frau?“ Petersen bemühte sich sehr freundlich zu klingen.

„Sie sind wahrscheinlich Herr Petersen, mein Name ist Mona Behrens, Polizeianwärterin aus Oldenburg. Ich bin Ihnen zugeteilt worden."
Petersen entgleisten die Gesichtszüge. Jetzt fiel ihm aber auch gar nichts ein.
„Hallo Herr Petersen, hat es sich bis hierher noch nicht rumgesprochen, dass es auch weibliche Polizisten gibt?“ Sie grinste breit, wodurch große weiße Zähne zum Vorschein kamen.
„Doch, doch“, leicht verstört, beeilte sich Petersen zu antworten, „aber mir wurde ein Polizeianwärter angekündigt“, versuchte er die Situation zu retten.
„Ein Problem damit?“ setzte Mona Behrens nach.
„Nein, nein, ich bin nur ein wenig überrascht“, antwortete Petersen. Er wusste, dass er in diesem Moment einen ganz schwachen Eindruck machte. „Ist das Ihr ganzes Gepäck?" Er versuchte das Thema zu wechseln.
„Ja, das wird doch wohl für die 3 Wochen reichen oder?“ setzte Mona wieder nach.
Petersen wollte nicht mehr antworten, die Frau machte ihn jetzt schon fertig. Er nahm einen der Koffer und sie zogen beide in Richtung Zedeliusstraße ab. Mit einem verstohlenen Blick zur Seite musterte Petersen seine neue Kollegin. Neben der äußerst attraktiven Figur hatte sie ein sehr freundliches Gesicht, in dem er aber eine gewisse Traurigkeit ausmachte, so jedenfalls empfand er es. Er schätzte sie vom Alter her auf Mitte bis Ende Zwanzig. Irgendwie verunsicherte diese Frau ihn, noch konnte er sich eine Zusammenarbeit mit ihr nur schwer vorstellen.
„Das muss doch hier stinklangweilig sein, jahrelang als Dorfpolizist Dienst zu tun oder?“ begann Mona Behrens wieder die Unterhaltung.

„Nun mal halblang Frau Kollegin, erstens bin ich erst seit einer Woche hier und zweitens wird Ihnen die Langeweile gleich schnell vergehen“, giftete Petersen zurück.

Auf dem letzten Stück des Weges wurde jetzt nicht mehr geredet. Beide spürten die Spannung, die in der Luft lag. Petersen schloss das Revier auf, ging nach oben und zeigte Mona ihre Mini-Wohnung.

„Packen Sie erst einmal in Ruhe aus, ich bin unten im Revier. Wenn Sie fertig sind, kommen Sie einfach runter." Er schlug jetzt einen etwas freundlicheren Ton an, schließlich musste er mit ihr 3 Wochen zusammen arbeiten und er brauchte dringend Hilfe. Ob diese vorlaute Kollegin ihm eine Hilfe sein würde, kam ihm allerdings sehr unwahrscheinlich vor. Er hatte kurz erwogen ihr das "Du" anzubieten, wie es unter Kollegen üblich war, aber er entschied sich dagegen. Die Kollegin war in der Ausbildung, sah blendend aus und irgendwie fürchtete er den Inselklatsch. Mittlerweile saß er an seinem Schreibtisch. Das Telefon läutete und ein Stefan Ukena meldete sich. Zuerst konnte Petersen mit dem Name überhaupt nichts anfangen, erinnerte sich dann aber daran, dass Harm Gerdes von einem Stefan in Zusammenhang mit den Seenotrettern gesprochen hatte.

„Moin, Herr Petersen, hier Ukena, ich sollte Sie anrufen?“

„Ja, ich brauche Ihre Hilfe“, stieg Petersen ein und berichtete in kurzen Worten über den Fall der vermissten Lehrerin und Gemeinderätin.

„Wir müssen sowieso ab und zu Kontrollfahrten im Wattenmeer unternehmen, das können wir auch vorziehen. Ich muss das allerdings mit der Seenotleitung in Bremen absprechen. Aber das ist reine Formsache, die „Wilma“ muss ja auch bewegt werden.“

Petersen wollte jetzt nicht fragen, wer denn in Gottes Namen Wilma sei. Er vermutete, dass es sich um einen Schiffsnamen handelte, aber Ukena machte noch einen weiteren Vorschlag:
„Ich kann auch mal mit der SAR-Leitung der Marine in Nordholz sprechen, die fliegen ja jeden Morgen einen Rettungshubschrauber nach Helgoland rüber. Spricht was dagegen, wenn die mal im Tiefflug über Wangerooge fliegen würden?“
„Kriegen Sie das denn durch“, fragte Petersen ungläubig.
„Versuchen kann man das doch, die fliegen doch sowieso hier rüber“, antwortete Stefan Ukena. Petersen war begeistert, das könnte eine echte Hilfe sein. Sie verabredeten engen Kontakt zu halten und beendeten dann das Gespräch.
Als nächstes rief er Schulleiter Timmsen an und verabredete einen Termin für heute Spätnachmittag mit dem Kollegium. In seinem Eifer hatte er nicht bemerkt, dass Mona Behrens schon eine Weile im Dienstzimmer stand. Sie hatte ihre Uniform an und wirkte auf Petersen noch attraktiver.
„Was geht hier denn ab, es ist ja wirklich was los."
„Nun erst mal mit der Ruhe. Ich zeige Ihnen jetzt Ihren Arbeitsplatz, PC, wichtige Telefonnummern, Funkgerät usw. und danach bringe ich Sie auf den neuesten Stand in unserem Vermisstenfall."
Die Einweisung mit dem Bericht dauerte fast eine Stunde und diesmal wurde er auch nicht von ihr unterbrochen, was er schon als sehr wohltuend empfand. Mona Behrens war nach diesem Bericht schweigsam geworden. Petersen nutzte die Gelegenheit, um das Programm für den Nachmittag zu erläutern.
„Wir gehen jetzt gleich mal durchs Dorf. Ich zeige Ihnen die Gegebenheiten und dann gehen wir zur Inselschule. Ich möchte die Kollegen von Brigitte Dunker befragen. Ich würde

Sie bitten, sich Notizen über die Antworten zu machen, okay? Diensthandy und Funkgerät nehmen wir mit, falls es etwas Neues von der Suche der Feuerwehr gibt." Mona nickte, sie zogen sich an und machten sich auf den Weg.

In der Zedeliusstraße war wenig los. Der Schwede, den er ja aus dem Treibsand und vom Magister kannte, überholte sie und pfiff: „ Junge, Junge das ist ja 'ne tolle Unterstützung, Sheriff!"
„Chauvi", entfuhr es Mona.
Petersen sagte nichts. Sie gingen weiter bis zur Promenade. Petersen erklärte die weiteren Örtlichkeiten und kam sich wie ein Insulaner vor, der schon seit Geburt auf der Insel lebte, dabei war er erst eine Woche auf diesem Sandhaufen, wie die Insulaner fast liebevoll ihre Insel nannten. Am „Café Pudding" wandten sie sich nach rechts, gingen am Hotel Upstalsboom vorbei und bogen in die Westingstraße in Richtung Inselschule ein. In der Schule roch es nach Bohnerwachs, ein Geruch, den Petersen an seine eigene Schulzeit erinnerte. Wo war das Lehrerzimmer? Sie folgten dem Hinweisschild Verwaltung. Die Tür eines Zimmers, aus dem Stimmen zu hören waren, war nur angelehnt. Hier musste das Lehrerzimmer sein. Sie klopften kurz und betraten den Raum. Um einen großen Tisch herum saßen ungefähr 14 Personen. Die Männer waren leicht in der Überzahl, was für heutige Schulen recht ungewöhnlich war. Die Unterhaltung verstummte als, die beiden Polizisten eintraten. Uwe Timmsen begrüßte beide mit Handschlag.
„Was haben Sie da denn für eine charmante Begleitung mitgebracht?"
Mona Behrens verkniff sich diesmal eine Bemerkung. Petersen empfand die Bemerkung auch als unpassend und rechnete Mona hoch an, dass sie nichts sagte.
„Das ist meine Kollegin Behrens, die mich ab heute auf der Insel unterstützt. Ich möchte gleich zur Sache kommen. Das

Verschwinden Ihrer Kollegin Dunker gibt uns große Rätsel auf. Ich möchte etwas mehr über sie erfahren, über ihre Kontakte, ihr Privatleben und die Arbeit an der Schule. Wenn Sie etwas beitragen können, bitte ich Sie sich zu äußern. Meine Kollegin macht sich einige Notizen."
Die Lehrer nickten betroffen. Petersen und Mona setzten sich jetzt mit an den Tisch. Petersen kannte neben dem Schulleiter Timmsen, den Leiter des Shantychores Sönke Meiners und von der Gemeinderatssitzung den Fraktionskollegen von Brigitte Dunker, Jens Remmers.
„Was wissen Sie über ihr Privatleben, hatte Sie einen Freund, eine Freundin oder andere Kontakte im Freizeitbereich?“ fing Petersen an zu fragen.
Das Lehrerkollegium reagierte nicht. Die Blicke der meisten blieben gesenkt, bis der Schulleiter die Initiative ergriff:
„Wenn ich was Falsches sage, bitte ich die Kolleginnen und Kollegen mich zu korrigieren. Brigitte, also ich meine Frau Dunker lebte sehr zurückgezogen. Sie hat sich, wie Sie ja wissen, sehr in der Gemeindepolitik engagagiert, dazu kann ihr Fraktionskollege Remmers sicher mehr sagen. Die Kollegin Dunker ist seit 2007 an der Inselschule und ist hier als angestellte Förderlehrerin im Ganztagsbereich eingesetzt. Sie fördert also gezielt Schüler, die Defizite haben. Das macht die Kollegin wirklich hervorragend. Ich kann da nichts Negatives sagen oder?“ Dabei sah er das Kollegium aufmunternd an. Die Runde nickte. „Bei schulischen Aktivitäten“, fuhr Timmsen fort, „war sie immer engagiert dabei, vor Arbeit hat die sich nie gedrückt. Sie lebt, glaube ich sehr zurückgezogen, abends im Ort oder in den Kneipen habe ich sie sehr selten gesehen. Als Sport hat sie Nordic-Walking betrieben. Man konnte sie fast täglich am Strand laufen sehen."
Petersen hatte sie auch gesehen mit ihren Sticks in der Hand.

„Uwe, du solltest der Polizei etwas darüber sagen, dass ihr berufliches Vorleben nicht ganz klar war", unterbrach jetzt Remmers seinen Schulleiter.
„Na ja, ob das wichtig ist. Sie wurde uns vom Schulamt zugewiesen, obwohl wir keine Förderlehrerstelle beantragt hatten. Das ist sehr ungewöhnlich, weil ja heute um jede Stelle gestritten wird."
„Na, ja und du wusstest ja auch nicht, wo sie genau herkam oder?" mischte sich Remmers erneut ein.
Timmsen fuhr fort: „Ich hab hier ja keine Personalakten. Sie hat mal erwähnt, dass sie in Bremen tätig war. Aber warum sie hierhergekommen ist, darüber hat sie nie etwas gesagt. Das mögen ja auch private Dinge sein, die mich nichts angehen", beendete Timmsen erst einmal seine Ausführungen.
Petersen hakte noch einmal nach: „Private Kontakte im Kollegenkreis hat es demnach nicht gegeben?"
Die Runde schüttelte wieder die Köpfe. „Gut, dann würde ich jetzt gerne mit Herrn Remmers alleine über die politischen Dinge sprechen."
Die anderen Lehrerinnen und Lehrer erhoben sich und verließen nach und nach den Raum. Die Stimmung war sehr gedrückt, das war deutlich zu spüren und auch Petersen empfand es so. Er bedeutete Mona Behrens sitzen zu bleiben. Als sie mit Remmers allein waren, begann Petersen wieder zu fragen:
„Ich bin ja noch nicht lange auf der Insel, was ich aber so mitgekriegt habe, gab es und gibt es handfeste Auseinandersetzungen, ich sag nur Golfplatz und Polizeiwiese. Wurde Frau Dunker wegen ihres politischen Engagements auf der Insel angefeindet?"
Remmers überlegte. Er war ein großer schlanker gut aussehender Mann und entsprach vom Äußeren nicht dem

Klischee des grünen Aktivisten, wie Petersen feststellte. Dass er hier auch seine Vorurteile pflegte, war ihm durchaus bewusst. Aber das war den Nachwirkungen seiner gescheiterten Ehe mit einer „grünen“ Lehrerin geschuldet.
„Natürlich sind wir beide hier auf der Insel angefeindet worden und werden es noch“, begann jetzt Remmers zu referieren, „es gibt hier massive Interessensgegensätze. Der Golfplatz ist ein Projekt der Verwaltung, die die Insel auch für eine gehobene Klientel attraktiv machen will. Hier gibt es auch den Zusammenhang zu den Investoren, die die Appartements auf der Polizeiwiese bauen. Deren Pech ist aber nun, dass sich das Gelände des geplanten Golfplatzes zumindest zu einem Drittel auf der Fläche des Nationalparks Niedersächsisches Wattenmeer befindet. Um hier nun was machen zu können, sind kostenintensive Ausgleichsmaßnahmen vonnöten, die Zeit und Geld Kosten. Das ist der Gemeinde und den Investoren ein Dorn im Auge. Auf der anderen Seite stehen viele Bürger hinter uns. Im Bürgerentscheid 2003 haben sich die Bürger mit großer Mehrheit gegen einen Golfplatz ausgesprochen. Dahinter steht letztlich die Frage nach der Ausrichtung Wangerooges für die Zukunft. Geht das in Richtung Sylt oder in Richtung naturbelassener, familienfreundlicher Insel."
„Danke Herr Remmers“, unterbrach Petersen, „das reicht fürs erste. Ich hab da noch eine letzte Frage. Bei der engen politischen Zusammenarbeit mit Frau Dunker, sind Sie sich da nicht auch näher gekommen?“
„Wie meinen Sie das denn? Ich bin glücklich verheiratet“, unterbracht jetzt Remmers leicht gereizt.
„So meine ich das nicht, Entschuldigung, ich habe mich wohl missverständlich ausgedrückt. Haben Sie während ihrer

politischen Arbeit nicht mehr über den Menschen Dunker erfahren?“ korrigierte Petersen.
„Es stimmt schon, was eben gesagt wurde", so Remmers nachdenklich, „an der Stelle hat sie zugemacht, da kam man überhaupt nicht weiter. Betriebsausflüge des Kollegiums zum Beispiel hat sie gemieden und sie ist auch nur selten bei Geburtstagsfeiern von Kollegen anwesend gewesen."
„Gut, vielen Dank Herr Remmers. Das war 's!“
Petersen gab Mona Behrens ein Zeichen. Sie erhoben sich, verabschiedeten sich von Remmers und vom Schulleiter Timmsen und verließen die Inselschule. Das Diensthandy von Petersen klingelte wie auf Bestellung. Harm Gerdes informierte darüber, dass morgen die Feuerwehr mit der Suchaktion beginnen würde. Petersen seinerseits informierte über das Gespräch mit den Seenotrettern. Harm Gerdes konnte es sich aber nicht verkneifen.
„Du hast ja jetzt eine scharfe Braut an deiner Seite, die ganze Insel redet schon davon."
„Tschüss Harm, bis morgen“, beendete Petersen das Telefongespräch. „Ich hab’s gewusst“, murmelte er in sich hinein, aber so leise, dass Mona davon nichts mitbekam.

Sie verabschiedeten sich in Höhe Charlottenstraße. Mona wollte noch einkaufen gehen. Man verabredete sich für morgen, um das Gespräch mit dem Lehrerkollegium gemeinsam durchzugehen und zu bewerten. Petersen ging nach Hause, machte sich was zu essen und spielte Gitarre. Sönke Meiners hatte ihn per Mail informiert, dass er einen Wangerooge Rap geschrieben habe und gab ihm die Harmonien durch für den Übungsabend am Mittwoch. Rap war ja nun überhaupt nicht seine Welt und er hatte große Schwierigkeiten ein Rhythmusgefühl dafür zu entwickeln. Was Rap nun mit einem Shantychor zu tun haben sollte, musste

Sönke ihm mal erklären. Als er mit dem Üben fertig war, reifte in ihm ein überfälliger Entschluss. Heute muss es sein, das Feierabendbier! Er zog seine alte Lederjacke an und schlenderte in Richtung „Störtebeker." An der Theke saßen die üblichen Verdächtigen beim Knobeln, die Barhocker waren alle besetzt.

Mit „Moin Sheriff, da bleibt dir nur die Verlobungsbank", wurde Petersen vom Magister begrüßt.

Die Bank war am rechten Thekenende platziert. Petersen blieb keine andere Wahl, da er sich nicht allein auf die Empore setzen wollte. Der Magister schien schon mächtig getankt zu haben und er legte auch gleich los:

„Was ihiis, Sheriff?" flötete dieser. Petersen kannte diese Scherze schon. Die zweite Silbe des Wortes sang er quasi, in dem er die Stimme nach unten senkte.

„Was soll sein?" antwortete Petersen, der schon ahnte, was jetzt kommen würde.

„Na, ja die Verlobungsbank ist ja jetzt genau richtig. Wo ist denn deine Lara Croft?"

„Wenn du meine Auszubildende meinst, weiß ich nicht?"

„In was die du wohl ausbildest?" grölte der Magister. Über seine Sprüche konnte er mal wieder selbst am meisten lachen.

„Ha, ha, ha." Petersen war genervt. Gott sei Dank ging die Knobelei in die nächste Runde und der Magister wurde aufgefordert, einen Wurf zu machen. Petersen bekam eine Atempause. Die Knobler hatten ihre eigenen Rituale. Auf ihren Bechern waren entweder die Vornamen geschrieben oder die Abzeichen ihrer Lieblingsfußballklubs aufgeklebt.

Jetzt zum Beispiel sprach ein Knobler mit seinem umgedrehten Becher:

„Kinnings, reißt euch zusammen, lasst mich nicht im Stich!"

Petersen grinste in sich hinein, wenn der Schwede bei jedem

zweiten Wurf murmelte:
„Alter Schwede!" Oder plötzlich ertönte aus der anderen Richtung:
„Ich hab 'nen Harten!“
Petersen beobachtete amüsiert die Spieler. Hauptsache er hatte Ruhe vor dem Magister. Als er ihm ein neues Bier hinstellte, tuschelte er leise:
„Für unseren verliebten Sheriff." Der Magister war in der weiteren Runde raus und wechselte die CD. Hier konnte es immer eine Überraschung geben. Er wähle eine Austria-Alpen-Rock-CD aus, deren erster Titel *Drah di net um*, der Kommissar geht um“ von Falco war. Der Magister erhöhte nun die Lautstärke und machte hinter der Theke Tanzschritte, zwei vor und einen zurück und starrte dabei immer wieder Petersen an, selbst die Knobler fingen an, ihre Oberkörper bei der Musik zu bewegen. Wenn das nicht auf seine Kosten gegangen wäre, hätte Petersen auch seinen Spaß gehabt. Aber so ganz wohl fühlte er sich nicht in seiner Haut. Jetzt ging die Kneipentür auf und ein Paar, augenscheinlich Touristen, trat ein, taxierte die Szenerie und machten auf dem Absatz kehrt. Der Magister war davon unbeeindruckt und fuhr mit seiner Tanzvorführung fort. Wieder ging die Tür auf, Petersen stockte der Atem, Mona stand in der Kneipentür. Sie hatte enge schwarze Jeans an, trug eine kurze Lederjacke. Ihre schwarzen Stiefel gingen ihr bis zum Knie. Sie trug im Gegensatz zu heute Nachmittag die Haare offen. Sie musterte die Thekengemeinde und schüttelt mit dem Kopf. Als sie Petersen entdeckte, steuerte sie zielstrebig auf die Verlobungsbank zu und setzte sich neben ihn. Die Tanzschritte des Magisters wurden wieder heftiger.
„Chef, was geht hier eigentlich ab, was ist das denn für ein Schuppen?“ sprach sie Petersen an.
„Diese Kneipe scheint hier Kult zu sein. Ich gehe hier sonst

immer zum Fußball hin“, erklärte Petersen. „Der Wirt, der sich Magister nennt, hat 'nen Rad ab. Die machen sich über uns lustig."
Der Magister wandte sich jetzt Mona Behrens zu:
„Also doch Verlobungsbank, was möchtest du trinken, schöne Frau?“
„Die Anmache lass mal weg, ich trink einen Aperol Spritz!“
„Wir sind hier nicht auf Sylt, Frau Kommissarin, sowas haben wir nicht."
Das war ein Standardspruch des Magisters „Wir sind hier nicht auf Sylt." Er kultivierte diesen Spruch und ließ ihn sogar auf Postkarten und Werbe-T-Shirts drucken. Petersen fand diesen Spruch ausnahmsweise auch sehr witzig und musste lachen, vor allem als er Monas Gesichtsausdruck sah.
„Dann nehm´ ich ein Alster." Mona steckte dem Magister die Zunge raus.
Der Falco-Titel auf der CD war mittlerweile vorbei und es ging mit Reinhard Fendrichs *Macho, Macho* weiter. Bei der Textzeile „er hat 'nen Hintern wie Apollo“ fing der Magister wieder mit dem Tanzen an und wackelte ständig mit seinem recht breiten Hintern. Die Hose war so weit heruntergerutscht, dass man einen Teil der Arschspalte sehen konnte. Irgendwie erinnerten seine Tanzschritte an Balou den Bären aus dem Dschungelbuch. Jetzt musste auch Mona Behrens lachen, zu Petersen gewandt meinte sie:
„Der ist voll wie ’n Eimer." Petersen nickte. Nach dem Fendrich-Titel stellte der Magister die Musik wieder leiser. Eine neue Knobelrunde begann. Mona nutzte die relative Ruhe und fragte Petersen: „Ich weiß, ich bin die Jüngere und dürfte so etwas gar nicht fragen, aber unter Kollegen duzt man sich doch, warum, machen wir das eigentlich nicht?“
„Das ist schon richtig, aber Sie sind meine Auszubildende und

Sie sehen doch, was hier los ist, die dichten uns doch glatt ein Verhältnis an."
„Das ist doch lächerlich, Sie könnten doch mein Vater sein."
„Danke für das Kompliment, Frau Kollegin."
Das hatte gesessen! Petersen fühlte sich doch mehr getroffen, als er sich selbst eingestehen wollte. Seine männliche Eitelkeit war verletzt. Nach einem weiteren Bier zahlte Mona und verließ die Kneipe. Sofort nahm der Magister wieder Kontakt zu Petersen auf:
„Wie hältst du das eigentlich aus?"
„Das weiß ich auch nicht. Mal eben was Ernstes. Können wir morgen mal ungestört reden?"
„Ich komm mal aufs Revier, du kannst Lara Croft ja auf Streife schicken", regte der Magister an.
Petersen nickte und zahlte. In Monas Appartement brannte noch Licht. Was die wohl jetzt von ihm denken würde?

Dienstag

Am nächsten Morgen brachte Petersen auch für Mona Brötchen mit. Die nette Verkäuferin der Inselbäckerei hatte zum Bedauern von Petersen frei. Mona war noch nicht zu sehen, so dass er noch Zeit hatte, Kaffee zu kochen und die Brötchen recht ansprechend zu drapieren. Nach einigen Minuten kam auch Mona ins Dienstzimmer. Sie sah natürlich blendend aus, Petersen konnte es nicht übersehen.

„Moin Chef, das ist nett, dass Sie Brötchen geholt haben. Ans Frühstück habe ich gestern gar nicht gedacht."

Petersen schenkte Kaffee ein.

„Sagen Sie mal Chef, was ist das denn für ein Schuppen gestern gewesen. Der Wirt hat doch echt 'nen Rad ab. Kennen Sie den?"

„Nein, nur aus der ersten Woche vom Fußball", log Petersen.

„Der tat aber sehr vertraut mit Ihnen", setzte Mona nach. „Irgendwie ist der Typ eine Mischung aus Witz und Wahnsinn. Der war doch voll wie ein Eimer."

„Kann man wohl so sagen, aber manchmal kann der echt witzig sein. Der hat um sich so eine Kult-Aura aufgebaut. Der Spruch „Wir sind hier nicht auf Sylt" ist schon witzig. Das vermarktet der richtig auf Postkarten und T-Shirts, da muss man erst mal drauf kommen. Auf dem Spielautomaten steht eine Glaskugel und um die herum läuft in grüner Farbe ständig der Schriftzug „Wir sind hier nicht auf Sylt."

Petersen schenkte noch mal Kaffee nach. Mona legte einen DIN A3 Zettel auf den Tisch.

„Apropos Sylt, ich hab mal eine Mind-Map von unserem Gespräch mit den Lehrern gestern gemacht."

„Wo lernt man denn so was?“ unterbrach Petersen.
„Mussten wir auf der Polizeiakademie machen, lernen die aber in der Schule auch schon. Man versucht Gedankengänge zu visualisieren."
„Au ha“, entfuhr es Petersen. Mona ließ sich aber nicht beirren: „Hier eingekreist ist die Vermisste Brigitte Dunker, auffällig ist, und das haben alle gesagt, kein Privatleben, macht zu, wenn es zu persönlich wird."
„Oder wenn nach ihrer Vergangenheit gefragt wird“, ergänzte Petersen.
„Genau, ein wichtiger Ansatzpunkt könnte die Vergangenheit dieser Frau sein“, stimmt Mona zu.
„Merkwürdig kam mir dieser Remmers vor, der den Schulleiter ja immer unterbrochen hat, um auf die ungeklärte Vergangenheit aufmerksam zu machen. Das müssen wir im Auge behalten“, schaltete Petersen sich ein. Mona nickte und fuhr fort:
„Ein zweiter Punkt, habe ich hier auf den Pfeil geschrieben, könnten die politischen Aktivitäten der Frau sein. Die hat einigen Leuten, so wie ich das mitgekriegt habe, ganz schön auf die Füße getreten."
„Da wären die Interessen der Investoren, die eine große Appartementanlage mit Hotel bauen wollen und dafür für ihre Klientel einen Golfplatz haben wollen“, führte Petersen fort. Mona schrieb mit roten Filzstift Investoren auf das Blatt.
„Malen Sie mal gleich die Interessen der Gemeindeverwaltung dazu, denn die wollen Wangerooge für neue Schichten öffnen. Ich sage nur Sylt. Nebenbei dient das Ganze auch der Entschuldung der Gemeindekasse."
Mona schrieb auch das mit rotem Filzer dazu. Beide blickten nachdenklich auf das von Mona gezeichnete Blatt.

„Gute Arbeit, Frau Kollegin“, lobte Petersen. Mona wirkte etwas verlegen, war aber sichtlich stolz, dieses Lob zu hören.
„Ich muss unbedingt noch mal in die Wohnung. Vielleicht finde ich etwas über die Vergangenheit dieser Frau."
„Soll ich mitkommen?“ fragte Mona.
„Nein, danke, dafür brauche ich Ruhe. Ich fände es gut, wenn Sie sich bei der Suchaktion der Feuerwehr, die heute startet, mal sehen lassen könnten."
„Okay, Sie sind der Chef." Mona klang etwas enttäuscht.
Petersen rief Harm Gerdes an und erkundigte sich, wann die Suchaktion starten sollte.
„Wir fangen heute um 14 Uhr an, bei Neudeich“, erklärte Harm Gerdes. Petersen kündigte Monas Erscheinen an.
„Das ist nett von dir, dass du auch mal an mich denkst“, feixte Harm.
Petersen erläuterte Mona an Hand der Inselkarte kurz, wo sich das „Café Neudeich“ befand, das letzte Restaurant hinter dem Deich im Osten der Insel.
„Sie können das Dienstfahrrad benutzen“, schlug er vor.
In diesem Moment hörten sie näher kommende Geräusche eines Hubschraubers. Der Lärm wurde immer lauter. Mona und Petersen gingen auf die Straße. Der große SAR-Hubschrauber (Search and Rescue), der für Krankentransporte oder Seenotfälle vorgesehen war, flog sehr tief und sehr langsam über die Insel. Das hatten sie Stefan Ukena von den Seenotrettern zu verdanken.
„Sie veranstalten hier aber ganz großes Kino, Kollege Petersen“, grinste Mona ihn an.
Petersen winkte ab und sie gingen wieder ins Revier. Langsam wurde der Lärm des Hubschraubers weniger. Er drehte ab in Richtung Helgoland. Wie abgesprochen läutete das Telefon, Stefan Ukena vermeldete, dass die Piloten des Hubschraubers

nichts Verdächtiges gesehen hatten. Für morgen kündigte er eine Kontrollfahrt der „Wilma Sikorski“, dem Seenotrettungsboot von Wangerooge, ins Wattenmeer an. Petersen bedankte sich und informierte kurz Mona.

„Chef, wenn ich mir eine persönliche Bemerkung erlauben darf, Sie sind doch für diesen Job total überqualifiziert. Ich wette, Sie haben schon was Höheres bei der Polizei gemacht?“ unterbrach Mona die Stille.

„Das erzähle ich Ihnen beim Abschlussbier, wenn Sie wieder nach Oldenburg zurückgehen“, antwortete Petersen unwirsch. Er vertraut mir nicht, dachte Mona und damit lag sie nicht ganz falsch.

Wieder läutete das Telefon. Der Inselspediteur rief an und meldete einen Diebstahl. Einem Mitarbeiter sei von einem Elektrokarren ein Rucksack gestohlen worden. Im Rucksack befand sich u.a. ein schwarzes Kellnerportemonnaie mit Bargeld. Petersen kündigte das Kommen seiner Kollegin an.

„Es gibt Arbeit, Frau Kollegin, Ihr erster alleiniger Einsatz." Der ironische Unterton war leicht raus zuhören. Er beschrieb Mona, wo sich der Spediteur jetzt befand. „Und Funkgerät nicht vergessen, falls es was Neues gibt“, wies er die Kollegin an.

Danach genoss er die Ruhe im Revier. Er musste aber zugeben, dass die Sache mit der Mind-Map nicht so schlecht war. Es führte zu mehr Klarheit im Kopf. Ihm war in jedem Falle klar, dass er noch einmal in die Wohnung von Brigitte Dunker musste. Den Notschlüssel würde er sich von Focko Hanken besorgen. Eigentlich wollte der Magister ja noch kommen, aber der lag wohl nach gestern Abend in sauer. Das Treffen würde er nachholen, allerdings nicht öffentlich. Er funkte jetzt Mona an, um zu sehen, ob sie das Funkgerät bedienen konnte. Es

klappte, sie war gerade dabei, den Diebstahl aufzunehmen. Mit den Worten:
„Gehe jetzt in die Wohnung, melde mich ab, bin aber über Funk erreichbar“, beendete Petersen das Gespräch.
Er holte sich den Notschlüssel aus der Tischlerei, wo Focko Hanken arbeitete und ging langsam in Richtung Peterstraße. In Höhe „Café Treibsand“ kam ihm Günter Depken, der Bürgermeister der Insel entgegen:
„Sagen Sie mal Petersen, was ist hier eigentlich los, Hubschraubereinsatz und Feuerwehrübung in den Dünen. Bei so etwas erwarte ich, dass Sie mich informieren."
„Wir wissen ja letztlich selber gar nichts, außer dass Frau Dunker wie vom Erdboden verschwunden ist“, versuchte Petersen den Ball flach zu halten. „Das kann ja eine ganz natürlich Ursache haben, man muss ja nicht gleich ein Unglück oder gar ein Verbrechen vermuten“, rechtfertigte er sich.
„Hier handelt es sich schließlich um eine Gemeinderätin. Ich möchte in Zukunft über Ihre Schritte besser informiert werden. Haben wir uns verstanden?"
Der Bürgermeister war sichtlich verärgert. Petersen nickte kurz und verabschiedete sich. Den würde er nicht zum Freund bekommen. Als er weiter in Richtung Pudding ging, stand auf der Terrasse des Lokals „Düne 17“ die nette Flughafenangestellte, die ihm bei der Suche nach einer Flugbuchung von Brigitte Dunker geholfen hatte.
„Hallo, wir haben noch ein Date offen“, rief sie herüber.
„Nicht vergessen, machen wir noch“, winkte Petersen zurück.

Das tat ihm jetzt gut, nach der Standpauke des Bürgermeisters. War er in diesem Fall zu aktiv? Selbstzweifel kamen in ihm hoch, wollte er sich etwas beweisen nach einer langen Reihe von Demütigungen in Bremen? Er musste auf der Hut sein. Er beschloss einen Umweg über die Promenade zu nehmen. Die

See war ruhig, im Wangerooger Fahrwasser wühlte eine Fregatte der Bundesmarine die See auf. Auf der Reede lagen einige Schiffe und das Lotsenversetzboot war mit bloßem Auge zu erkennen. Mit dem Fahrrad kam ihm der Wirt des „Strandkorbs“ entgegen, dem er ja neulich mit Onno geholfen hatte.
„Du gehst aber auch nur in den „Störtebeker“, kannst auch mal bei uns vorbeischauen."
„Hab‘ im Moment viel zu tun, mach ich aber bald, versprochen."
Es wurde also peinlichst registriert, in welche Kneipe man ging. Daran musste er sich erst gewöhnen, zumal er ja quasi eine „öffentliche“ Person war, die augenscheinlich genau beobachtet wurde.
Über die Westingstraße bog er in die Peterstraße ein. Er nahm den Notschlüssel schloss auf und ging vorsichtig in die Wohnung von Brigitte Dunker. Nichts schien daraufhin zu deuten, dass in der Zwischenzeit jemand in der Wohnung gewesen war. Ihn interessierte eigentlich nur das Arbeitszimmer. Er wollte versuchen mehr über Brigitte Dunker zu erfahren. In Bremen gab es ja diesen berühmten Profiler Axel Petermann, der zwei Bücher geschrieben hatte, auch Tatortdrehbücher wurden auf Grundlage seiner Berichte verfasst. Er hatte selbst eine Fortbildungsveranstaltung von ihm besucht, die er außerordentlich interessant fand. Offiziell beschäftigte Petermann sich mit operativer Fallanalyse. In seinen Büchern beschreibt Petermann, dass er manchmal stundenlang alleine in der Wohnung eines Opfers verbrachte, um in aller Ruhe das Umfeld auf sich wirken zu lassen. Aber hatte er hier einen Fall? So klar war die Sache nicht. Die Wohnung schien in keinem Fall ein Tatort zu sein.

Petersen musste jetzt grinsen. Er kannten einen Musiker einer Bremer Oldieband, der sehr gut Geige spielen konnte, und immer, wenn er zur Geige griff, ließ er den Spruch raus: „Man nennt mich auch den David Garrett für Arme."
So kam er sich jetzt auch vor, der Profiler für Arme. Er nahm sich den Schreibtischstuhl von Brigitte Dunker und begann die Bücherregale zu studieren. Es waren die typischen Bücher, die in Lehrerhaushalten mit linker Weltanschauung zu finden waren, er kannte das von seiner geschiedenen Frau. Die komplette Gesamtausgabe der Marx-Engels-Werke, Lenins Schriften, Frankfurter Schule mit Büchern von Adorno und Horkheimer. Dann folgten Bücher zum Befreiungskampf in der Dritten Welt, darunter sehr viel Literatur, die sich mit Che Guevara und Lateinamerika befasste. Auffällig viele Bücher zum Palästina-Konflikt mit Abhandlungen über die PLO und die Hamas fielen Petersen auf. Ferner ein Sammelband mit Aufsätzen von Ulrike Meinhof aus der Zeitung Konkret, Stefan Austs Bader-Meinhof-Komplex und Veröffentlichungen von Jürgen Peter Boock, dem prominenten Aussteiger aus der RAF (Rote Armee Fraktion). Ein komplettes Regal enthielt die Standardwerke grüner Politik zu Atomkraft, Energiewende, Bücher über frühere Koryphäen der grünen Bewegung wie z.B. Petra Kelly, Jutta Ditfurth, Ebermann und Trampert. Dann Bücher, die Petersen in die Kategorie Frauenliteratur einordnen würde. Das Regal auf der anderen Seite des Zimmers beinhaltete ausschließlich pädagogische Fachliteratur.
Er fragte sich, ob er jetzt schlauer war. Er fand die Auswahl der Bücher ziemlich typisch für linke Lehrer aus den 70er Jahren. An Hand der Literatur im Bücherregal konnte man schon einen gewissen Lebenslauf einer Person erkennen. Der Weg von radikalen politischen Positionen zur grünen

Weltanschauung ließ die vorhandene Literatur erahnen. Aber das war ja nichts Ungewöhnliches. Viele heute prominente Politiker der Grünen kamen aus kommunistischen Sektierergruppen. Jürgen Trittin, der aus Bremen stammte, war hier ein Beispiel. Ein Übergewicht hatten die Bücher über den Befreiungskampf in der Dritten Welt. Aber was sagte das aus? Vielleicht lag hier ein Spezialinteresse vor. Nun wandte er sich dem CD-Regal zu, auch über den Musikgeschmack konnte man etwas über einen Menschen erfahren. Ihm fielen die vielen Rolling Stones CDs auf, Pink Floyd, dann die typische Frauenabteilung mit Cat Stevens, Leonard Cohen und Simon and Garfunkel. Eigentlich mochte er diese Musik nicht so sehr, aber in den Siebzigern und Achtzigern war es ein Muss, wenn man mit einer Frau ins Bett wollte. Aktuellere Musik war kaum zu finden, außer zwei CDs von Herbert Grönemeyer.
Er erhob sich, stellte den Stuhl wieder an den Schreibtisch. Sollte er jetzt die Kleiderschränke durchwühlen? Er entschied sich dagegen, er wäre sich wie ein Spanner vorgekommen. Trotzdem warf er aber noch einen Blick ins Badezimmer. Hier waren die üblichen Toilettenartikel zu sehen, nichts Auffälliges. Noch schnell in die Küche, die er beim ersten Besuch kaum in Augenschein genommen hatte. In der Spüle standen ein Weinglas und eine leere Flasche Jever Pils. Das war in der Tat merkwürdig. Hatte Brigitte Dunker Besuch gehabt oder stand die Flasche schon länger da? Die Bierflasche könnte ein Indiz für Herrenbesuch sein. Nach Aussagen der Kollegen hatte diese Frau aber kein Privatleben. Er nahm die Digitalkamera heraus und fotografierte die Spüle. Vielleicht sollte er die Bücherregale auch aufnehmen, um das ganze noch einmal rekapitulieren zu können. Offizielle Ermittlungsindizien wären das natürlich nicht, aber für ihn persönlich könnte es vielleicht hilfreich sein.

Nachdem er die Fotos gemacht hatte, schloss er die Wohnung wieder ab und funkte Mona an, die mittlerweile bei der Suchaktion der Freiwilligen Feuerwehr im Osten der Insel sein müsste.
„Frau Behrens, bitte kommen, hier Petersen."
„Ja Chef, bin bei der Suchaktion, bisher alles ohne Ergebnis“, antwortete Mona.
„Okay, ich gehe zurück ins Revier. Wir treffen uns dort, over."
„Over." Auf dem Rückweg begegnete er Sönke Meiners, dem Leiter des Shantychores:
„Moin Lars, gibt’s was Neues in Sachen Brigitte?“ Petersen schüttelte mit dem Kopf.
„Hast du den Rap eingeübt“, wechselte Sönke das Thema.
„Ja, ist aber nicht unbedingt mein Ding."
„Soll ja nur ein Gag sein, wenn wir demnächst auftreten. Ich habe auch schon einmal einen Wangerooge Rock geschrieben. Das war ein großer Erfolg. Noch was anderes, kennst du von Achim Reichel *Exxon Valdez*?“
„Ja, ein schöner Titel mit ‘nem tollen Text."
„Ich überlege, ob wir das machen sollten. Die Havarie der *Exxon Valdez* hat ja zu dieser riesigen Ölpest im Prinz-William-Sund geführt. Immerhin besteht für Wangerooge stets die Gefahr einer Ölpest, wenn hier so 'n Supertanker auflaufen sollte, die fahren hier ja alle sehr dicht vorbei."
„Stimmt, der Bezug ist da“, stimmte Petersen zu.
„Traust du dir zu, das zu singen?“ fragte Sönke.
Im ersten Moment war Petersen erstaunt: „Ich hab schon mal ‘nen Achim Reichel Titel gesungen. Müsste ich ausprobieren, weil ich dabei ja sicher Gitarre spielen soll?“
Sönke Meiners nickte.
„Ich kann mir das gut vorstellen, wenn der Chor diesen Exxon Valdez-Refrain singt."

„Ja, ich probiere das mal aus. Die Aufnahme hab ich zu Hause."

Man verabschiedete sich und Petersen schlenderte zurück ins Revier. Meiners schien stark auf ihn und seine Gitarrenkünste zu setzen. Das war zwar nicht das große Rock-Repertoire, es war aber für ihn eine gute Abwechslung und die Möglichkeit, Zugang zu den Menschen auf der Insel zu bekommen. Im Revier erledigte er noch liegen gebliebenen Papierkram und speicherte die Fotos aus der Wohnung unter dem neuen Ordner Brigitte Dunker ab. Nach einer knappen halben Stunde betraten Mona und Harm Gerdes das Revier. Sie berichteten von der erfolglosen Suche in den Dünen. Die Feuerwehrleute hatten systematisch die Dünenkette vom Restaurant Neudeich bis zu Ostspitze abgesucht. Morgen wolle man die Dünen vom Neudeich bis zum Ort absuchen.
„Ärger hat es mit einem Vogelaufseher vom Mellumrat gegeben, weil wir die Vögel in Aufruhr versetzt hätten. Ich kann's nicht ändern. Nur dass du Bescheid weist, wenn da 'ne Beschwerde kommt", berichtete Harm.
„Der Bürgermeister hat mir auch schon einen Einlauf gegeben. Ich hätte ihn informieren müssen."
„Der soll sich nicht so wichtig tun, sonst kümmert der sich auch um Nichts. Ich hau jetzt ab, wir sehen uns morgen in jedem Fall abends beim Shantychor." Harm Gerdes verabschiedete sich und Mona grinste über ihr schönes Gesicht:
"Shantychor, so schön mit Fischerhemd, rotem Halstuch und 'ne Schiffermütze und mitten drin Kollege Petersen. Ich lach mich kaputt."
„Ja, ist ja gut, ist ja auch nicht meine Welt, aber ich helfe mit meiner Gitarre aus. Auf der Insel gibt es halt keine Rockband", rechtfertigte sich Petersen, dem dieses Gespräch höchst unangenehm war.

„Sie spielen Gitarre, Chef?“
„Ja. ich habe in Bremen in ein paar Bands gespielt, so und nun ist gut, wir sind hier nicht in der Kneipe. Ich glaube, eine Sache habe ich übersehen. Der Schulleiter hat mir mitgeteilt, dass Frau Dunker am Freitag nicht mehr zum Dienst erschienen ist. Wenn die doch gar nicht mehr auf der Insel ist? Geflogen kann sie nicht sein, aber was ist mit dem Schiff, da gibt es keine Passagierlisten."
„Haben wir eigentlich eine Bild von der Frau?“ fragte Mona, die jetzt wieder völlig ernst war.
„In der Wohnung hab ich keins gesehen. Aber die ist doch im Gemeinderat, die müssen doch vor einem Jahr einen Wahlkampf gemacht haben, da muss es doch noch Bilder geben. Ich ruf mal bei der Inseldruckerei an."
Er suchte sich die Nummer raus und rief bei der Druckerei Frenzel an. In der Tat gab es Bilder von den Kandidaten im Wahlkampf. Herr Frenzel versprach einige an Petersen zu mailen. Mona hatte mittlerweile den Schiffsfahrplan aufgeblättert.
„Es können doch nur die Abfahrt Donnerstagmittag und Freitagmorgen in Frage kommen oder?“ fragte sie.
Petersen nickte und freute sich, dass seine Kollegin mitgedacht hatte.
„Ich geh‘ morgen mal mit den Bildern zum Bahnhof und frage die Bahnleute, ob sie Frau Dunker gesehen haben. Okay?“
„Ist in Ordnung. Um diese Jahreszeit fahren nicht viele Leute aufs Festland und zurück. Außerdem ist die Frau ja auf der Insel nun keine Unbekannte. Okay, ich glaube wir machen Feierabend. Das Handy immer schön anlassen. Denken Sie dran. Wir haben hier einen 24 Stunden-Job."
Mona lächelte süß-sauer und beide gingen nach oben in ihre jeweiligen Wohnungen. Man hätte ja auch zusammen was

essen gehen können, dachte Petersen. Aber er hatte keine Lust auf Inseltratsch und auch keine Lust, sich mit Mona über Shantychöre zu unterhalten.

In seiner Wohnung schmierte er sich ein Brot und nahm sich seine Gitarre vor und versuchte sich an Achim Reichel. Der Text des Liedes gefiel ihm sehr gut, die Schwierigkeit lag im Sprechgesang, den melodischen Refrain sang ja der Chor, dieses dunkle *Exxon Valdez.*

Petersen probierte seinen Part:

John Hazlewood, wer ist John Hazlewood?
John Hazlewood war Kapitän auf einem Supertanker.
Und weil das für ihn ein harter Job war, trank er.
Ihm zur Seite zwanzig Mann der billigen Sorte Arbeitskräfte finsterer Meute
Wer wollte so was Besatzung nennen; nur drei waren erfahrene Seeleute
Die Exxon Valdez war sein Schiff, das zweitmodernste seiner Flotte
Und auf der Hightech-Computer-Kommandobrücke tanzte um die Lampe eine einsame Motte.
Exxon Valdez, Exxon Valdez, Exxon Valdez, Exxon Valdez

Draußen über den Bergen, den Fjorden und Gletschern, war der Polarhimmel sternenklar.
Es sollte die letzte Nacht werden, in der ein Paradies noch unberührt war.
Mit dreißigtausend Pferdestärken schieben schnaubend die Motor'n.
Ein Schiff, so groß wie zehn Häuserblocks - vollgepumpt mit Rohöl.
Und in der Offiziersmesse kommt die Zeit für Whiskey on the rocks - schenk ein.
Wir ändern den Kurs, sprach der Kapitän - eine Abkürzung

sollte es werden.
Und am Ende wurde aus einem himmlischen Winkel am Ende der Welt die Hölle auf Erden.
Exxon Valdez, Exxon Valdez, Exxon Valdez, Exxon Valdez

Der Kapitän schreckt hoch aus seinem Rausch und erwacht auf gestrandetem Schiff.
Volle Kraft zurück - doch es war zu spät - Alarm, Havarie auf dem Blye-Riff.
Aus dem Bauch des geborstenen Tankers, erbricht sich die Ölpest im schwarzen Gewand.
Und dehnt sich aus zu einem schwimmenden Teppich, so groß wie das Meer zwischen Norwegen und England
Exxon Valdez, Exxon Valdez, Exxon Valdez, Exxon Valdez

Der Gouverneur von Alaska erklärt den Prinz-William-Sund zum Katastrophengebiet.
Hunderttausende von verendenden Tieren treiben an die verseuchten Ufer der einst schneeweißen Küsten. Dieses ist die größte Umweltkatastrophe Amerikas.
Exxon Valdez, Exxon Valdez, Exxon Valdez, Exxon Valdez

Ein Ölkonzern hat Ärger nicht gern.
Und erklärt: wir werden für alles bezahlen; nur kein Geschreie
Und im Gerichtssaal von Anchorage sprach der Richter den Konzern von Bestrafung frei.
Beschlossen und verkündet - im Namen des Geldes
Exxon Valdez, Exxon Valdez, Exxon Valdez, Exxon Valdez
Mit dreißigtausend Pferdestärken schieben schnaubend die Motor'n
Ein Schiff so groß wie zehn Häuserblocks - vollgepumpt mit Rohöl
Exxon Valdez, Exxon Valdez, Exxon Valdez.....

**** Text und Musik: Achim Reichel ****

Es ging ihm doch leichter von der Hand, als er dachte. Seine Stimme war durchaus für so einen Song geeignet. Zufrieden stellte er die Gitarre weg und entschied sich, einmal um den Pudding zu gehen, was ja in Wangerooge eine besondere Bedeutung hatte. Er nahm extra nicht den Weg am „Störtebeker“ vorbei, obwohl er noch dringend mit dem Magister über Brigitte Dunker reden wollte, aber ein solches Gespräch konnte man unmöglich in der Kneipe führen. Er musste eine andere Möglichkeit finden, was aber nicht so einfach war, weil der Magister tagsüber schlief.
Er war jetzt an der Promenade in Höhe Schwimmbad angekommen und wandte sich nach rechts in Richtung „Café Pudding“. Er beschloss im „Strandkorb“ ein Absackerbier zu trinken.
An der Theke saßen nur fünf Personen, vier davon knobelten. Das scheint hier ein Volkssport zu sein, dachte sich Petersen. Der Wirt selbst stand hinter der runden Theke und freute sich sichtlich über den Besuch von Petersen. Die Kneipe war mit hellem Holz ausgekleidet und ihr unschätzbarer Vorteil war, dass man durch die Panoramascheiben direkt auf die Nordsee sah. Aus diesem Grund waren auf dem Brett am Fenster zwei Ferngläser bereitgestellt. Wenn etwas Ungewöhnliches auf der Nordsee zu beobachten war, griff man sich die Gläser und beobachtete das Geschehen. Petersen fand diesen Service großartig. Durch eines der Gläser beobachtete er das Einlaufen eines Supertankers in Richtung Wilhelmshaven. Die Unterhaltung mit dem Wirt war recht angenehm, man stellte Gemeinsamkeiten beim Musikgeschmack fest. Nach einer Stunde zahlte Petersen und schlenderte langsam zurück. Im Vorübergehen warf er einen Blick ins „Café Treibsand“. Dort saß Mona an der Theke und unterhielt sich sehr vertraut, wie es ihm schien, mit einem jungen Mann. Ein leichtes Gefühl von Eifersucht stieg in ihm hoch. Aber dagegen musste er angehen.

Für diese Frau war er klar zu alt und er war ihr Chef. Er bog vor dem „Störtebeker“ ab und ging ins Revier.

Mittwoch

Als Petersen die Treppe zum Revier herunterging, stieg ihm ein angenehmer Geruch von Kaffee und Brötchen in die Nase. Eigentlich wollte er Brötchen holen, um den Kontakt zu der netten Verkäuferin in der Inselbäckerei wieder aufzunehmen, aber Mona war ihm zuvorgekommen.
„Moin Chef, heute mach ich mal die Mama“, begrüßte sie ihn gut gelaunt. Ihre Uniform stand ihr besonders gut und die blonden Haare, das war nach seinem Geschmack.
„Moin, das sieht ja sehr gut aus, wollen wir hoffen, dass der Tag auch alles hält, was er verspricht. Gestern noch viel Spaß gehabt im „Treibsand“?“ Diese Bemerkung hatte er sich nicht verkneifen können und er bereute es schon wieder gesagt zu haben.
„Chef, spionieren Sie mir nach?“ grinste Mona ihn an.
„Nein, ich kam nur so vorbei. Hier auf der Insel bleibt nichts geheim."
„Und warum sind Sie nicht reingekommen?“
„Ich wollte bei der Zweisamkeit nicht stören." Da war es wieder, dieser Anflug von Eifersucht. Er ärgerte sich über sich selbst. Die Unterhaltung wurde jetzt durch das Klingeln des Telefons unterbrochen, worüber Petersen nicht unglücklich war. Es war Kommissar Wilbert aus Wilhelmshaven:
„Petersen, sagen Sie mal, was veranstalten Sie denn da auf der Insel? Der Bürgermeister beschwert sich bei mir und diese Vogelschützer haben auch schon angerufen.
„Nach unserer Absprache, den Vermisstenfall erst einmal mit Bordmitteln zu behandeln, habe ich eine Suchaktion auf der

Insel veranlasst, nicht mehr und nicht weniger. Warum der Bürgermeister nervös wird, weiß ich auch nicht."
Petersen schilderte nun Kommissar Wilbert noch einmal, was er im Einzelnen unternommen hatte.
„Nach menschlichem Ermessen muss die Frau noch auf der Insel sein. Unfall, Freitod oder auch ein Verbrechen schließe ich nicht aus."
„Ist ja okay. Ich bekomme bis zum Wochenende Ihren ausführlichen Bericht und dann sehen wir weiter. Übrigens, warum der Bürgermeister nervös wird, kann ich Ihnen sagen, der hat Angst, dass seine Investoren aufgeschreckt werden. Stellen Sie sich einmal vor, die prominenteste Kritikerin an seinen Immobilienplänen wäre einem Verbrechen zum Opfer gefallen!" erklärte Wilbert.
„Aus dieser Perspektive hab ich das überhaupt noch nicht gesehen", antwortete Petersen erstaunt.
„Können Sie auch nicht, dazu sind Sie zu kurz auf der Insel.
Hier im Wochenblatt steht ständig was über die Querelen auf Wangerooge."
Beide verabredeten sich zu einer telefonischen Besprechung am Wochenende. Mona sah Petersen mit großen Augen an: „Da haben Sie aber hoch gepokert, Chef. Ob die Dunker wirklich noch auf der Insel ist, wissen wir nicht. Die Befragung der Bahnleute steht ja noch aus."
„Stimmt, aber ich wollte nicht wie ein Depp da stehen. Ich nehm' das auf meine Kappe."
Wieder klingelte das Telefon, der Magister war dran:
„Sheriff, die haben schon wieder bei mir eingebrochen, die Putzfrau hat eben Bescheid gesagt. Du musst kommen."
„Seit wann bist du denn um diese Zeit wach? Das ist ja was ganz Neues."

„Hab ich doch gerade gesagt, dass die Putzfrau angerufen hat", erregte sich der Magister.
„Ich komme in ca. einer Stunde", wiegelte Petersen ab.

Letztlich passte ihm das sehr gut. Er musste dringend mit dem Magister über die Dunker reden. Seine Beobachtungen in der Wohnung, das Bücherregal, alles das konnte er nicht mit Mona besprechen, dazu fehlte ihr der politische Hintergrund. Sie war eben sehr jung. Mona und Petersen beendeten das Frühstück. Mona druckte sich die Fotos von Brigitte Dunker aus, die sie von der Inseldruckerei bekommen hatte, um dann mit der Befragung der Bahnleute zu beginnen und Petersen nahm den Spurensicherungskoffer aus dem Schrank. Als Mona das Revier verlassen hatte, druckte er sich schnell seine Fotos vom Bücherregal der Dunker aus. Er wollte sie dem Magister zeigen und seine Einschätzung hören, wie in alten Zeiten in Bremen. Wieder klingelte das Telefon. Diesmal war es Onno Siebelts direkt von der Kur:
„Kaum bin ich weg, hast du richtig was zu tun oder?"
Petersen schilderte in abgespeckter Version die Ereignisse. Um Onno nicht aufzuregen, verschwieg er einige Details. Sie scherzten noch ein wenig. Onno hatte auch schon etwas von der schönen Mona gehört. Nach einigen Minuten brach Petersen, bewaffnet mit dem Spurensicherungskoffer, auf.

Der Magister war noch nicht zu sehen, aber die Putzfrau öffnete ihm die Tür und deutete auf den Sparfachkasten. Der Kasten war total verbeult. Man hatte ihn aufgehebelt. Es war kein Geld mehr in den Fächern, auch eine Schublade, in der sich augenscheinlich Wechselgeld befand, war aufgerissen. Die Eingangstür war nicht beschädigt. Wie waren der Täter oder die Täter hier reingekommen, fragte sich Petersen. Er ging langsam die Treppe zu den Toiletten und dem Kühlraum

runter. Er sah sofort, dass das Kellerfenster über dem Lichtschacht aufgebrochen war. Warum war dieses Fenster nicht vergittert? Petersen ärgerte sich über die Sorglosigkeit. Jetzt hörte er schon die laute Stimme des Magisters:
„Ach, du Scheiße, das ganze Spargeld ist weg, die reißen mir den Kopf ab!“ brüllte er durch den Schankraum.
„Komm mal runter“, rief Petersen vom Keller rauf. „Das kann doch nicht dein Ernst sein, dass dieses Fenster nicht vergittert ist. Wo lebt ihr eigentlich? Du musst doch aus Bremen wissen, dass die Ganoven schon immer scharf auf die Sparfächer in Kneipen waren. Außerdem bringt man jede Woche das Geld zur Sparkasse, Junge, Junge, dass darf doch nicht wahr sein, hab ich das hier mit Kleinkindern zu tun?“ redete Petersen sich in Rage.
Der Magister wurde immer kleiner. Er war den Tränen nahe. „Lass mich jetzt mal eben meine Arbeit machen, wir setzen uns gleich oben zusammen“, sagte Petersen jetzt etwas ruhiger. Er pinselte einige Stellen, die er für geeignet hielt, mit Rußpulver ein, zog dann den Fensterrahmen mit durchsichtiger Klebefolie ab und in der Tat waren Abdrücke zu sehen. Er klebte die Folie auf eine sog. Spurenkarte und legte sie in einen Umschlag in seinen Koffer. Die Spuren würden dann im Zentralregister abgeglichen werden. Er war aber wenig optimistisch. Die Abdrücke konnten von jedem stammen und in der Regel arbeiteten heute die größten Deppen mit Handschuhen. Das gleiche Prozedere wiederholte er an der Schublade am Tresen. Als er damit fertig war, setzten sie sich auf die Empore. Erst jetzt bemerkte er, dass unter den Tischplatten Seekarten geklemmt waren, eine witzige Idee fand er. Allerdings bezweifelte er, ob Touristen in der Lage waren, solche Seekarten zu lesen. Auf der anderen Seite war das so eine Art Küstenfolklore, die besonders bei den Gästen

aus dem Ruhrgebiet gut ankam. Petersen berichtete dem Magister von seinem Spurenfund. Danach nahm er die Anzeige auf.
„Ist dir eigentlich hier mal jemand aufgefallen, der deinen Laden ausspioniert hat oder Fragen gestellt hat?“ fragte Petersen.
„Die Pflegefälle, die hier an der Theke sitzen, können das im Prinzip alle sein. Ich würde da nur wenige ausschließen. Von den Knoblern, die ja fast alle Inselhandwerker sind, habe ich aber keinen im Verdacht."
Der Magister war niedergeschlagen. Vor allem die Sache mit dem Sparfachkasten machte ihm sichtlich zu schaffen. Diese Sparclubs basierten auf Vertrauen und das war jetzt empfindlich gestört. Petersen versuchte ihn wieder aufzurichten:
„Vielleicht haben wir ja doch brauchbare Fingerabdrücke dabei."
Diese Aussage tröstete den Magister nur wenig.
„So, jetzt brauch ich mal deine Hilfe. Du hast sicherlich davon gehört, dass die Dunker verschwunden ist, was weißt du über die?“ kam Petersen jetzt mit seinem Anliegen. Der Magister überlegte kurz:
„Irgendwas ist mit der, ich weiß nur nicht was. Als Gemeinderätin hat die immer viel gemacht, obwohl ich nicht immer ihrer Meinung bin, aber die hat der Verwaltung immer Dampf gemacht. So persönlich warm bin ich mit der nie geworden."
„Hat die dir gegenüber mal gesagt, dass sie aus Bremen kommt“, unterbrach Petersen.
„Die hat das zwar angedeutet, wenn ich über Bremen erzählt habe, aber wenn ich dann mal nachgefragt habe, was sie und wo sie in Bremen was gemacht hat, kam nichts. Aber hier im

Laden war die höchst selten. Ich geh mal davon aus, dass die in Bremen als Lehrerin gearbeitet hat."
Petersen legte seine Fotos von dem Bücherregal auf den Tisch.
„Guck dir das mal genau an, aber langsam!“
Der Magister nahm sich Zeit. Er runzelte mit der Stirn.
„Irgendwie ist das die Standardliteratur von linken Lehrern aus den Siebzigern, zuerst waren sie alle stramme Kommunisten KBW, KPD-ML und so ’n Scheiß, danach sind s‘e alle bei den Grünen gelandet. In Bremen gibt’s da ja 'ne Menge von, denk an Trittin oder prominente Bürgerschaftsabgeordnete in Bremen.
„Gut, du hast Recht, das ist die gängige Literatur aus dieser Szene, hat meine Ex auch, aber fällt dir dabei etwas Ungewöhnliches auf?“ fragte Petersen.
Der Magister zog seine Stirnfalten zusammen:
„Du willst doch auf etwas hinaus, sonst würdest du doch nicht so fragen?“
„Ja, ich will dich aber nicht beeinflussen, schau noch mal alles in Ruhe an."
Nach längerem Zögern räusperte er sich und tippte auf die Fotos:
„Wenn du mich so fragst, etwas viel Literatur über die RAF. Ich meine, haben so viele ehemalige Linke was von Jürgen Peter Boock oder Michael Buback im Bücherregal stehen? Ja gut, das Standardwerk von Aust haben viele, auch weil der Film danach gedreht wurde, aber Michael Buback *„Der zweite Tod meines Vaters“*, ist schon ungewöhnlich. Hat deine Ex das auch im Regal stehen?“
„Eben nicht“, antwortete Petersen.
„Was schließt du daraus?“ insistierte der Magister.
„Erst mal nichts."
„Nun tu doch nicht so, Herr Kommissar. Du hast doch die

gleiche Vermutung wie ich oder?“
„Kann es sein, dass die Dunker irgendetwas mit der RAF zu tun hatte?“ ließ jetzt Petersen die Katze aus dem Sack.
„Das wär ja 'ne ganz heiße Nummer, aber auszuschließen ist das nicht. Du wirst noch mal BKA Beamter“, machte sich der Magister lustig.
„Nun mal im Ernst, der Schlüssel könnte in Bremen liegen." Petersen versuchte seine Gedanken zu ordnen.
„Dann lass mal deine Kontakte nach Bremen spielen, du hast da doch noch Freunde bei der Polizei oder waren alle gegen dich?“
„Nein, es waren auch einige auf meiner Seite, du wirst es nicht glauben."
Der Verweis auf Bremen saß wie ein Stachel in seinem Fleisch. Er konnte sich nicht dagegen wehren, deshalb versuchte er das Gespräch in eine andere Richtung zu lenken:
„Hat die hier niemanden zum Vögeln gehabt. So was weißt du doch immer?“
„Erzähl du lieber was über deine blonde Rakete. Nein, im Ernst, die Dunker war selten hier und wenn nur einmal mit ihrem Kollegen aus dem Gemeinderat."
„Du meinst diesen Remmers?“
„Ja, das die vielleicht mal zusammen im Bett waren, kann sein. Sie ist ja 'ne Ecke älter, aber ganz sportlich und attraktiv, die hat sich ganz gut gehalten."
In diesem Moment betrat Mona die Kneipe.
„Ach, hier sind Sie, Chef, konnte ich mir ja gleich denken“, stichelte sie.
„Harte Ermittlungsarbeit von deinem Insel-Colombo und wir haben nicht mal ein Bier getrunken“, schaltete sich der Magister ein.
„Das ist in der Tat ungewöhnlich“, nahm Mona den Faden

wieder auf.
„Schluss damit, wir haben noch einiges zu tun. Wenn es etwas Neues gibt wegen der Fingerabdrücke, melde ich mich. Wir sehen uns heute Abend nach dem Shantychor." Petersen nahm seinen Koffer.
Mona lachte mit dem Magister und sie stimmte *Junge komm bald wieder an.*
Petersen machte eine abschätzige Handbewegung und verließ die Kneipe. Mona folgte ihm. Der Magister stand im Türrahmen und sang:
„Ich mach mir Sorgen, Sorgen um dich."
Mona konnte ihr Lachen kaum unterdrücken.
„Der kann wirklich witzig sein, Chef. Sie haben Recht."
„Ja, wenn es auf meine Kosten geht, ist er gut dabei."

Im Revier angekommen, erstattete Mona ihren Bericht von der Befragung der Bahnangestellten. Keiner der Bahnmitarbeiter konnte sich bei den besagten Schiffsabfahrten an Brigitte Dunker erinnern. Das Telefon unterbrach den Bericht von Mona, Stefan Ukena von der Gesellschaft zur Rettung Schiffbrüchiger war dran. Sie hatten heute Vormittag eine Kontrollfahrt mit der „Wilma Sikorski" durch die Priele im Wattenmeer gemacht. Die Besatzung hatte extra bis Niedrigwasser gewartet, um angeschwemmte Dinge besser sehen zu können. Das Ergebnis ihrer Suche war ebenfalls negativ. Petersen bedankte sich bei Ukena und legte auf. Jetzt fehlte nur noch das Ergebnis der heutigen Suche der Freiwilligen Feuerwehr, dann waren sie mit ihrem Latein am Ende. Mona blickte nachdenklich über ihren Schreibtisch hinweg auf die Inselkarte.
„Wir sind doch auf einer Insel, Chef", fing sie an, „wie groß ist die Möglichkeit, dass hier jemand mit einem Sportboot abhaut?"

Petersen sah sie entgeistert an:
„Mein nächster Fehler, Sie sind wirklich gut, Frau Kollegin“, lobte er Mona, die sichtlich stolz war und sich über das Lob freute.
„Sportbootverkehr ist natürlich im November höchst unwahrscheinlich“, erläuterte Petersen, „aber nicht ganz ausgeschlossen. Ich hab doch irgendwo die Telefonnummer von dem Hafenmeister, den müssen wir anrufen, ob in den letzten Tagen Sportbootverkehr war."
„Mach‘ ich Chef, geben Sie die Nummer mal her“, Mona nahm den Zettel und begann die Nummer einzutippen.
Es klopfte, Harm Gerdes kam rein. Er berichtete vom 2. Teil der Suchaktion der Freiwilligen Feuerwehr von Neudeich bis zum Ort. Die Suche war wieder ergebnislos verlaufen. Harm und Petersen waren ratlos. Nach einer kurzen Pause versuchte Harm noch einmal zu rekapitulieren:
„Wir schließen jetzt aus, dass sie auf natürlichem Wege die Insel verlassen hat, im Wattenmeer scheint sie nicht zu liegen, in den Dünen auch nicht, es sei denn, jemand hätte sie dort verbuddelt. Bleibt eigentlich nur noch für mich die Sache mit dem Selbstmord. Man geht bei ablaufendem Wasser vom Strand ins Meer. Eine Leiche findet man dann in der Regel erst nach Monaten, wenn überhaupt und vor allem nicht hier, vielleicht an der nordfriesischen Küste. Denk an das Mädel, das von der „Gorch Fock“ über Bord gegangen ist."
„Ich muss ja am Wochenende Wilhelmshaven Bericht erstatten“, schaltete Petersen sich jetzt ein, „was wir hier noch tun könnten, wären Leichenspürhunde durch die Dünen jagen, aber ob Wilhelmshaven das genehmigt, weiß ich nicht."
„Gut, aber wenn du das vorschlägst, kann keiner hinterher sagen, wir hätten keine Vorschläge gemacht."

„Stimmt, ich werde Freitag Wilhelmshaven darauf ansprechen." Petersen machte sich eine Notiz.
Jetzt schaltete sich Mona wieder ein, die ihr Gespräch mit dem Hafenmeister beendet hatte.
„Kein Sportbootverkehr am Donnerstag und Freitag. Es war nur ein Behördenfahrzeug hier, vom Wasser–und Schifffahrtsamt."
„Und die nehmen bestimmt keine durchgeknallte Lehrerin mit“, bemerkte Harm mit deutlichem Grinsen.
Harm verabschiedete sich, nicht ohne den Hinweis auf den abendlichen Übungstermin des Shantychors. Mona lachte in Richtung Petersen. Er ignorierte ihr Lachen, die Sache mit dem Shantychor war ihm vor ihr unangenehm. Irgendwann werde ich ihr noch einmal beweisen, dass ich ein ganz guter Rock-Gitarrist bin. Er tütete die Fingerabdrücke ein und legte sie in die Post.
„Chef, können Sie das, Fingerabdrücke abnehmen?“, fragte sie erstaunt. Petersen nickte. „Dann hätten Sie mich ja ruhig mitnehmen können, da hätte ich ja noch was lernen können."
„Das holen wir nochmal nach“, antwortete er.
„Seien Sie ehrlich, Sie wollten mit dem Magister alleine reden. Was war das denn für ’n Einbruch?“
Er berichtete kurz über den Einbruch und dessen Spuren. Mona ließ aber nicht locker: „Sie kennen den doch aus Bremen und da die Dunker anscheinend auch aus Bremen kommt, haben Sie ihn befragt."
„Sie sind ganz schön schlau für Ihr Alter, Frau Kollegin."
Er wollte ihr noch nicht die Sache mit dem RAF-Verdacht erzählen, musste aber wohl den Kontakt aus Bremen zugeben.
„Ich kenn den Magister aus Bremen, der hat da in einigen Kneipen gearbeitet. Ich war bei der Drogenfahndung und da haben wir immer Razzien in Kneipen gemacht."

So jetzt war es raus, irgendwie war er erleichtert. Mona pfiff leise durch die Zähne.
„Jetzt wird mir einiges klar. Dass Sie für diesen Job überqualifiziert sind, hab ich gleich bemerkt. Aber was ist passiert, dass Sie jetzt hier sind?“
Petersen spürte, wie sich seine Kehle zuschnürte. Er hatte mit der Sache noch nicht abgeschlossen.
„Das ist eine lange Geschichte, ich erzähl die Ihnen mal in einem anderen Rahmen, von mir aus in der Kneipe, aber bitte jetzt nicht."
Mona spürte, dass ihm die Sache zu schaffen machte und verzichtete auf Nachfragen. Sie begann ihren Chef zu mögen und wollte ihn nicht in die Enge treiben.
„Ich will noch mal auf die Dunker zurückkommen“, Petersen hatte das Bedürfnis durchaus mit Mona darüber zu reden, „es muss doch in Bremen Spuren von dieser Frau geben, darüber habe ich mit dem Magister gesprochen." Mona nahm den Faden dankbar auf:
„Vielleicht könnten Sie einen Kollegen aus Bremen, den Sie noch kennen, bitten, einmal ins Melderegister zu gehen. Vielleicht bringt das was?“
„Da hab‘ ich auch schon dran gedacht. Ich werd‘ das mal morgen versuchen und jetzt machen wir Feierabend." Petersen packte seine Sachen zusammen.
„Viel Spaß heute Abend“, flötete Mona mit einem schelmischen Grinsen.
Der Übungsabend des Shantychores war sehr intensiv. Den *Wangerooge-Rap* mit Harm als Sänger fanden viele albern, aber Sönke verteidigte das als Gag für die Touristen. Bei *Exxon Valdez* war das Engagement des Chores deutlich stärker. Viele waren sowieso Fans von Achim Reichel. Der Bezug dieses Liedes zu Wangerooge war vielen Chormitgliedern klar. Fast

täglich schoben sich die Supertanker, nur eineinhalb Seemeilen vom Strand entfernt, an Wangerooge vorbei in Richtung Wilhelmshaven. Jeder konnte erahnen, was passieren würde, wenn ein solches Schiff vollgepumpt mit Rohöl auf eine Sandbank auflief. Die Existenz vieler Einheimischer wäre vernichtet. Zusätzlich verschärft wurde die Situation durch den neuen Jade-Weser-Port in Wilhelmshaven. Die größten Containerschiffe der Welt sollten diesen Hafen anlaufen. Nur das sogenannte Wangerooger Fahrwasser bot solchen Schiffen den nötigen Tiefgang. Einen Vorgeschmack hatte die Insel durch die Vorüberfahrt der „MSC Flaminia“ erhalten. Der im Atlantik havarierte Frachter, mit giftigen Substanzen an Bord, wurde direkt am Wangerooger Strand vorbeigeschleppt. Viele Wangerooger standen mit gemischten Gefühlen am Strand und beobachteten das unheimliche Schauspiel. Bei einem möglichen Auftritt des Shantychores sollten die Touristen auf die bestehenden Gefahren aufmerksam gemacht werden. Hierfür war natürlich der Song von Achim Reichel hervorragend geeignet. Mit Respekt wurde auch von allen Chormitgliedern honoriert, dass Petersen diesen Song sehr gut präsentieren konnte.
Nach Abschluss des Abends kehrten die meisten Chormitglieder noch beim „Störtebeker“ ein. Petersen ließ sich natürlich nicht lange bitten. Die Männer nahmen auf der Empore Platz, während an der Theke die üblichen Knobelrituale praktiziert wurden. Der Magister war diesmal nicht voll. Der Schock über den Einbruch saß noch tief. Im Gespräch mit den Chormitgliedern erfuhr Petersen, dass sich der Chor vor drei Jahren gespalten hatte. Die jüngeren Mitglieder wollten keine Seemannslieder singen, sondern die Shanties als Arbeitslieder, die sie ja nun mal waren, vortragen.

Dies sollte a capella erfolgen. Auch die Seeleute auf den großen Segelschiffen hatten in der Regel keine Instrumente dabei. Mittlerweile war der Ärger über die Spaltung des Chores vorüber. Sönke Meiners hatte am stärksten darunter zu leiden gehabt, da einige seiner Lehrerkollegen in den anderen Chor abgewandert waren. Mittlerweile wurde die Aufteilung in der Wangerooge Kulturszene eher als Bereicherung empfunden. Petersen erinnerte sich, dass es auch in Bremen Chöre gab, die sich den Shanties als Arbeitslieder verschrieben hatten. Gerade in der linken Bremer Szene wollte man sich dadurch vom Volksmusik-Image abgrenzen. Inmitten der Unterhaltung grölte der Magister von der Theke nach oben:

„It's Hans Albers-Time!" Er legte eine entsprechende CD ein und einige der Gäste fingen an zu schunkeln.

Für Petersen kam es jetzt aber noch schlimmer, denn in diesem Moment betrat Mona Behrens die Kneipe. Sie konnte ihr Lachen nicht unterdrücken, winkte freundlich Petersen zu, der am liebsten im Boden versunken wäre. Was soll die bloß von mir denken, ging es ihm durch den Kopf. Sie setzte sich auf die Verlobungsbank. Der Magister witterte natürlich sofort seine Chance:

„Sheriff, Mutti ist da, ab ins Körbchen", tönte es von der Theke. Petersen winkte ab und suchte schnell wieder die Unterhaltung mit seinen Shantymen. Mit einem Auge beobachtete er über die Holzbalustrade hinweg, wie der Magister die Unterhaltung mit Mona suchte. Hoffentlich erzählt der jetzt kein Scheiß, war seine Sorge. Einige der Chormitglieder brachen jetzt auf, andere gingen an die Theke. Petersen stand in zweiter Reihe mit Harm Gerdes vor dem Tresen und orderte noch ein Bier, während er zu Mona rüber schielte, die sich immer noch sehr angeregt mit dem Magister unterhielt.

„Mal im Ernst Petersen, das ist 'ne clevere Deern“, murmelte Harm.

Petersen nickte und er war sich sicher, dass er ihre Cleverness noch brauchen würde. Dann zahlte er und verschwand unauffällig. Wenn er auf Mona gewartet hätte, wäre das Trara wieder groß gewesen.

Donnerstag

Petersen spürte am nächsten Morgen einen leichten Kater, obwohl er nicht der Meinung war, dass er viel getrunken hatte. Er schob seinen Kopfdruck auf die schneidende Raucherluft im „Störtebeker." Er musste sich beeilen, denn heute war er wieder mit den Brötchen dran. Die blonde Verkäuferin lächelte ihn schon beim Eintreten in die Bäckerei umwerfend freundlich an:

„Da kommt ja wieder unser musizierender Kommissar. Wann kann man denn Ihre Künste bewundern?“ flötete sie.

Petersen überlegte fieberhaft, wie er antworten sollte, eine plumpe Anmache hielt er für unangebracht.

„Demnächst werden wir wohl einen öffentlichen Auftritt haben, um das Programm für die Saison zu testen, so hat es Sönke Meiners erzählt. Mehr weiß ich auch nicht."

„Sie wissen ja, dann werde ich Ihr Groupie sein." Bei diesen Worten sah sie Petersen ganz fest in seine blauen Augen.

Er konnte diesem Blick kaum standhalten. Seine Verlegenheit schien der Verkäuferin zu gefallen. Sie sagte aber nichts mehr, weil sie ihn nicht in die Enge treiben wollte. Auf dem Rückweg grübelte er, wie er mit dieser Frau zu einer Verabredung kommen könnte. War sie liiert? Wenn ja, war sein Unterfangen auf der Insel hoch problematisch. Er musste etwas mehr über sie in Erfahrung bringen, sonst könnte das eine ganz heiße Kiste werden und schnell wäre er in ein Beziehungsdrama verwickelt. Mit diesen Gedanken trat er ins Revier ein und war gleich mit der nächsten attraktiven Frau konfrontiert, um die seine Gedanken kreisten, Mona. Schnell schob er diese Gedanken beiseite. Sie war seine Auszubildende und viel zu

jung für ihn, dass hatte sie ihm ja auch unmissverständlich deutlich gemacht.
Mona hatte schon aufgedeckt und Kaffee gekocht.
„Moin Chef, warum haben Sie gestern nicht auf mich gewartet?“ fragte sie ihren verdutzten Chef.
„Ich wollte doch Ihre Unterhaltung mit dem Magister nicht stören."
„Sie hätten mich befreit. Der hat mich mit einem Vortrag über die Seeräuberei von Klaus Störtebeker vollgetextet, der hörte überhaupt nicht mehr auf."
„Ja, das kenn ich, das ist seine Marotte, obwohl uninteressant finde ich das Ganze auch nicht. Hab schon einige Bücher drüber gelesen. Wir verehren diese Legenden, aber über die Jungs in Somalia regen wir uns auf."
„Chef, Sie sind ja ein kleiner Intellektueller, hätte ich Ihnen gar nicht zugetraut."
„Ja, Sie wissen eben wenig über mich."
„Das könnten wir aber schnell ändern oder?“ setzte Mona nach.
„Ja, ja, später, ich erzähl nicht so gern über mich selbst“, versuchte Petersen das Gespräch zu beenden.
Das Telefon rettete ihn. Schulleiter Uwe Timmsen war am Apparat, was dieser zu erzählen hatte, versetzte ihn in äußerste Unruhe:
„Moin Herr Petersen, mir hat unser Gespräch neulich in der Schule keine Ruhe gelassen. Es war mir mehr als peinlich, dass ich als Schulleiter nichts über die Herkunft der Kollegin Dunker weiß. Ich hab dann gestern mal bei der Bezirksregierung angerufen und nach der Personalakte gefragt. Klar, Einsicht kriegt man nur mit Einverständnis der betroffenen Person. Ich sag nur Datenschutz. Ich hab dann unserer Personalsachbearbeiterin kurz erklärt, dass Frau

Dunker vermisst wird. Das ist völlig egal, hat die mir gesagt, die Akte hat einen Sperrvermerk. Damit war das Gespräch beendet. Ich kann mir darauf keinen Reim machen. Ich wollt' Ihnen das aber mitteilen, vielleicht könnte das wichtig sein."

Petersen bedankte sich bei Timmsen und beendete das Gespräch. Mona hatte im Verlauf des Gesprächs jetzt irgendwie mitbekommen, dass Petersen eine wichtige Information erhalten hatte. Er entschied sich mit ihr darüber zu reden:
„Die Personalakte von der Dunker im Schulamt hat einen Sperrvermerk. Irgendetwas ist da also", rätselte er.
„Hat die vielleicht 'nen Disziplinarverfahren gehabt und ist deshalb versetzt worden. Vielleicht hat die einen Schüler flachgelegt?"
Petersen fand diese Bemerkung gar nicht lustig: „Witzig ist das nicht, Frau Kollegin."
„Tschuldigung", unterbrach Mona. Er fuhr fort:
„Wenn jemand ein Disziplinarverfahren hat, ist da trotzdem kein Sperrvermerk. Da muss was anderes dahinter stecken."
„Aber die ist doch angestellte Lehrerin oder?" Mona versuchte sich jetzt wieder konstruktiv einzubringen.
Petersen nickte: „Das spielt keine Rolle, ob jemand Angestellter oder Beamter im Öffentlichen Dienst ist. Nur die Disziplinarstrafen sind andere."
„Aber was soll da denn anderes sein?" hakte sie nach.
Petersen überlegte, ob er seinen Verdacht offenlegen sollte. Er brauchte jemanden, mit dem er darüber reden konnte. Dabei schied der Magister selbstverständlich aus, weil der kein Polizeibeamter war.
„Ich hab' den Verdacht, dass die was mit der RAF zu tun hatte."
So jetzt war es raus!

„Ich weiß über diese Zeit ja wenig, da gab's mich ja noch gar nicht. Den Film darüber „der Bader-Meinhof-Komplex", den habe ich gesehen, aber das ist doch viel zu lange her."
„Als ich allein in ihrer Wohnung war, ist mir aufgefallen, dass die Frau sich unheimlich viel mit der RAF beschäftigt hat."
„Chef", fiel Mona ihm ins Wort, „das muss aber doch nichts bedeuten, vielleicht ist das ein rein geschichtliches Interesse."
„Ausgeschlossen ist das nicht", versuchte Petersen einzulenken, „ich denke der nächste Schritt ist, über ihre Zeit in Bremen was zu erfahren. Das ist unabhängig von meinem Verdacht wichtig. Wir wissen zu wenig über diese Frau."
„Das stimmt. Das ist als nächster Schritt in jedem Fall notwendig", stimmte sie ihm zu.
In dieser Situation empfand Petersen sie ein wenig altklug oder fühlte er sich ertappt, weil sein Verdacht auf tönernen Füßen stand? Wen sollte er in Bremen anrufen? Es dauerte eine Weile bis er zum Hörer griff. Er erinnerte sich an seinen Kollegen Willi Osmers, der ihn in seinem Verfahren als Personalrat unterstützt hatte. In kurzen Worten erklärte er sein Ansinnen. Osmers war in der gesamten Bremer Polizeibehörde hervorragend vernetzt. Als Mitglied der Gewerkschaft der Polizei und der Betriebsgruppe der SPD verfügte er über Kontakte in alle Dienststellen. Gegenüber Petersen hatte er sich stets fair verhalten und hatte sich auch schützend vor ihn gestellt, als er wegen seiner umstrittenen Methoden im Rauschgiftdezernat von einigen Kollegen massiv angegriffen wurde. Gegen den Einsatz des LKA-Niedersachsen als interne Ermittler gegen Bremer Polizeibeamte hatte er sich massiv beim Polizeipräsidenten beschwert. Osmers zeigte sich sehr erfreut darüber, mal wieder etwas von seinem ehemaligen Kollegen zu hören. Er versprach über Brigitte Dunker etwas in Erfahrung zu bringen. Diesen kurzen Dienstweg benutzten

viele Kollegen, um den restriktiven Datenschutz auszuhebeln, der in der täglichen Polizeiarbeit sehr hinderlich war.
Mona, die das Gespräch mitgehört hatte, wurde jetzt auch langsam klar, dass ihr Chef aus disziplinarischen Gründen in Wangerooge saß. Dass er im Moment nicht darüber reden wollte, akzeptierte sie, obwohl sie instinktiv wusste, dass er sich ihr gegenüber öffnen würde. Seine Verletzlichkeit war für sie deutlich spürbar und war dann natürlich durch die Vorgänge in der Vergangenheit zu erklären. Im rein dienstlichen Bereich wirkte er auf sie absolut souverän. Wenn sie sich vorstellte, dass dieser Mann erst zehn Tage auf Wangerooge Dienst tat, war es erstaunlich, wie schnell er sich in diese neue Aufgabe eingearbeitet hatte und ihr war schon klar, dass sie für ihre Ausbildung viel von ihm lernen konnte.
Der Kollege Osmers aus Bremen meldete sich schon nach knapp einer Stunde wieder bei Petersen. Er berichtete, dass eine Brigitte Dunker in diesem Alter in den letzten Jahren nicht in Bremen polizeilich gemeldet war. Es war also völlig unklar, wer diese Frau war und wo sie herkam. Petersen konfrontierte Osmers noch einmal mit seinem RAF Verdacht. Hierüber hatte Osmers mit seinem Kollegen vom K6, dem Staatsschutz, gesprochen. Dieser war zuerst äußerst einsilbig, als Osmers ihn mit dem RAF Verdacht konfrontierte. Was für Osmers bedeutete, dass hier irgendetwas dran sein könnte. Als Kollege Kuhlmann vom K6 hörte, dass Frau Dunker vermisst wurde, löste diese Information seine Einsilbigkeit auf. Osmers gab diese Informationen an Petersen direkt weiter:
„Du erinnerst dich vielleicht an den Bürgerschaftswahlkampf 2007. Die BILD-Zeitung enthüllte damals, dass eine ehemalige Terroristin als Lehrerin in einer Bremer Grundschule arbeitet. Die CDU hat das dann aufgegriffen unter dem Motto „Terroristin unterrichtet unsere Kinder." Es gab dann das

große Kino, parteipolitisches Hickhack. Bürgermeister und Bildungssenator haben die Sache als Beispiel gelungener Resozialisierung dargestellt. Die CDU hat dann gekontert, aber nicht auf dem Rücken unserer Kinder usw. usw. Die Eltern der Kinder haben sich hinter die Lehrerin gestellt, weil sie wohl gute Arbeit gemacht hat und bei den Kindern beliebt war. Die Frau, die original Vera Roloff hieß, hat wohl niemanden umgebracht, sondern hat Hilfsdienste aller Art für die RAF gemacht. Sie ist zu zehn Jahren Gefängnis verurteilt worden und hat die Strafe abgesessen."

„Ist die nicht damals nach der Wiedervereinigung in der DDR verhaftet worden?" unterbrach Petersen.

„Genau, und sie hat auch im Prozess gegen die RAF ausgesagt und ihre Taten bereut. Ich denke als Belohnung dafür hat man ihr eine neue Identität verschafft. In der DDR hat die 'ne Lehrerausbildung gemacht und so hat die dann als angestellte Förderlehrerin in Bremen gearbeitet."

„Ja und jetzt nicht mehr?" schaltete Petersen sich wieder ein.

„Das ist eben das Komische, nach der Sache im Bürgerschaftswahlkampf soll sie wieder mit einem anderen Namen nach Niedersachen gegangen sein."

„Weißt du, wann die aus Bremen verschwunden ist?"

„Ja, nach dem, was der Kollege gesagt, hat Ende 2007."

Petersen bekam einen Schweißausbrauch. Mona sah besorgt zu ihm rüber.

„Brigitte Dunker hat 2007 angefangen hier zu arbeiten, das könnte passen."

„Petersen", Osmers schaltete sich wieder ein, „es gibt ja das alte RAF-Fahndungsplakat, wo die Roloff drauf ist. Ich mail dir das mal rüber. Hast du die Dunker denn persönlich mal gesehen auf der Insel?"

„Ja, zweimal, schick mir das alte Foto mal rüber."

„Petersen, eins muss dir klar sein, wenn die tatsächlich nicht mehr auftaucht und du kannst mit Sicherheit sagen, dass das die Roloff ist, dann musst du deine Vorgesetzten informieren. Die Sache ist dann ganz heiß, wahrscheinlich 'ne BKA-Nummer. Verbrenn dir bloß nicht die Finger daran."
Petersen bedankte sich für die Informationen. Er musste sich jetzt erst mal beruhigen. Am liebsten hätte er einen Schnaps getrunken, aber vor Mona, das ging gar nicht. Er bat sie noch mal einen Kaffee aufzusetzen. Nachdem er seine Gedanken geordnet hatte, informierte er Mona über die wichtigsten Inhalte des Gesprächs. Mona reagierte sofort:
„Chef, selbst wenn das die Frau ist, die hier vermisst wird. Ich hab noch nie gehört, dass die RAF wieder aktiv ist, sonst hätten sie doch alle Leute, die gegen sie ausgesagt haben, schon längst umgebracht."
„Das stimmt schon“, pflichtete Petersen ihr bei, „aber wenn die hier nicht bald auftaucht, ist es mit unserer Ruhe vorbei. Dann geht hier die Luzie ab."
Mona verstand seine Sorge. Beide warteten jetzt gespannt auf die Mail aus Bremen. Mona legte schon die Fotos parat, die sie für die Befragung der Bahnangestellten von der Druckerei Frenzel erhalten hatte. Nach 10 Minuten Wartezeit ertönte das Empfangssignal des Mailprogramms. Das Fahndungsplakat aus den 70er Jahren war da, leider in einer relativ bescheidenen Bildqualität. Mona druckte das Foto aus und legte es neben ihre Fotos. Beide beugten sich über die Fotos. Petersen holte eine Lupe aus seiner Schreibtischschublade.

„Sicher bin ich mir nicht, aber 'ne gewisse Ähnlichkeit ist da. Was sagst du Mona? Oh, Entschuldigung, Frau Kollegin." Petersen errötete leicht, das war ihm jetzt so rausgerutscht. „Sie kennen ja meine Meinung zum Duzen, aber Sie sehen das ja anders. Okay, jetzt zu den Bildern. Also, ich sehe da schon

eine Ähnlichkeit, da sind doch mehr als 30 Jahre dazwischen. Gucken Sie sich mal eigene Bilder von vor 30 Jahren an, da wird man auch nicht immer gleich erkannt. Nase und Mund sind doch sehr ähnlich. Frisur und Haarfarbe muss man sich wegdenken. Ich finde, es könnte die Dunker sein."
Petersen wollte es sich nicht eingestehen, weil er wusste, wenn sie es war, würden eine Menge Schwierigkeiten auf sie zu kommen und die Situation auf der Insel würde sich dramatisch verändern. Was sollten sie jetzt tun?
„Soll ich jetzt schon in Wilhelmshaven anrufen? Was meinen Sie, Frau Kollegin?"
„Ich bin mir da unsicher, dazu hab' ich zu wenig Erfahrung", gab Mona freimütig zu.
„Ich brauch jetzt einen freien Kopf, mein Schädel brummt. Wir drehen jetzt einfach eine Streifenrunde, lassen uns durchpusten und warten auf die Erleuchtung", sagte Petersen mit einer starken Portion Galgenhumor. Sie nahmen ihre Jacken und gingen über die Anton-Günther-Straße in Richtung Promenade. Der Wind blies sehr stark aus Nordwest. Die Wellen trugen Schaumkronen und das Tosen der Brandung verursachte einen Höllenlärm. Die ersten Herbststürme hatten schon einen Teil des Hauptstrandes abgetragen, was man an einer etwa 2 Meter hohen Abrisskante sehen konnte. Die Kosten, um den Strand wieder herzurichten, rissen jedes Jahr, je nach Größe des Sturmschadens, ein erkleckliches Loch in die Gemeindekasse. Zu Ostern mussten mit großen Radladern aus dem Osten der Insel die Sandmassen angekarrt werden. Als sie am „Strandkorb" vorbeigingen, wurde ihnen freundlich zugewinkt.
„Das wär jetzt schön, keinen Dienst zu haben und einen schönen Grog oder ein Bier zu trinken", stellte Petersen nüchtern fest.

Mona nickte. Sie bogen in die Zedeliusstraße ein, die einen völlig ausgestorbenen Eindruck machte. Viele Geschäfte und Lokale waren geschlossen, die ganze Szene machte einen eher trostlosen Eindruck. Petersens Schritte wurden jetzt schneller. Er hatte eine Entscheidung getroffen, er würde noch heute Nachmittag Wilhelmshaven informieren, um nicht später Vorwürfe kassieren zu müssen, damit hatte er in Bremen einschlägige Erfahrungen gemacht.
„Chef, was rennen Sie denn so?“ hechelte Mona.
„Ich informiere noch heute Wilhelmshaven, das wird mir sonst alles zu heiß“, erklärte Petersen sein erhöhtes Schritttempo.
„Ich finde das okay, damit sind Sie auf der sicheren Seite."
Mona bat noch etwas einkaufen zu dürfen, deshalb trennten sie sich an der Ecke Charlottenstraße. Petersen erhöhte noch einmal die Schrittzahl, um so schnell wie möglich ins Revier zu kommen. Dort angekommen, wählte er sofort die Nummer von Kommissar Wilbert:
„Moin Petersen, was macht Ihre Schnitzeljagd?“ Wilbert wollte wohl lustig sein.
Petersen empfand diese Gesprächseröffnung total daneben. Er ignorierte diese Witzoffensive und begann Bericht zu erstatten. Als er mit seinem RAF-Verdacht seinen Bericht beendete, hörte er ein Stöhnen in der Leitung:
„Sagen Sie mal Petersen, was telefonieren Sie mit der Bremer Polizei, dazu sind Sie doch gar nicht befugt und dann noch so 'ne Terroristenstory, nun machen Sie mal halblang. Polizeiarbeit ist trockene Faktenarbeit. Sie sind doch schon lange dabei, das müssen Sie doch auch in Bremen gelernt haben. Mich wundert es überhaupt nicht, dass die Ihnen ein Diszi angehängt haben, wenn Sie so arbeiten. Ich kriege von Ihnen morgen einen sachlichen Bericht, und die Betonung

liegt auf sachlich. Keine Spekulationen mit Terroristentheorien, ist das klar?“
Wilberts Stimme war jetzt sehr scharf geworden, so dass Petersen nur noch ein kurzes „Ja“ blieb, damit war das Gespräch beendet. Schweiß lief ihm über die Stirn, sein Puls raste. Dieser Ton von Vorgesetzten war ihm wohl bekannt, wenn ihnen die Argumente ausgingen, wurde Macht ausgespielt, das ewige Spiel. Er hätte kotzen können. Mona betrat das Dienstzimmer und bemerkte sofort die Niedergeschlagenheit im Gesicht ihres Kollegen:
„Was ist passiert? Welche Laus ist Ihnen denn über die Leber gelaufen?"
„Hab gerade ‘nen Einlauf aus Wilhelmshaven gekriegt, Kompetenzüberschreitung, Verschwörungstheorien usw."
„Die spinnen doch, wir versuchen doch nur eine Erklärung für das Verschwinden dieser Frau zu finden, da muss man doch mal alle Möglichkeiten durchspielen dürfen“, ereiferte sich Mona.
„Sie halten sich schön zurück, das nehm‘ ich auf meine Kappe, Sie brauchen die Typen noch für Ihre Ausbildung“, bremste Petersen Mona, der Angst hatte, dass sie sich aus falscher Solidarität mit ihm die Ausbildungschancen versauen würde.
"Ich schreib jetzt den Bericht ohne jeden Bezug zu dem, was wir vielleicht rausgefunden haben. Ich liste nur die Maßnahmen auf, die wir ergriffen haben, um die Dunker zu finden. Punkt aus."
Bei diesen Worten wirkte er wie ein trotziges Kind, aber seine Verbitterung saß sehr tief. Etwa eine Stunde brauchte er, um den Bericht fertig zu stellen. Mona hatte zwischenzeitlich die Aufgabe übernommen, für den Inselkurier, das war die kleine Inselzeitung, den Polizeibericht zu schreiben. Die Zeitung hatte eine ständige Rubrik mit dem Titel „die Polizei

berichtet." Diese Rubrik erfreute sich großer Beliebtheit bei den Lesern und für die Polizeidienststelle Wangerooge bot sich die Möglichkeit, die Bevölkerung bei bestimmten Fällen um Mithilfe zu bitten. Petersen hatte Mona angewiesen auch den Einbruch beim Magister einzuarbeiten, denn hier gab es, so glaubte er, ein großes Interesse bei den Insulanern, da es ja ihr Geld war, was entwendet wurde. Nachdem diese Arbeiten erledigt waren, wurde Feierabend gemacht.

Petersen reagierte seinen Frust an der Gitarre ab. Er spielte mindestens 10 mal den Eingangsriff von *Highway to Hell,* danach musste *Rockin' all over the World* von Status Quo dran glauben. Mona, die mit ihren Eltern in Oldenburg telefonierte und sich durchaus gestört fühlte, ließ ihn gewähren. Sie kannte den Grund seiner Aggression. Nach der Gitarrenorgie nahm Petersen seine alte Lederjacke und verschwand in Richtung „Strandkorb", auch dort war jetzt das Verschwinden der Dunker ein Thema. Er vermied es zu den Theorien der Thekengäste etwas zu sagen. Ihm wurde aber deutlich, dass die Dunker durchaus nicht unbeliebt war. Ihre Hinweise zur Verknappung des bezahlbaren Wohnraums für Insulaner durch den Bau großer Wohn- und Eigentumsprojekte fiel auf fruchtbaren Boden. Im Zeichen der Eurokrise investierten vermögende Festländer als auch Fondsgesellschaften zunehmend in Immobilien auf den Inseln. Diese Entwicklung ging auf Kosten der Insulaner und die Dunker hatte offensichtlich die Gabe, diese Probleme offen anzusprechen. Viele andere Ratsmitglieder sahen in diesen Projekten eher die Möglichkeit, die Gemeinde zu entschulden oder aber Wangerooge als Urlaubsort auf „Syltniveau" zu heben.
Diese Art des Kneipenbesuchs liebte er, einfach zuhören, nicht ständig selbst angesprochen zu werden und in Ruhe gemütlich ein Bier zu trinken. Nur das Rattern der Spielautomaten störte

seiner Meinung nach die Stimmung. Beide Spielautomaten wurden ständig belagert, das war ihm auch schon im „Störtebeker“ aufgefallen. Der Kick etwas zu gewinnen war groß. In Bremen gab es extra einen Beamten in seinem Kommissariat, der sich mit Spielsucht beschäftigte. Hier hätte der Kollege ein großes Betätigungsfeld gehabt. Petersen fehlte jedes Verständnis dafür, dass gerade Servicekräfte ihr hart verdientes Geld in die Automaten versenkten. Beim Zahlen staunte er nicht schlecht, als er schon sechs Bier auf seinem Deckel hatte. Der Gang durch die Zedeliusstraße tat ihm gut, aber je näher er dem „Störtebeker“ kam, umso mehr verspürte er den Drang, dort weiter zu trinken. Nur der Schwede saß an der Theke, augenscheinlich waren die Knobler schon abgezogen. Der Magister fragte als erstes, ob sich schon was wegen der Fingerabdrücke getan hätte. Petersen verneinte. Der Schwede, ein glühender Dortmund-Fan, begann nun die beiden Werder-Anhänger zu provozieren.
„Was ist los mit eurem Verein, fünf Jahre Champions League und nichts ist übrig geblieben?“
Es entspann sich jetzt eine nicht enden wollende Diskussion über den SV Werder, Fischer und Willi Lemke und die Struktur des Vereins, die nach Meinung des Magisters eine verkrustete war. Er forderte eine radikale Neuorientierung mit jüngeren Leuten. Die Striche auf den Deckeln wurden mehr und mehr. Man gab sich gegenseitig ein Bier aus, letztlich ein Nullsummenspiel. Petersen machte einen schwer angeschlagenen Eindruck. Der Magister war in großer Sorge, ob er den Weg nach Hause alleine schaffen würde. Auf keinen Fall wollte er ihn der Lächerlichkeit auf der Insel preisgeben für den Fall, dass er irgendwo in den Rabatten landen würde. Auf der Insel nannte man solche Abstürze „Getränkeunfälle."
Der Schwede war genauso „grün“, wie die Insulaner es

ausdrückten und er selbst wollte die Kneipe noch nicht zumachen. In seiner Not rief er das Revier an, der Anruf wurde auf Monas Diensthandy umgeleitet, so hatte sie es mit Petersen besprochen. Sie meldete sich auch pflichtgemäß:
„Polizei Wangerooge, Mona Behrens am Apparat."
„Hier ist der Magister, hallo Mona. Kannst du deinen Chef abholen, der ist voll wie ein Eimer? Ich möchte nicht, dass das morgen zum Inselgespräch wird."
„Okay, ich komme."
Petersen, der nicht mehr richtig artikulieren konnte, forderte jetzt Musik von Freddy Quinn. Der Magister legte die CD „Freddy-Gold" auf.
„So, Sheriff, das ist deine Rausschmeißermusik, du wirst gleich abgeholt."
„Mich holt keiner ab, ich bin allein hier", lallte Petersen.
Dann begannen alle drei den Refrain von Freddys Titel H*eimatlos* mitzusingen „So schön, schön war die Zeit...." Sie bewegten sich dabei im Rhythmus der Musik, was in diesem Moment urkomisch aussah. Zehn Meter vor der Kneipe sah Mona schon die Szenerie mit Grausen.
„Es ist wieder so weit, Freddy macht ihn fertig", murmelte sie in sich hinein. Nach dem sie eingetreten war, hob Petersen seinen Kopf von der Theke und sah zu ihr auf:
„Wo komm' Sie denn her Frau Kollegin, haben Sie 'nen jungen Mann abgeschleppt?"
„Wenn das so wäre, wäre ich wohl nicht hier oder?"
Sie wollte das Drama schnell hinter sich bringen, der Magister stoppte die Freddy CD, die beiden anderen protestierten, sofern sie es noch konnten und der Magister legte *Monja* ein, ein alter Titel von Roland W. aus den Siebzigern. Der Titel bestand fast ausschließlich aus dem lang gezogenen „Mooonja." Die drei Männer heulten wie Wölfe in der Taiga.

Mona war fassungslos. Sie zerrte an der Jacke von Petersen, hakte ihn unter, während dieser unentwegt „Mooonja“ heulte. „Ruhig jetzt Chef, sonst wird’s noch peinlicher“, herrschte Mona Petersen an.
Tatsächlich hörte er auf zu singen und torkelte untergehakt von seiner Auszubildenden ins nahegelegene Revier. Unter großen Schwierigkeiten bekam sie ihn die Treppe hoch, schloss seine Wohnung auf. Er fiel sofort auf sein Bett. Mona zog ihm noch sehr fürsorglich die Schuhe aus und stellte ihm einen Eimer ans Bett, dann löschte sie das Licht und ging in ihr eigenes Appartement. An den morgigen Tag mochte sie nicht denken. Dieser kommende Tag sollte vieles auf der Insel verändern.

Freitag

Gegen 6 Uhr morgens erwachte Petersen mit einem schlechten Geschmack im Mund. Als er sich aufrichtete, bemerkte er, dass er angezogen war und ein Eimer neben seinem Bett stand. Seine Schuhe standen ordentlich aufgereiht am Fußende des Bettes. Wie war er hier hergekommen? Er hatte einen absoluten Filmriss. In seinem Kopf hämmerte es, auf dem Weg ins Bad hatte er Schwierigkeiten, die Balance zu halten. Im Spiegelschrank suchte er nach Alka-Seltzer Tabletten. Nachdem er diese aufgelöste hatte, versuchte er sich zu erinnern. So sehr er sich aber anstrengte, die letzte Phase seines Kneipenbesuchs blieb im Dunkeln. Hatte der Magister ihn nach Hause gebracht? Eher unwahrscheinlich, der Schwede? Der dürfte mit sich selbst genug zu tun gehabt haben. Er würde sich beim Magister erkundigen müssen. Hoffentlich hatten nicht allzu viele Insulaner seine alkoholische Eskapade mitbekommen. Nachdem er geduscht hatte, erholte er sich langsam. Mit dem Brötchen holen war Mona heute dran, das passte gut, falls er sich Sprüche hätte anhören müssen. Er zog seine Uniform an, trank fast eine halbe Flasche Mineralwasser leer und ging nach unten ins Dienstzimmer. Für Mona war es natürlich noch zu früh. Er erledigte allerhand Papierkram, der in den letzten Tagen liegen geblieben war, setzte Kaffee auf und verteilte das Geschirr. Vom Fenster aus sah er Mona mit der Brötchentüte auf dem Fahrrad kommen. Mit einem breiten Grinsen betrat sie das Dienstzimmer:

„War spät gestern, Chef?“

Die Frage glich schon einer Provokation. Hatte sie was

mitbekommen? Petersen war verunsichert, zumal sich ihr Grinsen nicht legte und schon legte sie nach:
„So schön, schön war die Zeit“, sang sie mit glockenhellen Stimme.
„Wieso? Was wissen Sie denn davon? Sie waren doch gar nicht dabei gestern Abend. Hat wieder jemand beim Bäcker getratscht? Auf dieser scheiß Insel bleibt wirklich nichts geheim“, ereiferte Petersen sich.
Mona wusste, dass sie jetzt den Bogen nicht überspannen durfte. „Ich hatte gestern noch einen Einsatz, Chef, der Magister hat mich um Hilfe gebeten. Hat aber außer dem Schweden, und der war fertig, niemand mitbekommen."
Petersen hätte im Boden versinken können. Mona hatte ihn nach Hause gebracht, welche Schmach. Er hatte in den letzten Tagen dick einen auf Vorgesetzten gemacht und dann das jetzt, er fasste sich ein Herz:
„Ich muss mich bei Ihnen bedanken und entschuldigen. Sie haben ein Essen bei mit gut."
„Entschuldigen müssen Sie sich nicht, war alles okay, nichts passiert. Das mit dem Essen nehme ich aber gerne an.“
Damit war die Unterhaltung beendet und es wurde ein relativ sprachloses Frühstück. Petersen war die Peinlichkeit noch anzumerken und Mona besaß so viel Taktgefühl, dass sie wusste, wo die Grenze war. Nach Ende des Frühstücks berichtete er Mona über die Gesprächsfetzen, die er gestern im „Strandkorb“ aufgeschnappt hatte. Die Dunker hatte sich wohl sehr stark für bezahlbaren Wohnraum auf der Insel eingesetzt und erfreute sich bei den Insulanern einer gewissen Beliebtheit. Mona nahm den Faden auf:
„Müssen wir nicht unseren Gedankengang wieder aufnehmen, dass sie einigen Investoren und der Verwaltung ein Dorn im Auge war?“

„Zumindest sollten wir das nicht ganz vernachlässigen“, antwortete er.
Ihre Unterhaltung wurde durch das Klingeln des Telefons unterbrochen. Es meldete sich der Leiter des Bünder Schullandheims aus dem Westen der Insel:
„Moin, ich bin mir nicht sicher, ob das ein Scherz ist, sag ich gleich mal vorweg, aber eben kamen zwei aufgeregte Kinder zu mir und haben behauptet, dass da 'ne Hand zwischen den Sandsäcken rausguckt." Petersen Kehle schnürte sich zu, er war drauf und dran sich übergeben zu müssen, nahm einen Schluck Wasser, Mona sah ihn besorgt an. Nachdem er sich gefangen hatte, fragte er:
„Wo ist die Stelle?“
„Am Strand hinter der Jugendherberge, dort wo das Deckwerk zu Ende ist, wurden die Dünen vor zwei Jahren mit Sandsäcken gesichert. Um diese Zeit sind da kaum Leute."
„Bitte sorgen Sie dafür, dass die Kinder da nichts anfassen. Ich komme sofort."
Mona hatte den Ernst der Lage sofort erkannt und wollte sich auch anziehen.
„Sie bleiben hier, die Wache muss besetzt sein. Falls da was dran ist, müssen Sie hier die Koordination machen. Funkgerät einschalten. Wo die wichtigen Telefonnummern sind, wissen Sie ja. Natürlich Scheiße, dass wir kein Fahrzeug haben. Ich nehm‘ erst mal das Fahrrad, alles weitere sehen wir dann, bitte hier immer stand by sein, okay?“
Mona war zwar enttäuscht darüber, dass sie in der Dienststelle bleiben sollte, konnte die Gründe aber nachvollziehen. Während sie ihren Chef davon radeln sah, sichtete sie die Telefonnummern, die sie eventuell brauchen würde.
Petersen hatte auf dem Deich schwer mit dem Wind zu kämpfen, der kam mit einer Stärke von ungefähr 6 Beauforts,

direkt aus Westen, also direkt gegen an. Ein Gutes hatte diese Sturmfahrt für ihn, sein Kopf wurde klar und der Kater ging zurück. In Höhe der Sternwarte stellte er sein Fahrrad ab und benutzte den Dünenübergang. Als er auf dem betonierten Deckwerk stand, das die Insel im Westen vor den Stürmen aus der Hauptwindrichtung schützen sollte, pfiff ihm ein unangenehmer Wind um die Ohren. Er musste seine Uniformmütze festhalten. Vom linken Strandabschnitt hinter dem Deckwerk winkte ihm jemand zu. Gott sei Dank waren sonst keine Personen am Strand zu sehen, die mögliche Spuren verwischt hätten. Er ging auf den Mann, der einen blauen Segelparka und eine Pudelmütze an hatte, zu und begrüßte ihn. Es handelte sich um den Heimleiter des Bünder Schullandheims, der heute Morgen angerufen hatte. Die Kinder wurden von den Lehrern im Heim beschäftigt. Eine sehr umsichtige Maßnahme empfand Petersen. Kinder-getümmel hätte er hier nun überhaupt nicht gebrauchen können. Der Sturm hatte an den Dünen erheblich genagt. Es war eine Dünenabbruchkante auf etwa 1 km Länge zu beobachten. Den unteren Rand der Kante hatte man mit Sandsäcken gesichert und am Fuß der Dünen schwarze fast quadratische Basaltsteine aufgeschüttet. In den Zwischenräumen der Säcke hatte sich Strandhafer oder Seegras gesammelt. Beide Männer gingen noch etwa 100 Meter in Richtung Süden. Nun stoppte der Heimleiter und trat auf die Säcke der unteren Reihe. Er bückte sich und zeigte auf eine Lücke zwischen zwei Sandsäcken, aus der kaum sichtbar eine menschliche Hand herausragte. Petersen zog seine Gummihandschuhe, die er vorsorglich eingesteckt hatte, an und versuchte einen Sandsack etwas zu verschieben. Der Heimleiter wollte ihm helfen, aber Petersen winkte ab:

„Wir dürfen so wenig Spuren wie möglich verwischen. Die

Spurenlage ist meist sehr entscheidend für die Aufklärung eines Falls."
Er vermied es, den Begriff Tatort zu verwenden, dafür war es noch viel zu früh. Der Heimleiter wich ehrfurchtsvoll zurück. Im zweiten Versuch gelang es Petersen, diesen einen Sandsack etwas zu verschieben und er sah in das blutüberströmte Gesicht einer Frau, das seiner Meinung nach nur Brigitte Dunker gehören konnte. Die Farbe des Jogginganzuges kannte er, diesen trug sie auch, als sie sich einmal in der Zedeliusstraße begegneten. Da die Frau zweifelsohne tot war, ersparte er es sich, den Inselarzt zu rufen. Zuerst machte er mit seiner Digitalkamera einige Fotos vom Fundort, bis hier ein Spurensicherungsteam auflaufen würde, konnte sehr viel Zeit vergehen. Er bat den Heimleiter noch einen Moment zu bleiben. Er drückte die Ruftaste auf seinem Funkgerät, Mona meldete sich sofort:
„Was ist Chef, ich warte schon ganz gespannt?“
„Wir haben hier eine weibliche Leiche gefunden, die nach menschlichem Ermessen Brigitte Dunker sein könnte. Das behalten wir aber erst einmal für uns, verstanden?“
„Na klar Chef, was soll ich jetzt tun?“ fragte sie in einem sehr aufgeregten Ton.
„Sie rufen jetzt Harm Gerdes von der Feuerwehr an, wenn Sie ihn nicht auf seinem Handy erreichen können, wählen Sie die 112, dann wird er auf seinem Pieper angefunkt. Erklären Sie ihm die Fundstelle und bevor er losfährt, sagen Sie ihm, dass es seine Hauptaufgabe sein wird, den Fundort großräumig abzusperren. Er kann mich auf dem Handy erreichen, ferner Kommissar Wilbert in Wilhelmshaven über den Leichenfund informieren, aber noch nicht so viel raus lassen, der soll um Infos betteln. Wilbert soll ein offizielles Amtshilfeersuchen an die Feuerwehr schicken, da wir als Polizei kein Fahrzeug vor

Ort haben, außer unseren dämlichen Fahrrädern." Der Ärger hierüber in seiner Stimme war nicht zu überhören. Mona meldete sich mit einem „over" ab.
Er wandte sich jetzt wieder dem Heimleiter zu, der im respektvollen Abstand abwartete, bis Petersen mit dem Funkgerät fertig war.
„Wissen Sie, welche Kinder die Leiche gefunden haben“, frage er ihn.
„Das kann ich rauskriegen."
„Ich würde Sie bitten, mir die Namen sowie den Zeitpunkt zu übermitteln, wann die Gruppe abreist, damit ich die Kinder noch befragen kann. Und bitte schärfen Sie den Lehrern ein, dass dieser Strandabschnitt ab jetzt Tabu ist und noch mal vielen Dank, Sie haben sehr umsichtig gehandelt."
Er schüttelte die Hand des Heimleiters, der sich sichtbar über dieses Lob freute und sich dann in Richtung Bünder Heim verabschiedete. Petersen stand jetzt allein am Fundort. Er vermied es, etwas zu verändern, obwohl er gern den Sandsack weiter verschoben hätte. Hier hatte sich jemand sehr viel Mühe gegeben, eine Leiche verschwinden zu lassen. Im Laufe der Zeit wäre immer mehr Sand auf den Fundort geweht und wenn die Kinder die Hand nicht entdeckt hätten, wäre die Leiche auf immer und ewig unter dem Dünensand verschwunden. Derjenige, der die Leiche hier abgelegt hatte, aus Petersen Sicht war das nicht der Tatort, kannte die Gegebenheiten. Ein Versenken der Leiche im Meer barg immerhin die hohe Wahrscheinlichkeit, dass sie später wieder angeschwemmt wurde. Wieder klingelte das Handy. Kommissar Wilbert bat um eine Beschreibung des genauen Fundortes. Er forderte Petersen auf, den Fundort abzusperren. Zum Schluss des Gesprächs konnte Petersen es sich nicht verkneifen den Satz:

„Ich mach das nicht zum ersten Mal, Herr Kommissar“, rauszuhauen.
Auf diese Provokation reagierte Wilbert nicht, dem mittlerweile wohl auch nicht die Säuernis seines Gesprächspartners verborgen geblieben war. Petersen war mit seinen Gedanken schon woanders. Nach Lage der Dinge würde die Spurensicherung frühestens am nächsten Morgen hier eintreffen können. Er musste also über Nacht den Fundort absperren und bewachen lassen. Seine Gedankengänge wurden unterbrochen durch das Signal des Martinhorns der Feuerwehr. Muss das denn sein, dachte Petersen, aber bei den wenigen Einsätzen auf der Insel wollten die Jungs wohl auch mal alles zeigen. Zwei Wagen kamen aus Richtung Westanleger auf den Strand gefahren: Einmal der Landrover, den Petersen schon kannte und ein Fahrzeug, das etwas kleiner als ein normales Feuerwehrfahrzeug war. Beide Fahrzeuge bewältigten die Fahrt über den Strand mühelos. Petersen fing sie etwa 100 Meter vor dem Fundort ab. Es sollten keine Spuren durch die Fahrzeuge vernichtet werden. Er ging zum Landrover, in dem Harm Gerdes saß.
„Harm, gut das ihr da seid. Dort liegt die Leiche." Mit dem ausgestreckten Arm deutete er auf den Fundort. „Wir müssen diesen Strandabschnitt großflächig absperren, damit uns hier niemand die Spuren verwischt. Ich denke die Spusi wird morgen früh hier sein."
Harm musterte das Gelände und rief seine Männer zu sich und erläuterte ihnen die Lage:
„Männer, dort oben liegt die Leiche. Wir sperren den Strand in einem Radius von etwa 100 Metern ab, das reicht doch Sheriff oder?“ Petersen nickte.
„Pfähle in den Strand rammen und mit Absperrband verbinden!“

Die Männer, es waren acht, die Harm mitgebracht hatte, begannen mit ihren Arbeiten, wobei ihnen der starke Westwind Schwierigkeiten bereitete, da er immer wieder Sand aufwirbelte.
„Was machen wir denn nachts, es wird bald dunkel?“ fragte Harm Petersen.
„Genau das wird das Problem sein, wir müssen das Gebiet nachts überwachen. Habt ihr sowas wie einen Lichtmast?“
„Na klar, haben wir sogar mit“, verkündete Harm voller Stolz.
„Ich denke nicht, dass wir die ganze Nacht mit voller Leistung den Fundort bestrahlen müssen, aber ein bisschen Licht wäre gut, falls da jemand Neugieriges kommt und mir die Spuren kaputt macht“, gab Petersen zu bedenken.
„Das kriegen wir hin“, warf Harm ein, „ein Fahrzeug muss ja sowieso hier bleiben, um den Lichtmast zu versorgen, da kann sich ja die Nachtwache reinsetzen."
„Das hört sich gut an. Ich werde mir mit Mona die Nacht teilen. Es reicht, wenn du uns jeweils einen deiner Männer zuteilst."
„Die Schicht mit Mona wird dann aber heiß begehrt sein, Sheriff“, lachte Harm laut auf.
Petersen verkniff sich eine Bemerkung, eigentlich hätte er auch gut mit Mona die Wache halten können, doch sie mussten beide etwas Schlaf haben, denn morgen würde hier die Post abgehen. Der Feuerwehr konnte man die Überwachung nicht allein überlassen, das war hier eine polizeiliche Aufgabe. Er musste jetzt erst einmal rauskriegen, wann genau die Spusi kommen würde, erst danach war eine Einteilung der Schichten möglich. Er funkte Mona an und schilderte ihr die anstehenden Aufgaben. Mona schien das Ganze recht spannend zu finden und versprach, sich um die Ankunftszeit der Spusi zu kümmern. Die Männer der Feuerwehr waren unterdessen schon mit den Absperrmaßnahmen fertig

geworden und bauten den Lichtmast auf. Der Wagen musste ganz an die Sandsäcke heran gefahren werden, da das Wasser auflief. Harm wandte sich an Petersen:
„Wir warten hier alle, bis du die Schichteinteilung hast, dann lass ich die Männer bis auf die Nachtwache abholen. Nachts kommt dann die Nachtwache mit dem Landrover und nimmt einen von euch mit. Die sollen auch gleich was zu beißen mitbringen, du hast doch auch Hunger oder?“ Petersen war sehr angetan von der Umsichtigkeit des Gemeindebrandmeisters Gerdes. Es machte Spaß, mit ihm zusammen zu arbeiten. Der hatte es wirklich drauf. Sein Funkgerät quäkte:
„Hallo Chef, hier Mona, die Spurensicherung kommt mit dem morgendlichen Hochwasser ca. gegen 6 Uhr mit einem Wasserschutzboot, die übernehmen dann auch erst einmal die Sicherung des Fundortes. Wilbert kommt mit dem Flieger um 9 Uhr.
„Welche Schicht soll ich übernehmen?“
Ausgerechnet Wilbert, das hatte Petersen gerade noch gefehlt.
„Hallo Chef, ich hab‘ Sie was gefragt?“
„Tschuldigung, hab gerade an was anderes gedacht“, meldete er sich wieder, „Sie übernehmen die Schicht bis 24 Uhr, dann mach ich bis 6 Uhr weiter und kann dann der Spusi die Auffindsituation schildern. Sie werden von der Feuerwehr abgeholt, over“, verabschiedete sich Petersen von seiner Kollegin.
Er besprach dann mit Harm Gerdes den weiteren zeitlichen Ablauf. Nach ca,. 1 Stunde kam ein weiteres größeres Feuerwehrfahrzeug, mit Mona an Bord, am Strand an. Erst einmal gab es für alle Beteiligten Pizza. Danach instruierte Petersen noch Mona, was bei der Nachtwache zu beachten war und Petersen wunderte sich überhaupt nicht, dass Harm Gerdes sich für die erste Wache mit Mona eingeteilt hatte. Das sah ihm

ähnlich! Alle restlichen Personen bestiegen die Fahrzeuge bis auf das kleinere mit dem Lichtmast, was direkt an den Sandsäcken postiert worden war. Petersen fuhr im Landrover mit Focko Hanken, den er ja schon bei der Wohnungsöffnung der Dunker kennen gelernt hatte, mit ihm würde er auch die Nachtwache verbringen. Man verabredete sich um 23:30 Uhr an der Polizeistation. Focko würde ihn mit dem Rover abholen. Petersen hatte jetzt noch ca. 5 Stunden Zeit, um sich zu erholen. Dass das nicht reichen würde, war ihm durchaus klar. Die vergangenen Stunden waren für ihn außerordentlich aufreibend gewesen, aber mit seinen eingeleiteten Maßnahmen, so fand er, konnte er zufrieden sein. Das Zusammenspiel mit Harm Gerdes funktionierte blendend und auch Mona machte einen guten Job. Er würde das in seiner Beurteilung über sie berücksichtigen. Erst einmal sprang er jetzt unter die Dusche, er fror, weil er den halben Tag im Wind am Strand gestanden hatte. Für die Nacht musste er sich warm anziehen. Nachdem er zwei Scheiben Brot gegessen hatte, legte er sich aufs Sofa und versuchte seine Gedanken zu sortieren. Wenn Brigitte Dunker tatsächlich das ehemalige RAF-Mitglied war, das in Bremen unter einer falschen Identität gearbeitet hatte und nach der Enthüllung ihrer wahren Identität im Bremer Bürgerschaftswahlkampf nach Wangerooge transferiert worden war, dann war das eine heiße Kiste und über kurz oder lang würde das BKA Wangerooge heimsuchen. Sollte es sich um einen verspäteten Racheakt handeln, nach so langer Zeit, Petersen wollte es nicht glauben? Obwohl in den letzten Jahren mehrere RAF Mitglieder aus der Haft entlassen worden waren, weil sie ihre Haftstrafen abgesessen hatten, aber würden die gleich wieder morden? Bekannt war, dass sie sich durchaus in regelmäßigen Abständen trafen, das hatte er gelesen. Aber bisher war er

davon ausgegangen, dass diese Treffen eher den Charakter von Klassentreffen hatten. Vielleicht irrte sich die Öffentlichkeit hier. Petersen war sich in dieser Frage unschlüssig.
Die andere Variante war, dass hier eine Kritikerin der Investitionspolitik der Gemeinde mundtot gemacht werden sollte, um Investoren nicht zu verschrecken. Für Wangerooge, aber auch für die Investoren stand hier viel auf dem Spiel. Aber war das ein Motiv für einen Auftragsmord, so was kannte man nur aus Süditalien oder aus Osteuropa und war für Wangerooge doch recht unwahrscheinlich. Die dritte Variante, die ihm einfiel, war die private Variante. Nach außen hin schien die Dunker kontaktarm zu sein, wie ihre Kollegen versicherten, aber war das wirklich so? Hatte sie ein Verhältnis? Fragen über Fragen, die er nicht beantworten konnte, die aber die Ermittler in den nächsten Tagen klären mussten. Für ihn war die Zeit des Ermittelns vorbei. Ab Morgen würde er wieder den kleinen Dorfpolizisten geben müssen, der von all dem ja keine Ahnung hatte. Bei diesen Gedanken kam ihm wieder seine eigene bittere Vergangenheit hoch. Er war einmal leitender Ermittler eines sehr erfolgreichen Teams mit der höchsten Aufklärungsquote in Bremen gewesen, morgen würden alle wieder schlauer sein und ihn wie einen inkompetenten Trottel behandeln, bei diesen Gedanken nickte er ein.

Um 23.00 Uhr weckte ihn sein Handy mit *Smoke on the Water*. Etwas benommen orientierte er sich, zog einen dicken Rollkragenpullover unter seine Uniformjacke, füllte sich eine Thermosflasche mit frischem Kaffee ab und bewegte sich langsam nach unten. Er nahm das Funkgerät:
„Frau Kollegin, bitte kommen“, er hörte keine Reaktion und versuchte es noch mal, jetzt knackte es in der Leitung:
„Ja Chef, was ist denn“, antwortete Mona.

„Sie haben doch wohl nicht geschlafen oder hab ich Sie bei was anderem gestört?“
„Chef, hören Sie doch mit dem Blödsinn auf. Wir haben gerade die Absperrungen kontrolliert, weil die Flut recht hoch aufgelaufen ist."
„Okay, wir machen uns gleich auf den Weg, over."
Jetzt bloß nichts vergessen, schoss es ihm durch den Kopf, Dienstwaffe, Funkgerät, Handy, Taschenlampe und obwohl er die Strickmütze mit der Aufschrift Polizei total daneben fand, entschloss er sich, sie aufzusetzen. Der Wind da draußen am Strand war recht heftig. Er hörte schon den Motor des Rovers, ging hinaus und stieg zu Focko Hanken in das rote Fahrzeug. Auch Focko hatte eine Thermoskanne dabei und war dick eingepackt. Auf dem Weg in den Westen sprachen sie wenig. Focko musste in der Dunkelheit höllisch aufpassen, weil der Weg sehr eng war und es immer sein konnte, dass irgendwelche Betrunkenen aus den Wangerooger Kneipen nach Hause liefen. Am Hafen bogen sie rechts ab und fuhren auf den Strand. Das Wasser war mittlerweile schon ein wenig abgelaufen und sie hatten viel Platz. Der Lichtmast spendete etwas Licht auf die Böschung mit den Sandsäcken, so sollte es sein. Mona und Harm standen vor dem Fahrzeug und machten sich mit ihren Taschenlampen bemerkbar. Focko parkte den Rover vor das andere Feuerwehrfahrzeug. Mona und Harm stiegen in den Rover ein.
„Bei euch ist es wärmer als bei uns“, eröffnete Harm die Unterhaltung.
Petersen konnte es nicht lassen: „Ihr habt euch doch sicher warme Gedanken gemacht?“
Mona schüttelte nur genervt den Kopf:
„Was soll denn der Scheiß nun wieder, Chef? Es waren am

Abend noch einige Leute hier. Die Nachricht mit der Leiche muss sich auf der Insel schon rumgesprochen haben. Wir mussten höllisch aufpassen, dass die hier nicht alles zertrampeln."
Harm unterbrach Mona: „Sogar der Bürgermeister war hier und hat sich beschwert, dass wir ihn nicht informiert haben, der hat s'e doch nicht alle." Harm war sichtlich erregt, „der soll sich um seinen eigenen Scheiß kümmern."
„Das stimmt schon“, mischte sich Focko Hanken ein, „aber immerhin liegt hier ein Mitglied des Gemeinderats."
Petersen nickte: „Hab ich vergessen, wir hatten ja nun auch andere Sorgen. Harm, wie kriegen wir die Spusi hierher, die haben ja einiges an Geräten dabei?“
„Ich lass den Rover um 6 Uhr zum Hafen fahren, die kommen doch per Wasserschutz oder?“
„Ja, das stimmt“, erwiderte Petersen.
„Gut, entweder komme ich selbst oder schicke einen anderen Mann, nun macht's gut ihr beiden. Wir hauen ab, gute Wache."

Mona und Harm wechselten die Plätze, Petersen und Focko stiegen aus. Langsam bewegte sich das Fahrzeug in Richtung Hafen. Petersen und Focko kletterten in das andere Fahrzeug und machten es sich einigermaßen gemütlich.

Sonnabend

Nach einem starken Kaffee entspann sich eine längere Unterhaltung über den SV Werder. Focko war kein Werder-Fan, aber er äußerte sein Unverständnis darüber, dass ein Verein, der jahrelang in der Champions-League gespielt hatte, über kein Geld mehr verfügte. Petersen und er rätselten gemeinsam, wo denn das Geld geblieben sei. Nach ungefähr einer halben Stunde sank Fockos Kopf auf die Lehne des Fahrzeugsitzes. Petersen vermied es, ihn zu wecken. Ohne viel Krach zu machen, stieg er aus dem Fahrzeug, um zu pinkeln. Im Harle-Gatt, der Fahrrinne zwischen Wangerooge und Spiekeroog, blinkten die Fahrwassertonnen in ihrer eingestellten Kennung. Es waren nur wenige Lichter der gegenüberliegenden Insel Spiekeroog zu sehen. Petersen drehte sich in Richtung Fahrzeug um, bildete er sich das ein oder hatte er am oberen Dünenrang einen Schatten gesehen? Langsam ging er an die Absperrung heran und beobachtete dabei die Böschung. Nein, nichts, er musste sich geirrt haben. Das Wasser lief langsam wieder auf und der Wind nahm zu. Er fror etwas und suchte deshalb wieder Schutz im Fahrerhaus des Feuerwehrautos. Focko schnarchte leicht vor sich hin, auch Petersen wurden die Augen schwer, er kämpfte gegen die Müdigkeit an, doch er verlor diesen Kampf. Nach etwa einer Viertelstunde wurde er von Focko, der mittlerweile erwacht war, geweckt:
„Da ist was Sheriff, da kriecht jemand über die Sandsäcke."
Petersen schreckte hoch und fixierte den Leichenfundort. In der Tat kroch dort eine Person mit einer schwarzen Kapuze über die Sandsäcke:

„Focko, wir brauchen jetzt die volle Lichtleistung, schnell", schrie er den Feuerwehrmann an, der sofort aus dem Fahrzeug sprang und von der Seite den Schalter für den Lichtmast hochdrehte.
Der Kapuzenmann war schon auf dem Rückweg vom Fundort der Leiche zur oberen Dünenböschung. Petersen sprang wie ein Derwisch aus dem Fahrzeug und brüllte mit voller Stimme:
„Halt Polizei, stehenbleiben!"
Der Kapuzenmann hatte fast die Dünenkante erreicht.
Petersen brüllte wieder:
„Halt stehbleiben, hier ist die Polizei!" Er nahm seine Dienstwaffe aus dem Halfter entsicherte sie und brüllte erneut:
„Halt, stehenbleiben!"
Er reckte seinen rechten Arm mit der Waffe in den Himmel und schoss. Jetzt war niemand mehr zu sehen. Petersen sprintete an der Absperrung entlang auf die Sandsäcke zu und kletterte so schnell er konnte zur Dünenkante, in der rechten Hand die Waffe und in der linken seine Taschenlampe. Vergebens, in der Dunkelheit konnte er nichts mehr erkennen und im Dünensand erzeugten Schritte keine Geräusche. Wenn man über genügend Fahrzeuge verfügt hätte, wäre es kein Problem gewesen, dem Kapuzenmann den Weg abzuschneiden. Ins Meer konnte er nicht, da auflaufend Wasser war. Laut schimpfend lief er die Böschung wieder hinunter:
„Schöne Scheiße, ich hab ihn verloren", raunzte er Focko an, der etwas bleich im Gesicht geworden war:
„Sag bloß, du hättest auf den geschossen?" fragte dieser besorgt.
„Natürlich nicht, wenn du als Polizist in Deutschland schießt, bis du mit halbem Bein im Knast. Ich wollte ihm ein bisschen Angst einjagen, aber das war ja wohl nichts", erklärte er Focko.

Beide gingen wieder zurück zum Fahrzeug, Focko regelte die Lichtleistung wieder auf halbe Kraft. Plötzlich wurde von der Wasserseite aus ihr Fahrzeug von einem Scheinwerferkegel erfasst. Petersen zog erneut seine Waffe und Focko suchte Deckung hinter dem Feuerwehrauto. Das Licht kam von einem Schiff, was sich langsam durch die Fahrrinne schob. Das Funkgerät gab Signale. Petersen meldete sich:
„Hier Kommissar Petersen, wer spricht?“
„Hier Wasserschutzpolizei Wilhelmshaven, keine Panik,nicht erschrecken, aber wir wollten uns orientieren, wo wir nachher hin müssen, wie weit der Weg vom Hafen zur Fundstelle ist."
„Okay, ihr werdet um 6 Uhr von einem Feuerwehrfahrzeug am Hafen abgeholt, bis dann, over."
Auch von dem Wasserschutzkreuzer kam ein „Over." Petersen wandte sich an Focko, der mittlerweile wieder neben ihm stand:
„Jetzt brauch ich erst einmal einen Kaffee und was zu essen auf die Aufregung."
Beide atmeten tief durch und setzten sich wieder ins Fahrzeug. Nach der ersten Tasse Kaffee und einer Scheibe Brot stieß Focko Petersen an:
„Was der Kapuzenmann wohl am Fundort wollte und warum guckst du jetzt nicht nach?“
„Ich geh da jetzt nicht hin, weil ich sonst Ärger mit der Spusi kriege, die sind da sehr empfindlich. Wenn der da was verändert hat, dann kriegen die das raus. Die Jungs sind mittlerweile sehr gut. Aber was wollte der? Das ist mir auch nicht klar! Entweder das war so ’n Neugieriger, vielleicht stellt der morgen ein Bild von der Leiche bei You Tube ein. Heut ist alles möglich oder aber es war der Täter, der was gesucht hat, etwas verändern wollte oder etwas vergessen hatte.“

„Normalerweise kann der ja nicht weit kommen“, warf Focko ein.
„Natürlich nicht, aber wir haben doch zu wenig Leute, sonst könnten wir alle Wege vom Westen überwachen und auch den Strand, eigentlich 'ne Kleinigkeit, aber was soll’s, irgendwann kriegen wir den“, formulierte Petersen mit sehr viel Optimismus.
Focko schien nicht ganz überzeugt zu sein, ließ es aber sein, den Sheriff weiter zu löchern. Sie hatten jetzt noch 2 Stunden Zeit bis zu ihrer Ablösung und versuchten etwas zu dösen. Erst das Motorengeräusch des Landrovers der Feuerwehr weckte sie. Harm selbst saß am Steuer. Er hatte die Beamten der Spurensicherung und den Gerichtsmediziner vom Hafen abgeholt. Petersen begrüßte die Beamten und wies auf die Fundstelle. Er berichtete kurz über den Vorfall in der Nacht, der bei den Beamten der Spusi bedenkliche Gesichter auslöste. Alles in allem äußerten sie aber Lob für die getroffenen Absperrmaßnahmen. Harm fuhr noch einmal zum Hafen, um zwei Beamte der Wasserschutzpolizei, die die Bewachung der Absperrung übernehmen sollten, zu holen. Die Beamten der Spusi packten ihre Koffer aus, zogen sich ihre „Mondanzüge“ an. Der Versuch, eine Art Zelt über den Fundort zu spannen, scheiterte an dem stark böigen Westwind. Der Gerichtsmediziner wandte sich an Petersen, um mit ihm über den Abtransport der Leiche zu sprechen:
„Herr Petersen, wie können wir das organisieren? Wir haben einen Leichensack mit und wollen die Leiche heute Abend, wenn die Arbeit getan ist, mit dem Wasserschutzboot mitnehmen. Sie wird dann von Harlesiel nach Wilhelmshaven zur Obduktion gebracht."
„Ja, das müssen wir mit dem Leiter der Feuerwehr besprechen. Wir haben hier ja kein Fahrzeug und mit dem Krankenwagen

dürfen wir es ja wohl nicht. Ich denke, dass die Feuerwehr uns helfen kann, wenn das aus Ihrer Sicht in Ordnung ist?“

„Außergewöhnliche Orte erfordern außergewöhnliche Maßnahmen. Ich hätte mit einem Feuerwehrfahrzeug kein Problem“, antwortete der Gerichtsmediziner.

Mittlerweile war Harm Gerdes mit den Beamten der Wasserschutzpolizei wieder zurückgekommen. Man einigte sich sehr schnell über die Modalitäten des Leichenabtransports. Focko und Petersen verabschiedeten sich und fuhren mit dem Rover ins Dorf zurück.

Im Revier duftete es schon nach Kaffee, als Petersen die Dienststube betrat. Mona war schon auf den Beinen und hatte Frühstück gemacht.

„Kompliment, Frau Kollegin, Sie denken aber auch an alles, das ist jetzt genau das, was ich brauche“, mit diesem Kommentar ließ er sich in seinen Bürostuhl fallen.

„Ich glaube in den nächsten Tagen wird es hektisch, aber wir sollten uns unser gemeinsames Frühstück nicht nehmen lassen. Ich fand das bisher immer ganz toll, den Tag so anzufangen“, lachte sie Petersen freundlich an.

Er nickte zufrieden und er konnte es nicht ganz verbergen, dass er sich zu dieser jungen Frau sehr hingezogen fühlte. Er informierte Mona über die Vorgänge der Nacht. Petersen bemerkte, wie es in ihr arbeitete:

„Raus damit, was denken Sie?“

„Warum geht jemand noch mal zur Leiche? Neugierige wären vom Strand gekommen und nicht von der Dünenseite, glaube ich. Wollte da jemand die Spurenlage verändern?“

„Diese Möglichkeit scheint mir auch die wahrscheinlichste. Wenn das so war, hoffe ich ja, dass die Spusi das rauskriegt."

„Ich hab so was ja noch nie mitgemacht, man hört ja, dass die ′ne Menge drauf haben heute."

„Das sind hochqualifizierte Techniker. Ich hab vor denen einen Höllenrespekt. Die Frage, die ich mir die ganze Zeit stelle, ist, ob man uns jetzt überhaupt noch mit einbezieht in die Ermittlungen oder ob wir für unsere Festlandkommissare die Laufburschen spielen dürfen?"
Der bittere Unterton seiner Stimme war für Mona nicht zu überhören und sie versuchte ihn zu beruhigen:
„Da machen Sie sich mal keine Sorgen. Was wollen die denn ohne uns hier machen? Wir kennen die Verhältnisse, nicht die und ich glaube, dass die Insulaner eher uns was sagen würden. Warten Sie mal ab."
Der Optimismus und die Zuversicht, die sie verbreitete, taten ihm gut. Mona bot an, die beiden Kommissare aus Wilhelmshaven vom Flugplatz abzuholen, damit er wenigstens zwei Stunden zur Ruhe kommen konnte. Er nahm dieses Angebot dankbar an und verzog sich nach oben.

Mona checkte mittlerweile die eingegangenen Mails. Die ersten Anfragen von Zeitungen und Presseagenturen lagen schon vor. Die Nachricht über den Leichenfund ließ sich nicht länger verheimlichen. Wie auch, die Insulaner hatten natürlich die Bewegungen am Strand im Westen mitbekommen und irgendjemand wird das der Presse gesteckt haben. Den Umgang mit der Presse musste man in jedem Fall mit den Kommissaren aus Wilhelmshaven besprechen, fand sie. Per Funk rief sie Harm Gerdes und fragte nach einem Fahrzeug für die Kommissare aus Wilhelmshaven, die sicherlich noch heute den Leichenfundort besichtigen wollten. Er versprach für 9 Uhr den Rover zum Flughafen zu schicken. Nach der Erledigung einiger Schreibarbeiten machte Mona sich auf den Weg zum Flughafen. Sie ging den Weg durch den Dorfgroden, da sie diesen Teil der Insel noch gar nicht kannte. Die vielen freistehenden Häuser mit den gepflegten Gärten machten auf sie einen angenehmen Eindruck. Es war der Gegensatz zu den Appartementburgen an der Standpromenade. Augenscheinlich wohnten in diesem Teil Wangerooges viele Insulaner. Die Häuser machten einen bewohnten Eindruck, im Gegensatz zu den in dieser Zeit unbewohnten Appartementanlagen. Am Flughafen warteten einige Insulaner auf den Flieger. Am Wochenende zog es einige aufs Festland oder sie flogen in den Süden, denn jetzt waren kaum Touristen auf der Insel. Die blonde Frau am Flughafenschalter begrüßte Mona freundlich:

„Kommt Ihr Freund Sie besuchen?“ fragte sie neugierig.

„Leider nicht, ich bin dienstlich hier und muss zwei Kollegen abholen."

„Kann ich mir denken. Die Sache mit der Dunker hat uns einen großen Schrecken eingejagt. Die ganze Insel spricht davon. Hier ist solange nichts passiert. Das Letzte, an was ich mich erinnern kann, war die Sache mit der Frau, die ihr Kind im Strandkorb abgelegt hatte, aber sonst gibt es hier ja nicht viel Ärger. Was ist denn mit der Dunker passiert, hat die Selbstmord gemacht?“

„Darüber darf ich Ihnen leider keine Auskunft geben. Die Untersuchungen laufen noch. Wir müssen abwarten."

„Grüßen Sie mir Ihren netten Kollegen Petersen, mit dem hab ich noch eine Verabredung offen."

Soso, dachte Mona und er tut immer so, als ob er im Moment kein Interesse an Frauen hat. In diesem Moment rollte die Maschine vom Typ Brittan-Norman Islander auf das Flughafenvorfeld. Diese Maschinen waren sehr robust und hervorragend für den windreichen Inselverkehr geeignet. Die Passagiere, es waren acht, zwängten sich aus der Maschine und warteten darauf, dass der Pilot ihnen ihre Gepäckstücke aushändigte. Wer waren nun die Kommissare? Mona musterte

die Passagiere. Sie tippte auf zwei sportlich gekleidete Typen in Segeljacken. Der Eine war bestimmt über 50 hatte schütteres blondes Haar. Er trug eine dunkelblaue Wollmütze, die sein Gesicht fast verdeckte, der Andere schien jünger zu sein, hatte aber schon einen ansehnlichen Bauch, zu seiner roten Segeljacke trug er eine schwarze Basecap mit der Aufschrift Nordsee. Nachdem sie ihr Gepäck gegriffen hatten, durchquerten sie die Sperre und gingen direkt auf Mona zu, die mit ihrer Uniform für die Beiden sofort erkennbar war. Sie lag mit ihrem Tipp richtig, es waren die beiden Kommissare. Der ältere stellte sich als Hauptkommissar Wilbert vor, der jüngere als Kommissar Gruben. Wilbert musterte Mona:
„Sie sind die Kollegin Anwärterin Behrens, richtig?“
Mona nickte, „Kollege Petersen lässt sich entschuldigen, der hat die ganze Nacht den Fundort bewacht und hat sich für zwei Stunden hingelegt, dann steht er Ihnen zur Verfügung. Ist doch in Ordnung oder?“
Mona wollte Gutwetter für Petersen machen. Die Spannungen zwischen ihm und Wilbert waren ihr nicht verborgen geblieben. Wilbert nickte:
„Ist schon in Ordnung. Wir bringen unser Gepäck jetzt zur Pension und dann würden wir gerne zur Fundstelle, da wär es natürlich gut, wenn Kollege Petersen mitkäme, der kennt ja die Einzelheiten und vielleicht können wir den Jungs von der Spusi schon was entlocken."
Die Einzelheiten kennen, das hört sich ja schon gut an, dachte Mona und sie fühlte sich bestärkt in ihrer Annahme, dass die Kollegen aus Wilhelmshaven doch auf die Detailkenntnisse der Kollegen vor Ort, und hier schloss sie sich selbst mit ein, angewiesen sein könnten. Der rote Rover stand mit einem Feuerwehrmann, den Mona nicht kannte, vor dem Flughafengebäude. Man machte sich kurz bekannt und die

Kommissare wurden zu ihrer Pension in die Friedrich-August-Straße gefahren. Während sie ihr Gepäck in die vorbestellten Zimmer brachten, rief Mona schnell Petersen an, um ihn vorzuwarnen, dass die beiden Kommissare ihn sprechen wollten. Nach kurzer Wartezeit kamen die beiden mit ihren Aktentaschen aus der Pension. Sie wollten direkt in die Polizeistation gefahren werden. Mona beglückwünschte sich selbst dafür, dass sie Petersen vorgewarnt hatte.
Petersen war durch den Anruf von Mona aufgeschreckt worden. In Windeseile zog er seine Uniform wieder an und stürzte nach unten ins Dienstzimmer. Die Blöße eines verschlafenen Beamten wollte er sich nicht geben, schon gar nicht vor den Kollegen aus Wilhelmshaven. Er räumte schnell die beiden Schreibtische notdürftig auf, schaltete die PCs ein und wartete auf die Delegation aus Wilhelmshaven. Der Motor des Rovers war schon zu hören. Petersen sprang auf, sollte er raus gehen, um die Kollegen zu begrüßen? Nein, er verwarf diesen Gedanken, das sah nach zu viel Unterwürfigkeit aus und die war aus seiner Sicht überhaupt nicht angebracht. Also setzte er sich wieder an den Schreibtisch und versuchte, eine betriebsame Atmosphäre zu erzeugen. Er nahm das Funkgerät und erkundigte sich bei Harm Gerdes, wie weit die Arbeit der Spusi am Weststrand fortgeschritten war. In diesem Moment betraten Mona und die beiden Kommissare das Dienstzimmer.

„Danke für die Information, Harm, wir werden sicherlich bald bei euch auflaufen“, mit diesen Worten beendete er das Funkgespräch mit Harm Gerdes und wandte sich den Kommissaren zu. Man machte sich gegenseitig bekannt. Eine gewisse Distanz zwischen den Kommissaren aus Wilhelmshaven und Petersen war deutlich spürbar. Kommissar Wilbert ging sehr schnell zum dienstlichen Teil über:

„Wo können wir uns breit machen?“ fragte er. Petersen wies auf den zweiten Schreibtisch, was ihm einen bösen Blick von Mona einbrachte, denn eigentlich war das ihr Arbeitsplatz. „Kollegin Behrens wird sich meinen Schreibtisch mit mir teilen“, erklärte Petersen.

Mona nahm ihre Sachen und legte sie demonstrativ in die Mitte des Schreibtisches von Petersen. Die Kommissare aus Wilhelmshaven legten ihre Unterlagen ab. Mona bot an, Kaffee zu kochen. Aber Wilbert verneinte, er wollte sofort zum Fundort aufbrechen:
„Wir sollten sofort zum Strand fahren. Ich möchte den Fundort selber sehen, bevor die Rechtsmedizin die Leiche mitnimmt. Vielleicht können wir schon ein paar Infos kriegen, die uns hier weiterhelfen. Kollege Petersen, Ihre Vermutung hat mir ja dann doch keine Ruhe gelassen. Sie hatten Recht mit ihrer Vermutung, Brigitte Dunker ist das ehemalige RAF-Mitglied Vera Roloff. Nach der Aufregung im Bremer Wahlkampf 2007 hat Bremen mit Niedersachsen einen Deal gemacht. Die Roloff hat wieder einen neuen Namen gekriegt und ist hier mit neuer Identität nach Wangerooge gebracht worden. Der Staatsschutz in Hannover hat mir das bestätigt. Sollte die Leiche wirklich die Dunker sein, dann haben wir das BKA an den Hacken, schönen Dank."
Bei diesen Ausführungen empfand Petersen ein wenig Genugtuung darüber, dass seine Recherchen der Wahrheit entsprachen. Vielleicht konnte man mit den Kollegen aus Wilhelmshaven doch gut zusammen arbeiten. Beide waren ihm, nach dem ersten Eindruck zu urteilen, nicht unsympathisch.
„Ich habe uns schon am Strand angekündigt. Der Landrover der Feuerwehr wartet auf uns, wir sind ja auf die Feuerwehr angewiesen. Eins ist noch wichtig, die Schüler aus dem Bünder

Heim, die die Leiche gefunden haben, reisen morgen ab. Sie haben also nur noch heute die Möglichkeit der Befragung", teilte Petersen den Kommissaren mit.
„Gut, Kollege Gruben könnte das doch mit Kollegin Behrens machen?" schlug Wilbert vor.
Beide nickten. Augenscheinlich wollte Wilbert sie in die Ermittlungen einbinden, das gefiel Petersen. Sie bestiegen den Rover und fuhren gen Westen. Am Bünder Heim wurden Mona und Kommissar Gruben abgesetzt. Da es vom Heim zur Fundstelle nicht weit war, sollten sie zu Fuß nachkommen, während Petersen und Kommissar Wilbert direkt zur Fundstelle fuhren. Während der Fahrt schilderte er Wilbert das nächtliche Ereignis, mit runzelnder Stirn nahm der Kommissar die Informationen auf. Als sie vom Hafen her auf den Strand fuhren, sahen sie schon von weitem eine beträchtliche Anzahl von Schaulustigen. Die Kollegen der Wasserschutzpolizei waren aber offensichtlich in der Lage, sie hinter den Absperrbändern zu halten. Viele der Schaulustigen waren Petersen bekannt, einige Mitglieder des Shantychores waren auch darunter. Es herrschte eine gedrückte Stimmung. Petersen nickte den ihm bekannten Insulanern zu, dann überwanden die drei Männer die Absperrung. Die Leiche war freigelegt und um sie herum waren Steckschilder mit Nummern in den Sand gesteckt worden. Die Beamten der Spurensicherung in ihren weißen Overalls waren konzentriert am Arbeiten. Mit einer Spezialkamera wurde der Fundort aus allen Perspektiven fotografiert. Später hatten dann die Ermittler alle Fotos mehrdimensional auf ihren Rechnern. Der Gerichtsmediziner hockte vor der Leiche und sprach in sein Handy. Der Leiter der Spurensicherung stoppte seine Arbeit und begrüßte die drei neu dazu gekommenen Beamten:
„Wir werden nicht mehr lang brauchen, die meiste Arbeit ist

getan. Die Leiche muss ja heute noch mitgenommen werden. Wir müssen mit ablaufendem Wasser nach Harle. Kollege Petersen, da Sie hier vor Ort sind, würde ich Sie bitten, sich die Leiche genau anzuschauen und uns zu sagen, ob Sie sie kennen. Petersen nickte und trat an die Sandsäcke heran. Es war zweifelsohne Brigitte Dunker, sie hatte den gleichen Jogginganzug an, in dem er sie schon in der Zedeliusstraße gesehen hatte. Das Gesicht war blutüberströmt und auch im Bauchbereich waren blutige Stellen sichtbar.

„Das ist Brigitte Dunker, ich habe sie einmal auf einer Gemeinderatssitzung gesehen und dann noch einmal in diesem Jogginganzug in der Zedeliusstraße“, erklärte er.

Der Beamte der Spusi zog dann einen durchsichtigen Plastikbeutel mit einem Papierstück aus seinem Koffer und hielt sie den drei Beamten unter die Nase:

„Das haben wir in der Tasche der Toten gefunden. Können Sie sich da einen Reim drauf machen?“ Auf dem Papier war ein roter Stern zu sehen, eine Maschinenpistole füllte den Stern aus und darüber waren in weiß die Buchstaben RAF zu sehen. Unter dem Symbol war mit schwarzem Edding „Verräterin“ geschrieben.

„Ach du Scheiße“, entfuhr es Kommissar Wilbert, „jetzt haben wir den Salat. Petersen, Sie hatten in allem Recht."

Wilbert nahm den Spusibeamten zur Seite, damit nicht alle das Gespräch belauschen konnten:

„Die Tote ist eine ehemalige RAF-Terroristin." Man sah, wie sich das Entsetzen im Gesicht des Beamten breit machte, auch er murmelte: „Ach, du Scheiße!“

Petersen war jetzt wieder näher an die Leiche getreten und blickte sich suchend um:

„Haben Sie hier irgendwo Nordic-Walking-Sticks gefunden? Meines Wissens hat die Dunker nicht gejoggt, sondern Nordic-

Walking gemacht."
Der Spusi-Leiter schüttelte mit dem Kopf: „Wir haben noch ein Handy gefunden, die Verbindungsdaten werten wir am Festland aus. Was ist eigentlich mit der Wohnung der Toten, Kollege Wilbert? Müssen wir da noch rein?“ Wilbert nickte:
„Das müssen Sie morgen noch machen. Kollege Petersen kann uns da helfen."
„Dann müssen wir ja noch 'ne Nacht bleiben. Petersen können Sie uns noch Zimmer buchen?“ Petersen nickte und griff zu seinem Handy. Bei der Pension Kapitän Keil in der Friedrich August Straße, wo auch Wilbert und Gruben wohnten, waren noch Zimmer frei. Der Gerichtsmediziner gab den Wasserschutzpolizisten ein Zeichen und diese entrollten den Leichensack. Die Leiche wurde vorsichtig in den Sack gehoben und dieser dann zugemacht. Jetzt äußerte sich Kommissar Wilbert:
„Kann man was zu diesen Verletzungen sagen?“ Der Gerichtsmediziner nickte:
„Ich kann das natürlich erst nach der Obduktion mit Sicherheit sagen, aber sie wurde mit einem Stein erschlagen, ferner haben wir Stichverletzungen im Bauchbereich, die aber nicht sehr tief sind und somit wahrscheinlich auch nicht zu tödlichen Verletzungen geführt haben. Näheres natürlich später."
Der Leichensack wurde in den Kofferraum des Rovers gehoben. Harm Gerdes, die Wasserschutzpolizisten und der Gerichtsmediziner stiegen in das Fahrzeug und fuhren zum Hafen. Auch die Spusi packte jetzt langsam ihre Sachen ein, vom Deckwerk in Höhe Westturm konnte man jetzt Mona und Kommissar Gruben kommen sehen. Die Feuerwehr kurbelte den Lichtmast herunter und die Absperrbänder wurden eingerollt. Für die Schaulustigen war das das Signal zum Aufbruch. Es gab nichts mehr zu sehen. Petersen blickte auf

seine Uhr. Konnte er noch Bundesliga sehen oder was hatten die Kommissare aus Wilhelmshaven vor? Mona und Gruben berichteten von der Befragung der Schüler, die nicht sonderlich ergiebig war. Sie hatten versichert, nichts an der Leiche verändert zu haben. Der Rover kam zurück und auch das zweite Feuerwehrfahrzeug war abfahrbereit. Wilbert hatte auch wenig Lust an diesem Samstagnachmittag noch weiter zu arbeiten, auch das Wochenende der Beamten vom Festland war dahin.

„Ich denke, wir müssen das alles erst einmal sacken lassen. Wir treffen uns morgen um 10 Uhr bei Kollege Petersen in der Dienststelle, okay?“

Alle nickten. Das ist eine christliche Zeit, dachte Petersen, damit können wir leben. Sie verteilten sich auf die zwei Fahrzeuge, wobei Mona etwas mulmig bei dem Gedanken war, dass im Kofferraum des Rovers gerade eine Leiche gelegen hatte. Mona und Petersen stiegen in der Charlottenstraße aus, Harm Gerdes brachte die restlichen Beamten in ihre Pension.

Im Dienstzimmer angekommen, ließen Mona und Petersen sich völlig erschöpft in ihre Bürostühle fallen. Petersen stöhnte:

„Mir reicht's für heute. Ich werd‘ jetzt schnell noch zum Magister gehen, die zweite Halbzeit beginnt gleich und dann ist Schicht im Schacht. Eigentlich würd ich Sie ja gern zum Essen einladen, aber ich glaube, wir sind zu kaputt dafür, das heben wir uns auf."

„Seh‘ ich genauso, ich stell mich gleich unter die Dusche und dann ab aufs Sofa. Man hat gar keine Zeit mehr, seine Gedanken zu ordnen, in meinem Kopf schwirren die Vermutungen nur so rum."

„Ich mach einen Vorschlag. Wir gehen ja heute früh ins Bett, wir sollten uns morgen so gegen 8 Uhr zum Frühstück

verabreden, dann haben wir noch Zeit bevor die Wilhelmshavener kommen und können mal unsere Gedanken ordnen. Ich fürchte uns droht auch noch das BKA“, seufzte er. Dann sprang er auf, zog in seiner Wohnung schnell die Uniform aus und eilte zum Magister.
Als er in die Kneipe eintrat, begann gerade die 2. Halbzeit.
„Dass du heute noch kommst, hätten wir gar nicht gedacht“, sprach ihn der Magister an.
„Die sind am Strand so weit fertig, ich seh‘ mir die Halbzeit noch eben an, dann ab in die Falle. Mir reicht’s!“
„Kann ich gut versteh'n, gibt’s denn schon Erkenntnisse?“ Diese Frage hatte Petersen erwartet:
„Die müssen erst die Spuren auswerten, außerdem darf ich natürlich nichts sagen. Lass uns jetzt lieber über Fußball reden. Wie läuft‘s denn?“
„Vergiss es“, ereiferte sich der Magister, „die spielen schon wieder 'ne schöne Scheiße zusammen, diese Abwehrfehler machen mich noch ganz krank. Umbruch, Umbruch ich kann diese Laberei vom Vorstand und Dutt nicht mehr hören."
Die vier Anwesenden stimmten zu. Jetzt erst registrierte Petersen den Spielstand, Werder lag mit 0:1 hinten. Er war bedient. Sofort nach Ende des Spieles zahlte er, zum Magister gewandt flüsterte er:
„Wir schnacken noch, brauch mal deine Meinung."
„Okay, machen wir“, flüsterte der Magister zurück.

Im Eiscafé Venezia holte Petersen sich eine Pizza Frutti di Mare und ging nach Haus. Eine halbe Stunde später fiel er todmüde ins Bett.

Sonntag

Am nächsten Morgen wachte er gegen 6 Uhr auf, so lang und tief hatte er lange nicht mehr geschlafen. Nach der warmen Dusche überlegte er, ob er nicht jetzt schon Brötchen holen sollte. Er hatte gehört, dass man schon vor der Öffnungszeit beim Seiteneingang Brötchen bekommen konnte. Die frische Luft tat ihm gut, langsam wurde er wach. Er klopfte am Seiteneingang und tatsächlich machte ihm ein Geselle auf. Er bekam seine Brötchen, musste aber natürlich um diese frühe Zeit auf den Anblick der schönen Verkäuferin verzichten. Es kommen auch mal wieder bessere Zeiten, sagte er zu sich und schlenderte langsam wieder in Richtung Charlottenstraße. Die Luft war außerordentlich feucht, dichter Nebel hing mal wieder über der Insel. Er deckte im Dienstzimmer auf und machte sich an der Kaffeemaschine zu schaffen und fragte sich, ob sie schon heute Besuch vom BKA bekommen würden. Wilbert konnte die neuen Erkenntnisse nicht unterdrücken. Er musste Kontakt zu Wiesbaden aufnehmen, allein schon um sich selber zu schützen. Petersen hätte es nicht anders gemacht, dafür war die Sache viel zu heiß. Was aber würde passieren, wenn die Insulaner begriffen, dass eine ehemalige Terroristin bei ihnen als Lehrerin gearbeitet hatte. Das war in Bremen schon sehr kontrovers gewesen. Der Senat sprach von einer gelungenen Resozialisierung, die Opposition von einem Skandal und sogar die Eltern schienen in Bremen mit der Arbeit der Vera Roloff, so war ja nun ihr wirklicher Name, zufrieden zu sein. Bei dem Gespräch mit den Kollegen der Inselschule wurde ja auch ihre pädagogische Arbeit gelobt, nur privat waren die Kollegen mit ihr anscheinend nicht warm geworden. Er musste jetzt an die Bierflasche in der Küche der Roloff, offiziell Dunker, denken. Irgendein privater Kontakt war da doch gewesen, darauf würde er wetten. Er musste die Spusi auf diese Flasche aufmerksam machen, obwohl darauf würden die selber kommen, wenn sie ihren Job gut machen wollten. In diesem Moment betrat Mona das Dienstzimmer. Sie sah blendend aus. Sie trug ihre Haare offen und hatte auch noch keine Uniform an.

„Moin Chef. Ich konnte auch nicht mehr schlafen. Ich hab's hier unten rumpeln gehört."

„Hoffentlich habe ich Sie nicht geweckt?"

„Nö, ist schon gut so, da haben wir mehr Zeit für unser Frühstück."

Petersen schenkte ihr Kaffee ein. Keiner wollte so richtig mit einer Unterhaltung über die gestrigen Ereignisse anfangen, so vertilgten sie die Brötchen und unterhielten sich über das Wetter. Petersen unterbrach dann die Stille mit einer Frage, die er in den Raum stellte:

„Was hat dieser RAF-Wisch in der Tasche der Leiche zu bedeuten? Irgendwie kann ich den Zettel nicht ernst nehmen. Angenommen hier wurde tatsächlich eine alte Rechnung der RAF beglichen, legt man dann so was auf die Leiche? Für wen ist das interessant?"

„Ja, aber was ich darüber gelesen habe, ist, dass die doch immer Bekennerschreiben irgendwo hingeschickt haben oder?" fragte Mona.

„Ja, aber damals war die RAF noch intakt, das waren Botschaften an die Öffentlichkeit, man wollte politisch was bewirken, aber das gilt doch jetzt alles nicht mehr. Es kommt mir vor wie in einem schlechten Film. Will uns da jemand an der Nase rum führen?"

„Was ist mit Ihrem Kapuzenmann, hat der was damit zu tun?"

„Ja, wenn wir das wüssten. Vielleicht bringt der Bericht der Spusi ein wenig Licht ins Dunkel“, warf Petersen ein.
„Wenn ich das richtig mitbekommen habe, wurde die Dunker erschlagen, so hat doch die RAF nie gemordet oder?“ nahm Mona den Faden wieder auf.
„Nee, die haben geschossen und gebombt“, erklärte er und führte fort, „wer will da von was ablenken? Das ist für mich die Kernfrage." Mona nickte zustimmend und ging zum nächsten Punkt über:
„Was machen wir eigentlich mit der Presse, die werden doch bald hier auftauchen?“
„Da bin ich ganz entspannt. Wir leiten die Ermittlungen ja nicht, immer auf die Kommissare aus Wilhelmshaven verweisen. Wir sind nur kleine Dorfpolizisten und haben von nichts 'ne Ahnung."
Mona lachte: „So kann man das ja auch sehen. Was halten Sie denn nun von denen aus Wilhelmshaven?"
„Hatte ich mir schlimmer vorgestellt. Bisher haben sie uns ja eingebunden. Wahrscheinlich stimmt das doch, dass die ein wenig auf uns angewiesen sind."
„Sag ich doch, wir haben doch einen Wissensvorsprung, wir waren in der Wohnung, haben mit den Lehrern gesprochen, kennen ihre Rolle im Gemeinderat."
„Ja, das stimmt“, nickte er, „übrigens die Rolle der Dunker in der Gemeindepolitik sollten wir im Auge behalten. Sie hat sich gegen die Zunahme der Kapitalanlagewohnungen auf der Insel gestemmt, die die Insulaner an die Wand drücken. Sie ist damit Politik und Investoren in die Quere gekommen. Ich fürchte nur diese Flucht in Immobilien wird noch weiter zunehmen. Die Leute wollen ihr Geld krisenfest anlegen, wenn die große Inflation kommt und der Euro crasht."
„Kollege Petersen, der große Wirtschaftsanalytiker“, machte

Mona sich über ihn lustig. Beide lachten. Diese Art der Ironie gefiel ihm. Sie war schon eine tolle Frau und er war sich sicher, dass aus ihr mal eine hervorragende Polizistin werden würde. Wenn er sie zum Essen einladen würde, musste er versuchen, unbedingt mehr über ihren privaten Hintergrund rauszukriegen. Wartete in Oldenburg ein Freund auf sie? Sie hatte bisher nie darüber gesprochen.

Nachdem sie abgedeckt hatten, fuhren sie die PCs hoch und checkten die Mails. Es dauerte nicht mehr lange und die gesamte Spusi-Mannschaft mit den Kommissaren aus Wilhelmshaven trat ein. Man begrüßte sich und Petersen und Mona versuchten für jeden einen Sitzplatz zu organisieren. Kommissar Wilbert, der heute entspannter wirkte, rief dazu auf gemeinsam eine „to do-Liste" zu entwickeln. Petersen amüsierte sich über den Begriff, den Wilbert wohl bei einer Fortbildung aufgeschnappt hatte. Mona hing ein Flipchart-Papier an das Korkbrett. Danach wurden alle Dinge, die die Teilnehmer des Gesprächs für wichtig hielten, aufgeschrieben. Da die Spusi noch heute die Insel verlassen würde, war als Punkt eins der Prioritätenliste die Wohnungsbesichtigung geplant. Wilbert und Petersen sollten die Spusi begleiten. Gruben und Mona würden die erneute Befragung des Lehrerkollegiums vorbereiten, die allerdings erst am Montag möglich war. Wilbert kündigte an, dass wahrscheinlich schon heute mit einem Besuch des BKA zu rechnen sei:
„Ich kann die Sache nicht unter dem Deckel halten. Der Staatsschutz in Hannover hat mich schon angemahnt."
Bei diesen Worten ging die Tür auf und Bürgermeister Günter Depken betrat das Dienstzimmer und ohne Rücksicht auf den gerade sprechenden Kommissar Wilbert legte er sofort los:
„Meine Herren, ich muss mich über die fehlenden Informationen der Polizeidienststelle, aber auch über Sie, die

jetzt schon einen Tag auf der Insel sind, beschweren. Keiner hält es für nötig, mich als Bürgermeister über den Leichenfund zu informieren. Es handelt sich bei der Leiche immerhin um ein Mitglied des Gemeinderats. Ich werde schon von einigen Insulanern verdächtigt, etwas mit dem Tod von Frau Dunker zu tun zu haben, da die Dunker unsere Politik der Modernisierung der Insel immer bekämpft hat. Ich verlange, dass Sie diese missliche Situation auflösen."
Petersen beobachtete Wilbert. An seinem Hals waren rote Flecken entstanden, er interpretierte es als eine Art Zornesröte. Wie würde er jetzt reagieren? Die Spannung im Raum war deutlich zu fühlen. Wilbert räusperte sich, dann begann er ruhig zu artikulieren, wobei man merkte, dass er sich massiv bemühte, seinen Ärger unter Kontrolle zu halten:

„Ich darf mich erst einmal vorstellen Hauptkommissar Wilbert, ich bin hier der leitende Ermittler. Sie sind wohl der Bürgermeister hier, ich konnte das Ihren Eingangsworten entnehmen."
Petersen freute sich, das war der erste Stich, der saß.
„Wir als Polizeibehörde und das gilt für mich, als auch für den Kollegen Petersen vor Ort, sind ausschließlich unseren Vorgesetzten und der Staatsanwaltschaft rechenschaftspflichtig. Eine Rechenschaftspflicht gegenüber der Politik besteht nicht. Wir stehen erst am Anfang der Ermittlungen, jede Form von öffentlicher Spekulation würde nur zur weiteren Verwirrung führen. Ich denke Sie sind Manns genug sich gegen den Vorwurf zu wehren, Sie hätten etwas mit dem Tod von Frau Dunker zu tun oder?"
Petersen grinste, das war der zweite Stich.
„Von uns sind solche Vermutungen niemals angestellt worden. Ich betrachte die Sache damit als erledigt. Bitte lassen Sie uns unsere Arbeit machen."

Das kam einem Rauswurf erster Klasse gleich, empfand Petersen und freute sich, dass sein Vorgesetzter sich auch schützend vor ihn gestellt hatte. Bürgermeister Depken verließ wutschnaubend die Polizeidienststelle. Die Stimmung im Raum entspannte sich. Die Leute der Spusi nahmen ihre Koffer, Wilbert und Petersen brachen ebenfalls auf. Ihr Ziel war die Wohnung von Brigitte Dunker in der Peterstraße. Petersen schlug vor, nicht den Weg über die Zedeliusstraße zu nehmen, um jedes Aufsehen zu vermeiden. Wilbert fand das sei eine gute Idee, so gingen sie die Charlottenstraße entlang, über die Westingstraße zur besagten Wohnung des Opfers. Auf dem Weg berichtete Petersen Wilbert von der Befragung des Lehrerkollegiums:
„Alle haben übereinstimmend berichtet, dass die Dunker sehr zurückgezogen gelebt habe. Private Kontakte seien nicht bekannt gewesen, außer ihren politischen Kontakten zum Kollegen Remmers, der mit ihr im Gemeinderat saß. Die hat augenscheinlich niemanden an sich rangelassen. Mir ist dann ja nur die Bierflasche in der Küche aufgefallen, das sollte die Spusi sich mal angucken."
„Die hat wahrscheinlich Angst gehabt, dass ihre Identität auffliegt, mit dieser Angst muss die ja immer gelebt haben. Ich kann mir das schon vorstellen, dass man dann zumacht“, vermutete Wilbert.
Von dieser Seite hatte Petersen die Sache noch gar nicht gesehen und fand diese Erklärung seines Chefs sehr einleuchtend. Nachdem sie bei der Wohnung angekommen waren, schloss Petersen auf. Wilbert gab den Spusi-Leuten den Hinweis auf die Bierflasche. Petersen blieb im Flur stehen und auch Wilbert machte nur einen kurzen Rundgang durch die Wohnung. Sein Handy klingelte. Petersen konnte nicht genau

verstehen, um was es ging, aber er sah an Wilberts Gesicht wieder Ärger aufkommen.
„Wir kriegen Besuch. Das war Kollege Gruben, das BKA ist im Anflug, im wahrsten Sinne des Wortes, die kommen mit 'nem Hubschrauber. Wir sollen zum Flugplatz kommen, dafür ist Geld da. Ich möchte nicht wissen, was so eine Aktion kostet und dann noch an einem Sonntag."
Beide gingen wieder zurück zur Charlottenstraße, die direkt auf den Flugplatz zulief. Von Ferne hörten sie schon das Röhren des Hubschraubers. Ein blauer Hubschrauber vom Typ EC 35 drehte eine Platzrunde über dem Vorfeld des Flughafens, bevor er landete. Der Bundespolizeihubschrauber machte einen Höllenlärm. Den Lärm müsste mal jemand anderes auf einem Sonntagmittag machen, aber für die Herren gelten ja die Gesetze nicht, dachte Petersen, als sie das Flughafengebäude erreichten. Mit einem kurzem „Moin, Moin" begrüßten sie die Flughafenangestellte. Sie sah besorgt in Richtung Hubschrauber. Zwei dunkel gekleidete Männer kletterten aus dem Helikopter und bewegten sich mit schnellen Schritten auf das Flughafengebäude zu. Man öffnete ihnen die Ankunftstür. Sie grüßten kurz und gingen auf die beiden Polizeibeamten zu:
„Kommissar Wilbert?" fragte der eine.
„Ja, das bin ich und das hier ist von der Insel Kommissar Petersen", stellte Wilbert sie vor.
Die beiden Anderen stellten sich als Kriminaldirektor Wehlers vom BKA und Hauptkommissar Wolters vom Staatsschutz Hannover vor. Wehlers blickte sich suchend um:
„Können wir hier irgendwo ungestört reden?"
Petersen fragte die Flughafenangestellte, ob man die Kaffeeküche des Personals kurzfristig benutzen dürfe. Sie bejahte und die vier Männer verschwanden in der Küche. Wehlers eröffnete die Unterhaltung:

„Was wir jetzt hier reden, muss in jedem Fall unter uns bleiben. Wer dagegen verstößt, handelt sich ein Diszi ein“, sagte er in einem drohenden Ton.
Wilbert und Petersen nickten, wenn auch beiden der Ton sehr missfiel. Wehlers fuhr fort:
„Brigitte Dunker ist Vera Roloff, wir haben sie nach den Schwierigkeiten in Bremen hier untergebracht. Der Bremer Senat hätte sie behalten, aber sie selbst fühlte sich nach ihrer Enttarnung sehr unwohl in Bremen. Alle Ermittlungen, die in Richtung RAF Vergangenheit gehen, werden von uns vorgenommen, nur wir kennen die Hintergründe. Ob es wirklich ein Racheakt ehemaliger RAF-Mitglieder war, wissen wir nicht, aber ich halte das für relativ unwahrscheinlich, sonst wär‘ der Boock schon zehnmal tot, der ist damals durch die Talkshows getingelt und hat sein Wissen über die RAF-Zeit gut vermarktet. Wenn ich recht orientiert bin, ist die Roloff erschlagen worden, auch völlig untypisch für die RAF. Was für Sie jetzt wichtig ist: Sie ermitteln ausschließlich im Fall Dunker, eine Vera Roloff existiert für Sie nicht. Eine Aufdeckung der Zusammenhänge hätte ungeahnte Folgen für die Insel, aber auch darüber hinaus. Die Presse würde über neu aufgenommene Aktivitäten der RAF spekulieren und auf der Insel würde ein Sturm der Entrüstung losbrechen, dass wir auf diesem schönen Eiland eine ehemalige Terroristin untergebracht haben. All das können wir nicht brauchen."
Wilbert unterbrach Wehlers: „Was machen wir aber, wenn wir im Rahmen unserer Ermittlungen tatsächlich auf RAF-Zusammenhänge stoßen?“
„Für diesen Fall ist nur Kommissar Wolters aus Hannover für Sie der Ansprechpartner. Haben Sie noch weitere Fragen?“
Petersen zögerte kurz, fasste aber dann doch den Mut zu fragen:

„Es ist ja an der Leiche ein sogenanntes Bekennerschreiben gefunden worden. Die Auswertung dieser Spur kann für uns eine große Bedeutung haben, falls jemand hier eine falsche Spur gelegt hat. Werden uns die Erkenntnisse der Spusi zugänglich gemacht?“
Wehlers nickte: „Selbstverständlich bekommen Sie alle Daten der Spusi ohne Wenn und Aber. Ihrer Vermutung sollten Sie weiter nachgehen."
Petersen fühlte sich etwas geehrt. Hoffentlich war Wilbert jetzt nicht wegen seiner Frage sauer. Zur Verwunderung von Wilbert und Petersen verabschiedeten sich die Herren vom BKA und Staatsschutz darauf hin und gingen langsam zurück zu ihrem Hubschrauber, dessen Rotorblätter anfingen zu kreisen.
„Was war das denn nun? Das war ja wie im schlechten Film. Die Geheimagenten haben uns eingenordet. Schönen Dank!“ ärgerte Wilbert sich, „die Sache mit dem Ablenkungsmanöver sollten wir im Auge behalten Kollege Petersen."
Petersen war erleichtert, dass er keinen Vorwurf eingeschenkt bekam. Beide Kommissare traten den Rückweg zum Polizeirevier an. Wilbert unterbrach das Schweigen auf dem Gang durch die Siedlerstraße:
„Ich hab mich mal informiert, Kollege Petersen, Ihnen ist in Bremen übel mitgespielt worden. Ich wollt Ihnen nur mal sagen, wie ich darüber denke."
Das hatte Petersen nicht erwartet. Er brachte nur ein kurzes „Danke“ heraus. Er hätte lügen müssen, wenn ihm diese Äußerung von Wilbert nicht gefallen hätte. Sie nahmen den Weg über den Bahnhof. Wilbert erkundigte sich nach der nächsten Abfahrt, weil die Spusi ja noch heute aufs Festland fahren sollte. Per Handy wurde die Spusi informiert, ihre Arbeit in der dunkerschen Wohnung war mittlerweile fast

beendet. Im Revier warteten schon Mona und Kommissar Gruben. Sie hatten telefonisch mit dem Schulleiter der Inselschule für Montagnachmittag die Vernehmungen angesetzt. Auch die Presse hatte sich schon gemeldet, aber keine Auskunft bekommen. Gruben rechnete für morgen mit einem Ansturm von Reportern. Für die Vernehmungen schlugen sie Einzelgespräche vor durch jeweils zwei Beamte. Wilbert war einverstanden:
„Ich würde gerne mit Petersen den Schulleiter und dieses Gemeinderatsmitglied befragen."
„Remmers heißt der“, ergänzte Petersen.
Man verabredete sich für morgen um 9 Uhr.
„Heute ist schließlich Sonntag, wir sollten jetzt Schluss machen. Morgen wird es anstrengend genug“, mit diesen Worten wurde die Besprechung von Kommissar Wilbert beendet.
Die Kommissare aus Wilhelmshaven verabschiedeten sich und Mona und Petersen saßen ziemlich erschöpft in ihren Sesseln.
„Was war denn mit den BKA-Leuten?“ erkundigte Mona sich.
Petersen berichtete von dem Treffen und verpflichtete sie auf ihre Verschwiegenheit in Sachen RAF. Sie schüttelte nur mit ihrem Kopf und verdrehte die Augen.
„In einem haben die BKA-Typen natürlich recht, wenn wir die Sache mit der Roloff bekannt geben, geht hier die Post ab und wahrscheinlich nicht nur hier. Eine normale Ermittlungsarbeit wäre wahrscheinlich gar nicht mehr möglich“, gab er zu bedenken.
Das mag schon sein“, entgegnete Mona, „aber bei solchen Sachen bleibt ein fader Beigeschmack, das riecht nach Vertuschung."
„Frau Kollegin, Sie sprechen so, als hätten Sie 20 Jahre Kripo-Erfahrung auf dem Buckel“, amüsierte Petersen sich. Mona

errötete leicht. „Wir sollten jetzt auch Schluss machen“, wurde Petersen wieder ernst, „wollen wir nachher noch ein Feierabendbier trinken, der Magister hat zwar sonntags zu, aber wir können ja in den „Strandkorb“ gehen. Einverstanden?“ Mona nickte, sie verabredeten sich für 20 Uhr.

Mona wartete schon im Flur des Reviers auf ihn. Sie trug ihre Haare offen, hatte enge schwarze Jeans an mit kniehohen, schwarzen Stiefeln. Das Gesicht war leicht geschminkt. Petersen sah sie fasziniert an und wagte ein Kompliment:

„Sie sehen heute Abend sehr gut aus, Frau Kollegin, wenn ich das mal so sagen darf. Ich hoffe nicht, dass das schon als sexistische Anmache verstanden wird. Man ist ja heute als Mann etwas verunsichert, wie man einer schönen Frau Komplimente macht und ob man sie überhaupt noch machen darf."

Mona lachte: „Der verunsicherte Mann, Chef, ist schon in Ordnung, machen Sie es man nicht so kompliziert.“

Petersen ärgerte sich über sich selbst, die Wirkung des Kompliments war durch sein Rumgeeiere verpufft, das spürte er. Beide gingen den Weg über die Anton-Günther-Straße zur Promenade. Auf der Promenade erklärte er ihr, wo das Leuchtfeuer Helgolands aufblitzte und was die Lichter der einzelnen Fahrwassertonnen zu bedeuten hatten. Das Geräusch der Brandung erzeugte eine romantische Abendstimmung. Normalerweise müsste man in einer solchen Situation die Frau in den Arm nehmen oder zumindest untergehakt gehen, dachte er, aber Mona war seine Kollegin und Auszubildende, deshalb verwarf er den Gedanken sehr schnell.

„Jetzt mach ich mal ein Kompliment, ich höre Ihnen gerne zu, wenn Sie mir das maritime Umfeld erklären."

„Danke“, Petersen freute sich über diese Worte, andere Gedanken ließ er aber nicht zu. Im „Strandkorb“ angekommen, begrüßte sie Wirt Gero sehr freundlich, auch die vier Thekengäste grüßten mit einem freundlichen „Moin, Moin."
„Macht ihr Pause von euren Ermittlungen?“ frage Gero neugierig.
Petersen antwortete betont sachlich: „Die Kommissare vom Festland haben die Hauptarbeit übernommen, wir sind jetzt ein bisschen außen vor."
Dass das nicht ganz stimmte, war ihm klar, aber er wollte jede weitere Diskussion damit unterbinden.
„Wenn das man gut geht“, murmelte ein älterer Thekengast, den Petersen schon mal hier gesehen hatte.
Petersen wandte sich Mona zu und fragte: „ Was wollen Sie trinken?“
Mona musterte das Flaschenregal, das minütlich seine Beleuchtung änderte:
„Ich nehme einen Aperol-Spritz, wenn Sie den da haben?“
„Selbstverständlich haben wir alles, wir sind gut sortiert“, protzte Gero ein wenig.
Nachdem sie ihre Getränke bekommen hatten, versuchte Petersen schüchtern zu fragen:
„Warum sind Sie eigentlich zur Polizei gegangen? Bei Ihnen wär doch mehr drin gewesen oder?“
„Wieso, das ist doch ein anspruchsvoller Beruf? Das müssten Sie doch am besten wissen. Ich wollte was mit Menschen machen. Lehrerin war auch eine Möglichkeit, aber mein Vater ist Lehrer und was ich da so mitgekriegt habe, hat mich nun nicht gerade motiviert auf Lehramt zu studieren. Ich hab mich dann einfach mal bei der Polizei beworben und hab dann alle Aufnahmetests bestanden. Nach der Ausbildung kann ich

mich dann ja noch spezialisieren und vielleicht in den höheren Dienst gehen."
Petersen unterbrach sie: „Den Frust, den es bei Lehrern gibt, den gibt es bei der Polizei schon allemal, fragen Sie mal die Kollegen. Beide Berufsgruppen müssen ihre Köpfe für falsche oder umstrittene Entscheidungen der Politik hinhalten, das frustet mit der Zeit."
„Mag sein, aber jede Generation muss ihre Erfahrungen selber machen. Ihre Anwesenheit in Wangerooge hat doch 'ne Vorgeschichte, das haben Sie selbst gesagt, vielleicht denken Sie deshalb so negativ über den Beruf?"
„Geschenkt, ich bin damals als sehr erfolgreicher Drogenfahnder geopfert worden. Die Politik wollte ihre Szene-Stadtteile in Bremen drogenfrei haben. Wir haben dann sehr erfolgreich, ich geb' zu mit Hilfe von Kleindealern, die auch was von uns gekriegt haben, eine hohe Aufklärungsquote gehabt. Als dann rauskam, dass wir den Kleindealern ab und zu was gegeben haben, wollte keiner mehr was davon wissen und alle haben sich in die Büsche gemacht."
„Aber wo ist die Grenze, wenn man mit Kleinkriminellen zusammenarbeitet. Ich sehe da Gefahren, wir haben das in der Ausbildung heiß diskutiert, aber denken Sie an die verdeckten Ermittler, einige sind selber kriminell geworden."
„Das stimmt schon, aber dann muss man sich eingestehen, dass das Drogenproblem nicht lösbar ist. Das ist dann aber eine politische Debatte und man muss sich dann eingestehen, dass polizeiliche Mittel nicht mehr greifen."
„Das seh' ich genauso und die Beamten vor Ort müssen 's dann ausbaden."
„Die haben in Bremen nichts gelernt. Jetzt weiß man, dass Bremen die höchste Einbruchsquote in Deutschland hat. Die Leute sind beunruhigt. Was machen die jetzt? Sie ziehen aus

anderen Bereichen u.a. aus der Drogenfahndung die Leute ab und alle müssen sich um Einbrüche kümmern, bis es dann wieder an einer anderen Stelle brennt."
Wirt Gero, der teilweise mitgehört hatte, mischte sich jetzt ein: „Ich kann mir vorstellen, dass das ganz frustrierend ist, wenn die Justiz die Leute, die ihr gefangen habt, gleich wieder laufen lässt."
Petersen nickte: „Es gibt Fälle, da haben jugendliche Täter vierzig Delikte an den Hacken und werden immer wieder nur auf Bewährung verurteilt. Das kann's nicht sein."
„Im Jugendknast kommen sie natürlich mit den falschen Leuten zusammen, dann wird's auch wieder schlimmer", mischt sich Mona wieder ein.
Petersen merkte wie ihm der Kamm schwoll. Eigentlich hatte er keinen Bock auf so eine Diskussion, zumal er im Radio gehört hatte, dass in Bremen ein Teil der Beamten entweder verzögert oder überhaupt nicht an der Besoldungserhöhung beteiligt werden sollten.
„Mir macht die mangelnde Wertschätzung unserer Arbeit durch die Politik am meisten zu schaffen, aber lasst uns über was anderes reden, sonst kommt hier noch eine miese Stimmung auf", mit diesen Worten beendete Petersen die Diskussion über das Polizeithema und versuchte das Gespräch in eine andere Richtung zu lenken:
„Wartet zu Hause eigentlich kein Freund auf Sie, Frau Kollegin?"
„Aha, daher weht der Wind jetzt", grinste Mona „jetzt wird die Frau abgecheckt, was mit der los ist?"
„So war das nicht gemeint", entschuldigte sich Petersen, „irgendwann interessiert einen doch der private Hintergrund von Kollegen oder?"

„Ja, schon, aber dann will ich auch was von Ihnen hören Chef. Wartet keine schöne Frau in Bremen?“
„Okay, es ist schon spät, das machen wir ein anderes Mal, versprochen."
Es war nicht zu verkennen, der Punkt ging an Mona. Sie zahlten und gingen langsam die Zedeliusstraße hinunter. Es war absolut nichts mehr los in den Lokalen, so dass sie auch nicht mehr in Versuchung kamen, nochmals einzukehren. Beide waren sehr schweigsam, nur zum Schluss, als sie vor der Dienststelle angekommen waren, sagte Mona.
„War trotzdem ein schöner Abend. Können wir durchaus wiederholen, gute Nacht“, dabei streichelte sie die Schulter von Petersen.

Montag

Petersen wachte schon sehr früh auf. Er musste immer wieder an den gestrigen Abend denken, sperrte sich aber gegen jede Art von Gefühlsregung. Er war ein guter Verdränger, das hatte er schon häufig in seinem Leben bewiesen. Unten im Revier hörte er schon das Klappern der Kaffeetassen, diesmal war Mona mit dem Frühstück dran. Sie mussten sich beeilen, denn die Wilhelmshavener wollten um 9 Uhr da sein. Das Frühstück verlief sehr harmonisch. Mona hatte schon die Mails gecheckt und wies Petersen auf eine Mail bezüglich der Fingerabdrücke des Einbruchs im „Störtebeker“ hin. Es gab tatsächlich einen brauchbaren Abdruck, der nach dem Abgleich mit der zentralen Datei einen Treffer aufwies. Die Fingerabdrücke gehörten zu einem Dennis Zarowski, gemeldet in Wangerooge und mehrfach vorbestraft wegen Eigentumsdelikten und Körperverletzung. Seine aktuelle Adresse war Wangerooge, Siedlerstraße 63.

„Bingo“, rief Petersen aus, „dann müssen wir heute wohl eine Festnahme durchführen. Sollten wir aber gleich auch mit Wilhelmshaven besprechen."

Gemeinsam räumten sie das Geschirr ab und machten den zweiten Schreibtisch für die Kommissare aus Wilhelmshaven klar. Punkt 9 Uhr standen beide mit einem „Moin, Moin“ im Büro. Kaffee lehnten sie ab, da sie ausführlich in ihrer Pension gefrühstückt hatten. Wilbert schloss seinen Laptop an. Nachdem er seine Mails gecheckt hatte, ertönte ein Pfiff des Erstaunens:

„Alle mal zuhören. Es gibt einen Zwischenbericht der Gerichtsmedizin. Die Dunker ist in einem Zeitraum zwischen

16 Uhr und 17 Uhr am Donnerstag erschlagen worden. Die Einstichwunden im Brustbereich haben nicht zum Tode geführt. Sie ist mit einem Basaltstein der Hochwasserbarriere erschlagen worden und ist verblutet. So was Ähnliches hatten wir ja schon vermutet, aber jetzt kommt es: Sie hatte vor ihrem Tod Geschlechtsverkehr, wahrscheinlich vier bis fünf Stunden vorher."

„Geben die Spermaspuren was her für eine DNA-Analyse", fragte Gruben.

Wilbert antwortete mit einem klaren: „Jawoll!"

„Von wegen, die hatte keine sozialen Kontakte. Fürs Vögeln hat's gereicht", mischte sich jetzt Petersen ein, entschuldigte sich aber sofort für seine Wortwahl, als er den strafenden Blick von Mona sah. Wilbert nahm den Faden wieder auf:

„Die kalten Temperaturen sind denen wohl zugutegekommen. Die machen jetzt einen Abgleich mit den Datenbanken und wenn dabei nichts rauskommt, müssen wir Speichelproben sammeln."

Wobei derjenige, der mit der Dunker geschlafen hat, nicht zwangsläufig der Täter sein muss", warf Kommissar Gruben ein.

„Stimmt, aber wir lernen in jedem Fall das private Umfeld besser kennen. Bisher habe ich ja nur gehört, dass es überhaupt kein Umfeld gab", schaltete Petersen sich wieder ein. Wilbert stimmte Petersen zu:

„Ich seh' das auch so, die Frage ist, ob wir nachher bei der Vernehmung des Lehrerkollegiums schon mit Speichelproben kommen sollten, genug Röhrchen hab ich mit." Mona schaltete sich ein:

„Darf ich als Azubi auch was dazu sagen?" Alle nickten.

„Wenn wir da gleich mit den Röhrchen anrücken, sieht das so aus, als ob wir ein ganzes Lehrerkollegium in Generalverdacht

nehmen. Man stelle sich eine Schlagzeile vor: Polizei verdächtigt alle Lehrer auf Wangerooge."
„Gut das wäre ungeschickt, das leuchtet mir ein“, entgegnete Wilbert, „apropos Presse, die werden hier gleich auflaufen. Ich werd‘ denen ein paar allgemeine Brocken hinwerfen, ermitteln fieberhaft usw."
„Ich komm noch mal auf die Lehrer zurück“, meldete sich Petersen, „was halten Sie davon, wenn wir die freiwillige Tour fahren. Um auszuschließen, dass jemand von ihnen mit der Sache was zu tun hat, bitten wir sie um eine Speichelprobe. Sie sind die einzigen, die nach unserer Kenntnis mit der Ermordeten Kontakt hatten. Bei Zwang brauchen wir doch sowieso einen richterlichen Beschluss und das dauert."
„Ausgezeichnet Petersen, Sie sind ganz schön raffiniert und bei Pädagogen kommt man mit einem Hilferuf immer gut an, die moralisieren ja gerne, ausgezeichnet." Wilbert rieb sich die Hände.
Ihre Vorgehensweise stand. Petersen nutzte die Gelegenheit kurz über den Treffer bei den Fingerabdrücken zu berichten und dass der Verdächtige in Wangerooge wohnte.
„Soll ich da einfach hingehen und den festnehmen? In Bremen haben wir bei solchen Leuten immer zwei SEK Beamte mitgenommen, wenn unklar war, wie der Beschuldigte reagieren würde und der hier hat schon was wegen Körperverletzung auf dem Kerbholz."
„Erst einmal sich rum hören, wo der sich so aufhält, aber ganz diskret und dann überraschen wir den. Wir helfen Ihnen“, versicherte Wilbert.
Das kann nur über den Magister laufen, dachte Petersen und entschied, ihn heute noch aufzusuchen. Nun betraten mehrere Pressevertreter die Dienststelle. Mona und Petersen machten

Platz und gingen vor die Tür. Mona machte ein nachdenkliches Gesicht:
„Die Sache mit den Investoren sollten wir nicht ganz aus den Augen verlieren. Die hat sich mit dem gesamten Gemeinderat und den Investoren angelegt und dass der Bürgermeister hier ständig aufläuft, finde ich sehr merkwürdig."
„Okay, machen wir", Petersen nickte, „und wo kommen diese Einstiche im Brustbereich her, wo sind ihre Walking-Sticks geblieben, alles noch offene Fragen."
„Kann man solche Sticks auch als Waffe benutzen?" fragte Mona plötzlich.
„Aufschreiben, das müssen wir die Rechtsmedizin fragen und die Lehrer, ob die Dunker auch ohne Sticks gejoggt hat?"
In diesem Moment fuhr das Inseltaxi vor, eigentlich Inselshuttle genannt und lud die Journalisten ein. Sie wollten die Fundstelle im Westen begutachten und Fotos schießen.

Petersen meldete sich für kurze Zeit ab. Er wollte unbedingt den Magister treffen, der gewöhnlicherweise um diese Zeit im „Café Treibsand" einen Cappuccino trank. Auf der Zedeliusstraße traf er Harm Gerdes, der sich nach dem Stand der Ermittlungen erkundigte. Petersen wollte und konnte nicht ausführlich Auskunft geben. Auch Frieda Siebelts lief ihm über den Weg. Er erkundigte sich über den Fortgang der Reha von Onno Siebelts und ließ Grüße ausrichten. Frieda vermied es Petersen auf die Tote am Strand anzusprechen. Als Ehefrau eines Polizisten wusste sie, dass er keine weitere Auskunft geben durfte. Im „Café Treibsand" sah Petersen den Magister sofort. Er saß am Fenster und las Zeitung.
„Hat Magister Wigbold noch ein Plätzchen frei für einen Likedeeler?" fragte er.
Likedeeler war der Sammelbegriff für die Seeräuber. Man ging davon aus, dass die Beute in gleichen Teilen unter der

Mannschaft geteilt wurde. Petersen hielt dies für ein Legende, der Magister allerdings, der Legenden liebte, glaubte fest an dieses Verteilungsprinzip der Freibeuter.
„Was macht denn ein Beamter um diese Zeit in der Kneipe?“ begrüßte ihn der Magister.
„Ich muss mit dir mal eben unter vier Augen sprechen. Also, was ich dir jetzt erzähle, bleibt unter uns. Wir haben deinen Einbrecher, sagt dir der Name Dennis Zarowski etwas?“
„Klar, dem würde ich das auch zutrauen. Das ist so ’n Hilfskoch, der seit ein paar Monaten auf der Insel ist, nach ein paar Wochen wird der immer wieder rausgeschmissen, der war schon im Mutter-Kind-Heim, in der Jugendherberge, Bundeswehrsozialwerk, wo der jetzt arbeitet, weiß ich nicht. Der hängt bei mir oder oben im „Korb“ am Automaten."
„Ist der gewalttätig, müssen wir uns bei der möglichen Festnahme auf was gefasst machen?“
„Doch der hat so 'ne aggressive Grundhaltung. Ich würde vorsichtig sein."
„Um welche Zeit ist der meistens in den Kneipen?“
„Das ist unterschiedlich, wenn er denn noch arbeitet, macht der in Schichten. Das wäre ja dann mal ein Erfolg der Polizei. Was macht eure Tote?“ wechselte der Magister das Thema.
„Viel weiter sind wir nicht, aber die hat vor ihrem Tod mit jemandem gebumst. Denk noch mal nach, ob dir mal was aufgefallen ist, mit ‘nem Typen. Das würde uns helfen."
„Mach ich, jetzt, wo ihr meinen Einbrecher habt. Eine Hand wäscht die andere."
Petersen zahlte die beiden Cappuccinos und verabschiedete sich. Er musste zurück ins Revier. Dort informierte er Wilbert über die Sache mit den Sticks der Dunker. Wilbert notierte sich die Frage für die Vernehmungen der Lehrer am Nachmittag. Man verabredete sich für 14 Uhr in der Inselschule. Als die

beiden Kommissare gegangen waren, berichtete er Mona kurz über das Gespräch mit dem Magister.
„Wo und wann wäre denn eine Festnahme am günstigsten?“ fragte Mona.
„In einer der beiden Kneipen können wir das nicht machen, da gefährden wir eventuell die Gäste. Wenn wir bei dem Zuhause aufkreuzen, verschanzt der sich da möglicherweise. Hier auf der Insel haben wir nicht die Möglichkeiten, den dann zu knacken und es sieht blöd aus, wenn wir da vor dem Haus auf der Lauer liegen, das wär ein Signal der Schwäche“, erläuterte Petersen.
„Ich bin immer wieder überrascht wie strategisch Sie denken können, Chef. Es bleibt dann doch nur die Möglichkeit, ihn kurz nach einem Kneipenbesuch auf der Straße zu überrumpeln."
„Genauso stell ich mir das auch vor. Wir brauchen dann natürlich einen Tipp, wenn der die Kneipe verlässt, aber das denke ich, sollte sich organisieren lassen." Mona nickte.

Gegen 13:45 Uhr zogen Mona und Petersen in Richtung Inselschule ab. Es war immer wieder für beide überraschend, wie leer die Insel um diese Jahreszeit war. Kaum ein Mensch war in der Zedeliusstraße anzutreffen. Ein solcher Mordfall in der Hauptsaison, dieses Szenario wollte Petersen sich nicht vorstellen. Polizeiliche Ermittlungsarbeit in einem solchen Umfeld wäre außerordentlich schwierig gewesen. Am Eingangstor der Inselschule warteten schon die Kommissare aus Wilhelmshaven mit ihren Silberkoffern. Schulleiter Timmsen erwartete sie bereits. Petersen machte die beiden Kommissare mit dem Schulleiter bekannt. Wie verabredet, übernahmen Petersen und Kommissar Wilbert die Befragung des Schulleiters und des Gemeinderatskollegen Remmers. Kommissar Gruben und Mona Behrens würden den Rest

vernehmen, da hier eine kürzere Vernehmung erwartetet wurde. Die Bitte um eine Speichelprobe würde man nur bei den männlichen Kollegen, und das waren vier, vortragen. Die Vernehmung des Schulleiters fand in seinem Amtszimmer statt. Er betonte noch einmal die gute Arbeit, die Brigitte Dunkler geleistet habe, verwies aber auch auf den Sperrvermerk in ihrer Personalakte.
Wilbert dachte an die Instruktion durch die BKA-Beamten und würgte Timmsen ab:
„Wir werden uns damit beschäftigen, können zum jetzigen Zeitpunkt noch nichts zu diesem Vorgang sagen. Uns geht es in dieser Befragung vor allem um das private und kollegiale Umfeld der Dunker." Timmsen antwortete:
„Das hab ich Ihrem Kollegen Petersen ja schon gesagt. Nach meiner Kenntnis war da nichts. Frau Dunker hat sich sehr zurückgezogen verhalten. Nur mit dem Kollegen Remmers hatte sie natürlich auf Grund der gemeinsamen politischen Arbeit im Gemeinderat mehr Kontakt, sonst weiß ich nichts."

„Herr Timmsen, wir haben bei der Leiche DNA-Spuren gefunden. Wären sie mit einer freiwilligen Abgabe einer Speichelprobe einverstanden? Wir verdächtigen Sie nicht, aber nach unseren bisherigen Kenntnissen hat Frau Dunker fast ausschließlich Kontakte im beruflichen Bereich gehabt. Wir würden gerne ausschließen, dass Kollegen Ihrer Schule in diesen Fall verwickelt sind."
Bei diesen Worten warf Wilbert einen Seitenblick auf Petersen, der diese Gesprächsstrategie vorgeschlagen hatte.
Timmsen errötete leicht: „Verdächtigen Sie mich?“
„Natürlich nicht, ich hab‘s ja erklärt, wir wollen nur gewisse Dinge ausschließen."
„Was passiert mit der Speichelprobe, wenn es keine Übereinstimmung gibt?“

„Sie wird selbstverständlich vernichtet und das bekommen Sie auch schriftlich“, beeilte sich Wilbert zu sagen.
„Na gut, ich hab nichts dagegen."
Kommissar Wilbert holte ein Röhrchen aus seinem Koffer, entnahm eine Art Q-Tipp und strich damit in der Mundschleimhaut des Schulleiters hin und her. Danach verschloss er das Röhrchen wieder und legte es in seinen Koffer.
„Das war's. Wir sind fertig. Kommen Sie bitte morgen auf die Wache, um dort das Protokoll zu unterschreiben."
Man verabschiedete sich und Timmsen rief seinen Kollegen Remmers in sein Amtszimmer.
„Sie kennen das Prozedere ja, Herr Remmers, Sie haben bereits mit meinem Kollegen Petersen gesprochen, aber jetzt haben wir einen Mordfall aufzuklären. Gehe ich recht in der Annahme, dass Sie von Ihren Kollegen das engste Verhältnis mit Frau Dunker hatten?“ eröffnete Wilbert die Vernehmung.
„Von Verhältnis kann keine Rede sein. Wir haben zusammen im Gemeinderat gesessen. Da wir in der gleichen Fraktion waren, haben wir uns natürlich politisch abgestimmt und auch zu diesem Zweck getroffen."
„Wo haben diese Treffen stattgefunden?“ mischte sich jetzt Petersen ein.
„In der Regel in der Schule nach Unterrichtsschluss."
Petersen setzte nach: „Was heißt hier in der Regel? Waren Sie bei Frau Dunker jemals in der Wohnung?“
„Nein, ich habe sie nur mal abgeholt zur Sitzung und dann im Hausflur auf sie gewartet. Ich hab doch schon gesagt, dass sie sehr zurückgezogen gelebt hat."
„Haben Sie Kenntnis von irgendwelchen Besuchen von Insulanern oder auch Fremden, die vom Festland kamen?“ Kommissar Wilbert übernahm die Gesprächsführung wieder.

Remmers schüttelte mit dem Kopf:
„Darüber hab ich mich auch immer wieder gewundert, wie ein Mensch so zurückgezogen leben kann. Auch über ihre Vergangenheit hat sie nie geredet."
„Was meinen Sie mit Vergangenheit?“
„Na ja, wo sie herkam, wo sie vorher gearbeitet hatte, da hat sie sofort zugemacht. Sie hat mir nur mal erzählt, dass sie vorher in Bremen gearbeitet hat. Das ist aber auch alles."
„Gut Herr Remmers, wir haben bei der Leiche DNA-Spuren gefunden. Wären Sie mit einer freiwilligen Abgabe einer Speichelprobe einverstanden? Wir verdächtigen Sie nicht, aber nach unseren bisherigen Kenntnissen hat Frau Dunker fast ausschließlich Kontakte im beruflichen Bereich gehabt. Wir würden gerne ausschließen, dass Kollegen Ihrer Schule in diesen Fall verwickelt sind."
Wilbert benutzte genau die gleichen Fragesätze wie bei Schulleiter Timmsen. Wie würde Remmers reagieren?
„Sagen Sie mal, bin ich hier Beschuldigter? Darüber hätten Sie mich aufklären müssen, das ist eine Überrumplungstaktik, die nicht rechtens ist und das wissen Sie ganz genau“, Remmers klang jetzt sehr erregt.
„Nein, das ist ein Missverständnis, wir vernehmen Sie als Zeugen. Alle Ihre männlichen Kollegen werden um eine Speichelprobe gebeten, das ist freiwillig und wir wollen nur bestimmte Sachen ausschließen, das ist doch auch in Ihrem Interesse?“
Wilbert wirkte sehr ruhig und gelassen. Petersen fand ihn sehr überzeugend.
„Wenn das freiwillig ist, dann lehne ich das ab. Ich werde hier den Eindruck nicht los, dass Sie mich verdächtigen und Sie wären verpflichtet gewesen, mir das vor dem Gespräch zu sagen. Außerdem schwirrt dann meine DNA in irgendeinem

BKA-Computer rum und dient der allgemeinen Überwachung, so sind wir auf dem Weg zu einem Polizei- und Überwachungsstaat. Meine Herren ich betrachte die Vernehmung als beendet."

Remmers erhob sich. Wilbert bat ihn sich wieder zu setzen:

„Wenn die DNA-Probe keine Übereinstimmung aufweist, und davon gehen wir doch aus, wird sie sofort vernichtet."

„Das kann ich doch gar nicht nachprüfen. Da können Sie mir viel erzählen. Nein, meine Herren, das Gespräch ist für mich beendet."

„Gut, ich würde Sie nur bitten morgen ins Revier zu kommen, um das Protokoll zu unterschreiben. Sie wollen doch sicher das Ihre Weigerung auch dokumentiert wird?“

Remmers nickte und verlies mit hochrotem Kopf das Schulleiterzimmer. Petersen schaute Wilbert an:

„Was hat das denn jetzt zu bedeuten?“

„Erst mal gar nichts. Die Ablehnung der Abgabe einer Speichelprobe erleben wir häufiger. Hier liegen natürlich Gründe vor, die im gesellschaftskritischen Bereich zu suchen sind. In Deutschland wird Datenschutz hoch angesiedelt."

„Okay, aber auf unseren Fall bezogen, könnten sich Verdachtsmomente ergeben. Er hatte den engsten Kontakt zur Dunker."

„Nach unserem jetzigen Kenntnisstand“, unterbrach Wilbert, „stehen wir erst am Anfang."

Sie erhoben sich, räumten ihre Sachen zusammen und verließen das Schulleiterzimmer. Die beiden anderen Beamten waren schon fertig und hatten sich verabschiedet, berichtete der Schulleiter. Also schlugen auch Wilbert und Petersen den Weg zur Dienststelle ein. Dort wollte man die Ergebnisse der Befragungen vergleichen.

Als sie in der Dienststelle ankamen, hatten Kommissar Gruben

und Mona Behrens eine neue Wandzeitung mit drei Überschriften angefertigt: Schule/privates Umfeld, Gemeindepolitik/Investoren, RAF-Vergangenheit. Daneben war ein Sonderblatt mit dem Titel Spurenlage angeklebt. Kommissar Wilbert sprach den beiden ein Lob aus für die gemachte Arbeit und sie begannen ihre Erkenntnisse zusammen zu tragen. Die Vernehmungen der übrigen Lehrer ergaben keine neuen Erkenntnisse. Sie bestätigten alle die zurückgezogene Lebensweise der Dunker. Alle männlichen Kollegen gaben freiwillig eine Speichelprobe ab. Wilbert berichtete von der Vernehmung Remmers und dessen Weigerung eine Speichelprobe abzugeben. Mona schrieb in die Spalte privates Umfeld den Namen Remmers. Kommissar Gruben wies darauf hin, dass die Dunker, nach Aussage ihrer Kollegen, nur Nordic-Walking betrieben hatte und niemals ohne Stöcke gewalkt sei. Mona notierte bei der Spurenlage: Wo sind die Stöcke geblieben? Wilbert wirkte nachdenklich:
„Ich denke wir werden morgen einen ersten Bericht der Spusi bekommen. Ich hoffe wir erfahren mehr über den RAF-Verräter-Zettel und ob der Fundort auch tatsächlich der Tatort ist. Ferner muss ich mit der Staatsanwaltschaft telefonieren und fragen, ob wir Remmers zur Speichelprobe zwingen können. Was wir bisher völlig vernachlässigt haben, ist die Sachen mit den Investoren und das merkwürdige Auftreten des Bürgermeisters. Frau Behrens, machen Sie bitte für morgen einen Termin mit ihm ab. Lassen Sie sich nicht abwimmeln! Die anderen Speichelproben können wir wegschicken. Wir bereiten jetzt noch die Protokolle vor, damit die morgen unterschrieben werden können und dann ist Schicht im Schacht."
Nachdem diese Arbeit getan war, verließen die beiden Kommissare die Dienststelle. Mona und Petersen gingen noch

in den SB-Markt, ihre Kühlschränke waren leer. Man verabredete sich auf ein Feierabendbier beim Magister. Bis es so weit war, holte Petersen sich seine Gitarre raus und übte für den nächsten Übungsabend des Shantychores am Mittwoch. Er musste noch daran arbeiten, bei dem Song *Exxon Valdez* zu singen und gleichzeitig Gitarre zu spielen. Der Text berührte ihn immer wieder und er konnte sich gut vorstellen, dass die Insulaner einen direkten Bezug zu ihrer eigenen Situation herstellen konnten; denn immerhin fuhren täglich Supertanker in geringem Abstand am Wangerooger Strand vorbei. Es klopfte an seiner Wohnungstür. Er öffnete mit der umgehängten Gitarre. Mona wollte ihn zum Bier abholen:
„Chef, ich wollt Sie abholen. Wenn man Sie so mit der Gitarre sieht, fällt mir die Überschrift ein: Alternder Rockstar verkriecht sich auf Nordseeinsel."
„Sehr witzig“, antwortete er genervt und zum Trotz spielte er in ohrenbetäubender Lautstärke den Riff von „Smoke on the Water“ an. Mona schien beeindruckt. Als er aufhörte zu spielen, lachte sie ihn freundlich an:
„Das hört sich echt gut an, dass Sie so gut Gitarre spielen können, hab ich ja nicht gewusst. Bisher war ja immer nur vom Shantychor die Rede und dann die Freddy Quinn Show im „Störtebeker“, da hab ich gedacht, Sie sind so ’n Tanzmuckerfuzzi. Ich leiste Abbitte."
„Geschenkt“, antwortete er zufrieden. Beide gingen dann den kurzen Weg zum „Störtebeker“ schweigend nebeneinander. Es regnete leicht und sie beeilten sich, ins Trockene zu kommen. Im „Störtebeker“ herrschte die übliche Knobel-Atmosphäre. An der Anzahl der Jever-Flaschen, die auf der Theke standen, konnte man auf die Zahl der schon gespielten Runden schließen. Der Schwede frotzelte sofort:
„Die Schöne und der Kommissar, bitte auf die

Verlobungsbank!"
Zum Bedauern von Petersen war auch nur die Bank an der Theke frei. Alle Barhocker waren besetzt. Aus den Boxen tönte die *Hey Joe* Version von The Boss Hoss. Der Magister schien schon gut getankt zu haben.
„Sheriff, ich bin bald reich. Hab grade ein neues Störtebeker-Buch gelesen. Auf Wangerooge soll er ein Teil seines Schatzes versteckt haben, die neue Theorie."
„Ich denke in Marienhafe oder Helgoland", konterte Petersen
„Nee, die neue Theorie besagt Wangerooge und wir haben hier ja 'nen schlauen Kommissar auf der Insel, der auch Lehrer-Leichen findet, dann findet der auch den Schatz."
Und da der Magister über seine eigenen Witze am lautesten lachen konnte, ertönte eine gewaltige Lachsalve. Die Knobler an der Theke verzogen ihre Mienen oder rollten mit den Augen. Der am Ende der Theke sitzende Knobler, ein großer bärtiger, rothaariger Mann besprach wieder seinen Knobelbecher:
„Liebe Würfel steht mir bei. Ich muss mich jetzt auf euch verlassen können, dann brauchen wir auch keinen Schatz." Der folgende Wurf war nichts:
„Sheriff, du musst doch den Schatz finden", rief er rüber zur Verlobungsbank. Mona murmelte:
„Normal ist das nicht, ein Panoptikum." Die Kneipentür ging auf und ein älteres Ehepaar trat ein, musterte die Szenerie und drehte sich auf dem Absatz um.
„Wer nicht will, der hat schon", rief ihnen der Magister nach.
Petersen wartete auf den Moment, als der Magister Flaschenbier aus dem Kühlraum im Keller holen wollte. Er ging ihm hinterher.
„Du sag mal, kann man den Gero vom Korb in die Sache mit dem Zarowski einweihen. Ich brauch 'nen Tipp, wenn der da

am Spielautomaten hängt?"
„Na klar, bei Einbrüchen in Gaststätten halten wir zusammen", erwiderte der Magister. Petersen ging zur Toilette. Am Eingang des Kühlraumes neben der Toilettentür für Männer hing ein Plakat, was ihn immer wieder faszinierte: Vor einer Sandsackbarriere am Checkpoint-Charlie stand ein amerikanischer Soldat mit einer US-Flagge in der Hand und gab einer Frau, die nur einen Pelzmantel und eine russische Fellmütze trug, Feuer. Unter dem Mantel war die Frau nackt. Sie trug nur schwarze Strapse und einen schwarzen Slip. Der Magister kam mit einer Kiste Bier aus dem Kühlraum:
„Was gierst du hier vor dem Plakat rum? Du brauchst doch bloß deine hübsche Kollegin angeiern" und wieder ertönte das donnernde Lachen.
Nachdem Petersen von der Toilette zurück war, wandte er sich an Mona:
„Ich gehe jetzt, wenn Sie noch bleiben wollen?" Auch Mona wollte gehen und so zahlten sie und verließen gemeinsam das Lokal.
Der Magister rief ihnen noch in zweideutiger Absicht hinterher: „Ich wünsch auch noch einen guten Rutsch!"
„Wenn der breit ist, kann der sehr witzig sein", bemerkte Mona, „aber es ist ein schmaler Grat zur Anzüglichkeit."
„Stimmt", räumte Petersen ein, „mich würde mal interessieren, wie es hinter seiner Kneipenfassade aussieht. Wenn er nüchtern ist, kommen manchmal sehr nachdenkliche Züge zum Vorschein. Zu mir hat er mal gesagt, dass Kneipe wie ein Zirkus ist und wenn der Vorhang aufgeht, müssen wir unsere Rollen spielen, auch wenn wir nicht so gut drauf sind. Irgendwie wirkt das nachdenklich, aber auch sehr professionell finde ich."
„So viel Tiefgang hätte ich ihm gar nicht zugetraut."

Sie hatten kaum bemerkt, dass sie schon vor der Polizeidienststelle angekommen waren. In diesem Moment fühlte sich Petersen sehr stark zu Mona hingezogen. Diese Unterhaltungen verbanden sie sehr, so empfand er es. Er war sich aber nicht sicher, ob sie ähnlich fühlte. Sachlich formulierte er:

„Ich hab das Gefühl, dass das morgen ein ereignisreicher Tag wird, gute Nacht." Er ärgerte sich über diesen Wechsel zur Sachlichkeit, aber er fühlte sich gefangen in seiner Rolle. Mona lächelte ihm freundlich zu und wünschte ebenfalls eine gute Nacht.

Dienstag

Der nächste Morgen begann grau und neblig. Das Brötchen holen war für Petersen eine einzige Enttäuschung, die blonde Verkäuferin war krank. Ärgerlich stapfte er durch den Nieselregen zur Wache. Mona hatte schon Kaffee gekocht und aufgedeckt. Er genoss dieses morgendliche Ritual, was ihre Vertrautheit stärkte und wieder fragte er sich, ob sie das gleiche Empfinden hatte oder in ihm nur einen abgehalfterten Chef sah, dessen schriftliche Beurteilung sie brauchte? Er bildete sich ein, dass es nicht so war, aber in Sachen Frauen konnte er seinem Gefühl nicht immer trauen. Diese bittere Erfahrung hatte er in seinem bisherigen Leben häufiger machen müssen.

Nach dem gemeinsamen Frühstück wurden die PCs hochgefahren. Schon die erste Mail ließ Petersen aufhorchen. Dennis Zarowski war unter Bewährung draußen und es erging die Aufforderung, ihn festzunehmen. Die Modalitäten der Festnahme seien mit Kommissar Wilbert abzusprechen. Petersen musste dringend mit dem Wirt des „Strandkorbs" sprechen, damit auch dieser, ähnlich wie der Magister ihnen Hinweise gab, wenn Zarowski die Kneipen verließ. Eine Festnahme in einer der Kneipen hielt er für zu riskant. Die Vorgehensweise musste mit Wilbert besprochen werden. In der Mail wurde noch einmal auf die Gefährlichkeit von Zarowski hingewiesen. Waffenbesitz sei nicht auszuschließen. Die zweite Mail war ein vorläufiger Bericht der Spurensicherung. Für Petersen war der Bericht leider nicht einsehbar, da er passwortgeschützt gesendet wurde, nur Wilbert kannte das Passwort. Wie gerufen traten in diesem

Moment die Beamten aus Wilhelmshaven in das Dienstzimmer ein. Man begrüßte sich und die Kommissare nahmen noch jeweils eine Tasse Kaffee. Petersen eröffnete ihre Besprechung mit dem Hinweis auf die beiden wichtigen Mails. Wilbert setzte sich sofort an den PC und rief den vorläufigen Bericht der Spusi auf. Nach einer kurzen Lesepause wandte er sich an die Runde:

„In Kurzform die wichtigsten Fakten: Die Dunker ist an einem Schädel-Hirn-Trauma gestorben, hervorgerufen durch den Schlag mit einem Stein. Die Stiche im Bauchbereich waren nur oberflächlich und haben zu keinen großen Verletzungen geführt. Der Fundort der Leiche ist nicht der Tatort. Die Dunker wurde voraussichtlich am Strand in der Höhe des Flutsaums erschlagen. Erst einige Stunden später wurde die Leiche zu der Dünenabbruchkante geschleift und unter den Sandsäcken versteckt. Der Zettel mit dem RAF-Symbol wurde erst wesentlich später zur Leiche gelegt, das hat die Untersuchung des Papiers ergeben. Wann das war, lässt sich leider nicht genau feststellen. Dass der Geschlechtsverkehr einige Stunden vor dem Tod der Dunker stattfand, wissen wir bereits", mit diesen Worten beendete Kommissar Wilbert seinen Bericht und machte einen Vorschlag zur Vorgehensweise: „Wir sollten jetzt mal zusammentragen, was wir aus der Spurenlage folgern."

Mona bat noch kurz zu warten: „Kollege Wilbert, ich habe für 11 Uhr einen Termin oben bei der Gemeinde mit dem Bürgermeister abgemacht und ich glaube Kollege Petersen hat auch noch was für Sie."

„Entschuldigung, ich war wohl zu schnell", entschuldigte sich Wilbert, „Petersen was haben Sie denn noch?" Petersen zeigte auf die Mail im PC:

„Wir müssen Zarowski festnehmen. Es liegt eine entsprech-

ende Anweisung vor und da der Kerl gefährlich zu sein scheint, müssen wir uns darüber Gedanken machen."
„Okay, dann haben wir heute viel auf dem Zettel. Bis 11 Uhr haben wir noch Zeit. Ich würde trotzdem gerne mit dem Spusibericht anfangen", schlug Wilbert vor.
Es regte sich kein Widerspruch und so begann Wilbert selbst:
„Kollegin Behrens, ich würde Sie bitten unsere Gedankengänge auf dem Flipchart festzuhalten. Also, die Tatsache, dass der RAF-Zettel nachträglich untergeschoben wurde, legt den Verdacht nahe, dass jemand von der RAF-Vergangenheit der Dunker wusste. Wenn die RAF-Nachfolger oder was da noch existiert, den Mord begangen haben sollten, dann macht es wenig Sinn nachträglich einen solchen Zettel unterzuschieben. Wenn man einen solchen Mord plant und das Motiv auch öffentlich machen will, hat man einen solchen Zettel gleich dabei, einverstanden?"
Die Anderen nickten. Petersen meldete sich:
„Das würde zu meiner nächtlichen Begegnung am Strand passen. Der Kapuzenmann an der Leiche könnte derjenige gewesen sein, der den Zettel untergeschoben hat."
„Genau", bestätigte Wilbert, „als Arbeitshypothese würde ich mal den ganzen RAF-Zinnober weglassen. Ich glaube, da will uns jemand in die Irre führen."
„Mag sein", schaltete sich Kommissar Gruben ein, „oder aber die RAF will uns in die Irre führen."
„Gruben, diese Geschichte ist so lange her. Mir ist nicht bekannt, dass irgendwelche Kronzeugen, die in den Prozessen gesungen haben, umgebracht wurden oder sehen Sie das anders, Petersen, Sie sind doch auch schon lange im Geschäft?"
Wilbert klang ärgerlich.
„Nein, ich sehe das wie Sie, Kollege Wilbert", antwortete Petersen, „zumal der Tathergang doch eher auf eine

Totschlagsituation hindeutet und solche Situationen weisen eher auf einen privaten Zusammenhang hin und ich denke jetzt kommt Remmers ins Spiel, der sich weigert, uns eine DNA-Probe zu geben. Ist er der Mann gewesen, der mit der Dunker „gehühnert" hat?“

Petersen übernahm schon die Bezeichnung der Insulaner, die er in den Kneipen gehört hatte. Mona sah Petersen verärgert an. Er wusste, dass das Wort „hühnern" ihr nicht passte. Die beiden anderen Kommissare schmunzelten. Mona meldete sich aber trotzdem zu Wort:

„Ich kann das bis hierher alles nachvollziehen. Mir geht aber die politische Rolle der Dunker nicht aus dem Kopf. Sie war das Sprachrohr gegen Fremdinvestitionen auf der Insel. Sie hat sich mit dieser Haltung gegen die Investmentfonds gestellt und damit auch gegen den Bürgermeister und die Mehrheit im Gemeinderat."

„Aber solche Leute“, meldete sich Wilbert wieder, „und ich unterstelle jetzt mal mafiartige Strukturen, hauen doch ihren Gegnern keine Steine auf den Kopp, da kommt dann tatsächlich der Auftragskiller."

„Sie wird am Strand angesprochen, man gerät in Streit“, setzte Mona nach, „ist doch alles möglich."

Kommissar Gruben räusperte sich: „Ein solches Totschlagszenario kann natürlich auch von einem raffiniertem Auftragskiller arrangiert worden sein."

Petersen unterbrach Gruben: „Mir ist das alles zu spekulativ. Warten wir in der Investmentsache doch erst einmal die Vernehmung des Bürgermeisters ab. Danach entscheiden wir, ob wir diese Spur weiter verfolgen, einverstanden?“

Alle nickten. Wilbert ergriff noch einmal das Wort:

„Ich muss mit der Staatsanwaltschaft klären, ob wir Remmers zur DNA-Probe zwingen können. Ich stimme Petersen hier zu.

Er ist unser Hauptverdächtiger. Ich ruf nachher in Wilhelmshaven an. Was ist jetzt mit Zarowski? Wie machen wir das? Kollege Petersen, haben Sie einen Plan?“ Petersen nickte:
„Zarowski hängt in zwei Inselkneipen ständig an den Spielautomaten. Ich habe die Wirte gefragt. Sie würden uns Bescheid geben, wenn er die Lokale verlässt. Eine Festnahme in den Kneipen schließe ich aus. Das ist zu gefährlich. Der wohnt in der Siedlerstraße, das ist etwas außerhalb. Wir schnappen ihn uns, bevor er seine Wohnung betritt. Wenn wir ihn zu Hause festnehmen wollen, haben wir 'ne Situation, wo der sich eventuell verbarrikadiert. Wir haben hier kein SEK, deshalb müssen wir das Überraschungsmoment ausnutzen."

„Die andere Variante ist, gleich das SEK zu holen“, warf Gruben ein. Wieder wurde Wilbert unwirsch. Es war nicht zu übersehen, dass es eine gewisse Spannung zwischen den beiden Kommissaren aus Wilhelmshaven gab, es knisterte: „Was ist das für ein Aufwand? Wir haben hier vier Beamte vor Ort, da müssen wir doch in der Lage sein, einen Mann festzunehmen. Ich mach mich doch nicht lächerlich in Wilhelmshaven." Wilberts Ton war schneidend geworden. „Wir machen das so, wie Petersen das vorgeschlagen hat. Kollege Petersen, Sie sprechen noch mal mit den Wirten, danach machen wir eine Einsatzbesprechung."

Petersen und Mona blickten sich verlegen an. Die Spannung zwischen den beiden Kommissaren war fast körperlich spürbar. Die aufgetretene Stille wurde durch Wilbert unterbrochen:
„Zum Bürgermeister gehe ich mit dem Kollegen Petersen. Gruben, Sie erarbeiten einen Einsatzplan für die Festnahme Zarowski, Kollegin Behrens wird Ihnen dabei helfen."

Diese Arbeitsaufteilung war ein offener Affront gegen Gruben. Wilbert schien Petersen für den besseren Polizisten zu halten. Vom Aufgabenbereich her hätte Gruben mit Wilbert zusammen die Vernehmung vornehmen müssen und nicht mit dem „Dorfpolizisten“ die Sache durchziehen dürfen. Grubens Gesicht war zwar leicht gerötet, aber eine weitere Reaktion war nicht zu erkennen.
Mona legte einige Zeitungen aus dem ostfriesischen und oldenburgischen Raum auf die Schreibtische. Die Zeitungen titelten auf ihren Lokalseiten mit folgenden Überschriften: „Tod am Strand, Lehrerin am Strand ermordet oder Verbrechen am Strand.“
Petersen blickte Wilbert an: „Müssen wir nicht irgendwas mit der Presse machen? Die rennen uns sonst die Bude ein. Ich denke an eine Presseerklärung oder eine kleine Pressekonferenz."
Wilbert nickte: „Sie haben Recht, ich muss das aber mit der Staatsanwaltschaft in Wilhelmshaven klären."
Nachdem Petersen noch mit dem Wirt des „Strandkorbs“ telefoniert hatte, gingen er und Wilbert zur Gemeinde an der Strandpromenade. Auf der Promenade pfiff ihnen ein steifer Nordwestwind der Stärke 7 ins Gesicht. Die Flut nagte bedenklich am Strand. Eine gut sichtbare Abrisskante war entstanden. Jedes Jahr musste der im Winter verloren gegangene Sand wieder mit Dumpern vom Ostende der Insel angefahren werden, um den Urlaubern einen brauchbaren Strand präsentieren zu können. Die Gemeindekasse musste diese jährlichen Aktionen teuer bezahlen. Der rot geklinkerte Flachbau sah wenig einladend aus. In der Eingangshalle waren die Baupläne für die Eigentumswohnungen und das Aparthotel angeschlagen. Die Promenade würde nach diesen Plänen ein

völlig anderes Gesicht bekommen. Kommissar Wilbert sah sich die Pläne interessiert an. Er wusste, dass diese Aushänge bei der Vernehmung eine Rolle spielen würden. Zu Petersen gewandt sagte er:
„Es ist besser, wenn Sie sich etwas zurückhalten, Sie müssen mit dem Bürgermeister noch weiter zusammen arbeiten, obwohl Sie eigentlich für diesen Job überqualifiziert sind."
Petersen ging dieses Lob hinunter wie Öl und es erinnerte ihn daran, dass er aus disziplinarischen Gründen auf dieser Insel saß.

Günter Depken erwartete sie in seinem Büro, welches auf der Rückseite der Promenade lag. Das Büro war eher karg eingerichtet, so wie die Polizisten es von ihren Dienststellen kannten. An den Wänden hingen einige maritime Drucke von Ole West mit Motiven von Wangerooge und dem Leuchtturm Alte Mellum. Depken hatte auf dem Besprechungstisch Kaffeetassen aufdecken lassen. Er bat die Polizisten Platz zu nehmen. Depken, ein hoch aufgeschossener Mann mit weißgrauen Haaren und schwarzer Brille, wirkte etwas fahrig. Beim Einschenken des Kaffees traf er zweimal nicht ganz die Tassen und musste die Untertassen abwischen, was ihm offensichtlich peinlich war. Nach den üblichen Begrüßungsfloskeln eröffnete er selbst das Gespräch:
„Meine Herren, ich möchte bevor wie in die Details gehen noch einmal meinem Ärger Ausdruck verleihen, dass ich mich von Ihnen nicht ausreichend im Fall Dunker informiert fühle."
Wilbert war klar, dass der Bürgermeister in der Art eines Politikers Herr des Gesprächs bleiben wollte, diesen Zahn musste er ihm gleich ziehen.
„Herr Bürgermeister Depken, um eins gleich am Anfang klarzustellen, dies ist eine polizeiliche Vernehmung. Es wird ein Protokoll angefertigt, was zu den Ermittlungsakten im Fall

Dunker genommen wird. Ferner muss ich Sie doch wohl nicht darüber aufklären, dass die Polizeibehörden nicht rechenschaftspflichtig gegenüber der Gemeindeverwaltung sind. Lassen Sie uns also anfangen. Wir wollen etwas über Frau Dunker wissen, Ihr Verhältnis zu ihr und ihre Rolle in der Gemeindepolitik. Uns ist ja nicht verborgen geblieben, dass Frau Dunker und Sie in einigen Fragen völlig anderer Meinung waren, oder?“

Depken schien hochgradig erregt zu sein: „Werde ich hier als Beschuldigter vernommen oder was soll das hier?“

Wilbert blieb routiniert ruhig: „Sie werden hier als Zeuge vernommen, da Sie mit Frau Dunker zu tun hatten. Genauso haben wir es mit den Lehrern der Inselschule gemacht. Wir brauchen Informationen über das Leben und Wirken der Frau Dunker, verstehen Sie?“

Depken entspannte sich etwas: „Ich habe von meinen Vorgängern einen hoch defizitären Gemeindehaushalt übernommen. Die Ursachen sind vielfältig u. a. die hohen Kosten der Kureinrichtungen, Mutter-Kind-Heim, die alljährlichen Sandfahrmaßnahmen usw. Mit dem Gemeinderat bin ich mir einig, die Insel attraktiver zu machen, um auf der Einnahmeseite was zu machen, das bedeutet Investition. Auf der anderen Seite muss ich den Haushalt entschulden, sonst drohen mir Zwangsmaßnahmen durch Hannover. Erster Versuch dies alles umzusetzen war das Anlegen eines Golfplatzes am Flughafen. Wir wollen mit dieser Maßnahme eine neue Klientel für die Insel erschließen. Golfplatz direkt neben einem Flugplatz, geradezu ideal für Leute mit Privatflugzeugen."

„Was ist mit Frau Dunker? Mir ist das zu viel Gemeindepolitik, Herr Bürgermeister“, unterbrach Wilbert.

„Nur Geduld, jetzt kommt es ja. Frau Dunker hat eine beispiellose Kampagne gegen den Golfplatz initiiert. Da das Golfplatzgelände zum Teil im Bereich des Nationalparks Wattenmeer liegt, hat sie uns die Naturschutzbehörde auf den Hals gehetzt. Obwohl der niedersächsische Umweltminister durchaus auf unserer Seite war, konnte er dann nicht mehr so, wie er wollte. Die Dunker hat die Behörden mit EU-Recht, Bundesnaturschutzgesetz, UN-Artenschutzgesetz und Richtlinien der Nationalparkverwaltung konfrontiert. Ich will das mal jetzt abkürzen, was geblieben ist, ist ein 9-Loch-Platz, natürlich wenig attraktiv für richtige Golfsportler."

„Wie war Ihr persönliches Verhältnis zu Frau Dunker?" fragte Wilbert.

„Na ja, Freunde waren wir nicht. Wir haben uns schon richtig gefetzt! Aber persönlich ist das nie gewesen."

„Kommen wir jetzt zum Komplex Appartementwohnungen an der Promenade und Aparthotel", setzte Wilbert nach.

„Hier hat die Dunker mir wieder Knüppel zwischen die Beine geworfen. Der Gemeinderat war hier auf meiner Seite, selbst der Fraktionskollege Remmers ist ihr nicht gefolgt."

Petersen machte sich hierzu eine Notiz.

„Das Grundstück auf dem wir hier sitzen, liegt einmalig, direkt an der Nordsee mit Blick auf den Großschifffahrtsweg. Die jetzige Gestalt der Promenade ist äußerst unattraktiv, das haben Sie ja selber geseh'n. Wenn wir einen Teil des Grundstücks für Appartements nehmen, verspricht uns der Investor ein Hotel mit Restaurant und Läden. Genau das würde die Promenade ja attraktiv machen. Bei einem Verkauf, das Grundstück gehört zu einem Teil dem Land Niedersachen, bekäme ich vom Land 5.960.000,- €, das sind immerhin 75 % des Defizits der Gemeindekasse."

„Was waren denn die Argumente der Dunker dagegen?"

Depken räusperte sich: „Sie hat mit den Ängsten der Insulaner gespielt, die eine Verknappung des bezahlbaren Wohnraums und die Konkurrenz der neu gebauten Appartements befürchten."
„Wer ist der Investor?“ fragte jetzt Petersen.
„Der Investor ist eine Fondsgesellschaft aus Köln, die Islandinvest.“
Petersen setzte nach: „Wie haben die auf die Kritik von der Dunker reagiert?“
„Hochgradig verärgert, allerdings stand der Gemeinderat ja mit einer großen Mehrheit hinter dem Projekt und es ist ja auch beschlossen worden. Aber die Herren aus Köln haben sich natürlich Sorgen um das sogenannte Investitionsklima auf der Insel gemacht, zudem da noch 'ne Bürgerinitiative entstanden ist, in der die Dunker kräftig mitgemischt hat."
Wilbert unterbrach mit einer Nachfrage:
„Haben die von Ihnen in Bezug auf die Dunker was verlangt?“
„Wo denken Sie hin, bestimmt nicht, dass ich sie ermorden soll?" Depken schien kurz vor einem Wutausbruch zu sein. Seine Hände begannen zu zittern.
„Das behaupten wir ja auch nicht“, Wilbert wirkte jetzt gereizt, „sollten Sie Druck ausüben?“
„Ja, natürlich politischen Druck, aber so einfach war das nicht. Die Dame ist, Entschuldigung war, sehr stur und unbeirrbar, die war 'ne harte Nuss."
„So, ich will jetzt mal ganz direkt fragen, waren während der Zeit des Verschwindens der Dunker Herren der Islandinvest auf der Insel?“
„Nun geht aber Ihre Fantasie mit Ihnen durch Herr Kommissar“, polterte Depken gegen Wilbert los, dieser ließ sich aber nicht beirren:

„Beantworten Sie einfach meine Frage!“ Wilbert hatte sein Pokerface aufgesetzt.
„Am letzten Donnerstag und Freitag waren zwei Herren der Islandinvest auf der Insel."
Wilbert und Petersen sahen sich an. „Würden Sie uns bitte die Namen der Herren nennen?“
„Sie verdächtigen die doch nicht im Ernst meine Herren. Eine solche Verdächtigung richtet großen Schaden für die Insel an." Depken begann nach Luft zu schnappen.
„Wir ermitteln in einem Mordfall Herr Bürgermeister, die Namen!“ Wilberts Ton war jetzt schärfer geworden.
Depken wand sich, er wusste aber, dass er aus der Nummer nicht mehr rauskam: „Abken und Reisig."
„Vielen Dank Herr Bürgermeister, das war‘s schon."
Depken druckste kleinlaut: „Bitte gehen Sie diskret vor, die Herren haben nichts mit dem Verbrechen zu tun, denken Sie an die Insel und bitte nicht erwähnen, dass Sie die Namen von mir haben."
Wilbert und Petersen erhoben sich: „Keine Angst, wir machen so was nicht zum ersten Mal, nicht wahr Kollege Petersen."
Dieser nickte und die Kommissare verließen einen am Boden zerstörten Bürgermeister. Draußen angelangt, bemerkte Wilbert, der gegen das Tosen des Windes anbrüllen musste:
„Ein Motiv wäre da, aber solche Investmentleute bringen doch keine Lehrerin um oder? Auf jeden Fall müssen uns die Kölner Kollegen helfen."
Petersen zögerte, entschloss sich dann aber doch zu einer Äußerung:
„Wenn wir an das Tatortszenario denken, könnte aber in einem Streitgespräch am Strand die Situation eskaliert sein."
Wilbert nickte, „auszuschließen ist das nicht."

Beide Kommissare gingen an der Promenade in Richtung „Café Pudding“ am „Strandkorb“ vorbei, der noch geschlossen war. Petersen informierte Kommissar Wilbert darüber, dass hier Dennis Zarowski häufig an den Spielautomaten hing. In der Zedeliusstraße war kein Mensch zu sehen. Bei diesem Wetter und zu dieser Jahreszeit wirkte die Insel depressiv, so empfand es Petersen und irgendwie freute es ihn, dass so viel zu tun war. Er wollte sich nicht vorstellen, was gewesen wäre, wenn er in dieser Novemberstimmung alleine in seiner Dienststelle gesessen hätte und nur den üblichen Kleinkram zu erledigen gehabt hätte. Er vermutete, dass er endgültig zum Alkoholiker geworden wäre.

Sie bogen in die Charlottenstraße ein und bemerkten, dass im Vorgarten am Eingang ein fremdes Fahrrad stand. Jetzt bloß nicht noch so‘n Kleinkram dachte Petersen als sie die Tür öffneten. Aber die ankommenden Beamten sahen sofort den Besuch im Dienstzimmer: Es war Jens Remmers, der da ziemlich zusammengesunken Mona Behrens und Kommissar Gruben gegenüber saß. Gruben sprach die beiden an, während Petersen und Wilbert ihre Jacken auszogen:
„Herr Remmers möchte eine Aussage machen. Wir haben extra auf Sie gewartet." Petersen und Kommissar Wilbert nahmen Platz und Gruben schaltete das Aufnahmegerät ein:
„Na dann mal los, Herr Remmers!“
Wilbert machte einen angespannten Eindruck. „Ich möchte mich erst einmal bei Ihnen entschuldigen wegen meines gestrigen Verhaltens“, legte Remmers los, „ich habe wegen der DNA-Probe überreagiert. Wir können uns die Probe schenken. Ich hatte eine heimliche Beziehung zu Brigitte und habe auch kurz vor ihrem Tod mit ihr geschlafen. So jetzt wissen Sie’s!“
Einen Moment lang herrschte Stille im Dienstzimmer. Kommissar Wilbert zog die Augenbrauen hoch.

Petersen durchbrach die Stille: „Wann und wo haben Sie mit Frau Dunker an dem besagten Tag geschlafen?"
„Ich bin nach Schulschluss in ihre Wohnung in der Peterstraße gegangen, das haben wir immer so gemacht. Ich habe meiner Frau dann irgendetwas von Konferenzen oder schulischen Arbeitsgruppen erzählt."
„Wann war das?“ setzte Petersen nach.
„Ich glaube um 13 Uhr bin ich bei ihr gewesen."
„Was ist nach dem Geschlechtsverkehr gewesen?" Kommissar Wilbert übernahm jetzt.
„Ich habe gegen 15 Uhr die Wohnung von Brigitte verlassen. Sie wollte Walking gehen und ich hatte eine Werksausschusssitzung in der Gemeinde."
„Sind Sie direkt zur Gemeinde gegangen?“ insistierte Wilbert.
„Ich bin noch kurz nach Hause und habe meine Unterlagen für die Sitzung geholt."
„Haben Sie gesehen, wie Frau Dunker ihre Wohnung zum Nordic-Walking verlassen hat. Sie hat doch Nordic-Walking gemacht oder?“ fragte jetzt wieder Petersen.
„Nein, sie war noch in ihrer Wohnung, als ich weggegangen bin. Sie macht Nordic-Walking, das ist das mit den Stöckern."
„Das wissen wir auch“, entfuhr es Kommissar Gruben, der dafür von seinem Vorgesetzten einen bösen Blick kassierte.
„Wie lange hat die Sitzung des Ausschusses gedauert?“ fuhr Wilbert fort.
„Bis gegen 20 Uhr, dann bin ich noch mit einigen Ratskollegen im „Café Treibsand“ eingekehrt."
„Da brauchen wir die Namen“, legte Wilbert nach.
Mona schob Remmers einen Zettel hin und dieser schrieb fünf Namen auf den Zettel. Wilbert schaltete das Aufnahmegerät aus.
„Das war’s fürs Erste. Sie verlassen die Insel bitte nicht. Wir

werden uns sicher noch einmal mit Ihnen unterhalten müssen. Morgen kommen Sie bitte noch mal rein und unterschreiben das Protokoll."
Remmers nickte, eine gewisse Erleichterung war ihm anzusehen. Er verabschiedete sich mit Handschlag bei den anwesenden Beamten und verließ das Revier.
Kommissar Wilbert war der erste, der dann sprach: „Das sieht so aus, als hätte der ein lupenreines Alibi. Kollegin Behrens, Sie überprüfen bitte die Sache mit der Sitzung und dem anschließenden Treffen in diesem „Café Treibsand“. Aber ich habe den Eindruck, dass wir nicht weiter kommen. Werde gleich noch mal die Kölner Kollegen anrufen, damit sie die Investmentheinis befragen."
Petersen unterbrach ihn: „Eins hätte ich zu gern noch gewusst, ob der Remmers was von der Vergangenheit der Dunker wusste?“
Wilbert nickte: „Da kommen wir bei der zweiten Vernehmung mit raus. Jetzt wird erst einmal das Protokoll angefertigt und dann möchte ich was hören in Sachen Festnahme Zarowski."

Nachdem das Vernehmungsprotokoll angefertigt war und etliche Telefonate geführt wurden, kam man wieder zusammen und versammelte sich um Wilberts Schreibtisch. Mona berichtete, dass die Gemeindeverwaltung das Alibi von Remmers bestätigte. Die Kölner Kripo hatte den Auftrag bekommen, die beiden Mitarbeiter der Islandinvest, die letzte Woche auf Wangerooge weilten, zu vernehmen. Kommissar Wilbert berichtete von seinem Telefonat mit der Staatsanwaltschaft Wilhelmshaven:
„Ich muss morgen aufs Festland, die wollen die Pressekonferenz in Wilhelmshaven abhalten, um Druck von uns zu nehmen. Das finde ich eine gute Idee. Hätte von mir sein können." Bei diesen Worten fing er laut an zu lachen. „Im

Ernst, mich wundert sowieso, dass die Journaille hier so wenig aufgelaufen ist. Vielleicht kann ich dann auch morgen Zarowski mitnehmen, wenn die Festnahme gelungen ist, wobei wir beim Thema wären. Ich höre!“

Kommissar Gruben räusperte sich: „Das Ganze ist natürlich etwas spekulativ. Vorausgesetzt Zarowski spielt heute haben in einem der Lokale und die Wirte informieren uns, so wie es Kollege Petersen gesagt hat, sollten wir ihn vor seiner Wohnung festnehmen. Eine Festnahme direkt in der Kneipe oder auf der Zedeliusstraße halte ich für zu gefährlich."

Hier wiederholte Gruben nur, was vor einigen Stunden Petersen bereits angemerkt hatte. Alle nickten. Mona meldete sich.

„Die Siedlerstraße ist etwas abseits vom Ort weg und um diese Zeit dürften sich kaum Passanten dort aufhalten. Wir haben auf der linken Seite der Straße ein Bahngelände, was verwildert und unübersichtlich ist. Ich meine für uns ein ideales Versteck, um das Überraschungsmoment zu nutzen. Einer von uns müsste sich neben dem Wohnungseingang postieren, um eine mögliche Flucht ins Haus zu verhindern, die anderen auf dem Bahngelände."

„Haben Sie eigentlich schusssichere Westen hier?“ fragte Wilbert.

„Nur zwei“, antwortete Petersen.

„Eigentlich ist das zu wenig, aber in jedem Fall müssen die beiden, die direkt auf Zarowski zugehen, die Westen tragen oder?“ Wilberts Vorschlag wurde von allen anderen abgenickt.

Nach einer zweistündigen Pause wollten sie sich wieder treffen, um abends auf einen Anruf der Wirte zu warten. Wilbert und Gruben übernahmen es, Pizza für den Abend mitzubringen.

Mona und Petersen genossen die Stille, nachdem die beiden

Beamten aus Wilhelmshaven die Wache verlassen hatten. Durch die hektischen Ereignisse der letzten Tage war ihre kollegiale Zweisamkeit unterbrochen worden. Auch wenn beide nicht offen darüber sprachen, war doch eine Sehnsucht nach mehr persönlichem Austausch spürbar. Petersen durchbrach die Stille:
„Für Ihre Ausbildung haben Sie in den letzten Tagen einiges mitbekommen, das war hier eigentlich nicht zu erwarten, ich bin selber ganz überrascht, was hier gerade abläuft. Wie geht es denn bei Ihnen weiter, wenn das hier überstanden ist?“
Mona lachte:
„Von überstehen kann ja keine Rede sein. Ich find das sehr interessant und kann eine Menge mitnehmen. Nach dieser Praxisphase kommt wieder die Polizeischule mit wichtigen Klausuren in Kriminalistik, Polizei- und Ordnungsrecht und politischer Bildung."
„Ich glaube Sie werden mal eine sehr gute Polizeibeamtin." Petersen wunderte sich selbst über dieses Kompliment, das ihm da über die Lippen kam.
Mona errötete leicht. „Danke“, flüsterte sie und konnte Petersen dabei nicht in die Augen sehen.
Petersen spürte die große Emotionalität, die jetzt im Raum war und mit solchen Situationen konnte er sowieso schlecht umgehen, das hatte seine Ex ihm schon immer vorgehalten, deshalb entschloss er sich wieder dienstlich zu werden.

„Für heute Abend habe ich ein merkwürdiges Gefühl. Ich hätte lieber SEK Beamte dabei. So was haben wir in Bremen nie alleine gemacht, wenn der Täter als gefährlich eingestuft wurde. Was soll’s, wir müssen das jetzt durchziehen." Mit diesen Worten verabschiedete er sich und ging nach oben in die Wohnung, um sich noch eine Stunde aufs Ohr zu hauen.

Pünktlich um 20 Uhr trafen sich alle vier Beamten wieder im Dienstzimmer der Wache. Wilbert und Gruben hatten wie versprochen Pizzen dabei und einen großen Topf mit italienischem Salat aus dem „Eiscafé Venezia“. Da alle einen großen Appetit hatten, wurde kräftig zugelangt. Während des Essens unterhielten sie sich über Fußball. Wilbert fragte nach der Situation bei Werder Bremen und der Zukunft des Vereins. Mit diesem Thema hatte er bei Petersen den richtigen Punkt getroffen. Dieser hob nun zu einer längeren Analyse über den Niedergang des Vereins und die Fehler des Präsidiums an. Gruben und Mona sahen sich gelangweilt an, während sich Wilbert und Petersen in dieses Thema immer mehr verbissen.
Gegen 21 Uhr wurden sie durch das Telefon jäh unterbrochen. Es war der Wirt des „Strandkorbs“. Zarowski spielte an den Automaten und hatte sein letztes Bier bestellt. Die Beamten ließen alles steh'n und liegen. Mona und Gruben bekamen die schusssicheren Westen und dann liefen sie los in Richtung Siedlerstraße. Sie querten die Bahngleise, Mona deutete auf das Bahngelände, das parallel zur Siedlerstraße verlief. Wilbert und Mona sollten sich hier verstecken, während Gruben neben der Eingangstür der Zarowski Wohnung Stellung bezog. Petersen sollte den möglichen Fluchtweg über die Bahngleise in Richtung Bahnhof abdecken. Zu diesem Zweck versteckte er sich hinter einem abgestellten Güterwaggon der Inselbahn. In der nächsten halben Stunde passierte nichts, zu allem Überfluss fing es auch noch zu regnen an. Dann sah Petersen den Scheinwerfer eines Fahrrades aus Richtung Rösingstraße kommen.
Er sprach ein kurzes „Achtung“ in sein Funksprechgerät.

Ohne Zweifel handelte es sich um Zarowski. Die Straßenlaternen am Hindenburgplatz warfen Licht auf sein Gesicht.
„Zielperson mit Fahrrad im Kommen“, gab Petersen durch. Zarowski bog in die Siedlerstraße ein.
Petersen erstarrte, zu früh löste sich Gruben aus dem Schatten des Hauseingangs und ging auf Zarowski zu. Dieser warf sein Fahrrad auf die Straße und flüchtete auf das Grundstück der Inselgärtnerei.
„Zugriff“, brüllte Wilbert in sein Funksprechgerät.
Alle rannten auf die Siedlerstraße, Zarowski war wie vom Erdboden verschwunden. Petersen spurtete in die Straße im Dorfgroden, die parallel zur Siedlerstraße verlief. Hier müsste Zarowski auftauchen, wenn er vom Grundstück der Gärtnerei flüchten würde, aber es tat sich nichts. Mit dem geringen Personal war an eine weiträumige Absperrung nicht zu denken. Petersen fluchte. „Abbruch“, kam auch schon aus dem Funkgerät. Wilbert war vor Wut rot angelaufen.
„Was war das denn für eine Scheiße, Gruben, Sie sind zu früh gewesen." Gruben verteidigte sich:
„Dadurch, dass der mit dem Fahrrad kam, hat er mich sehr früh gesehen, ich musste handeln."
„Das darf alles nicht wahr sein“, schimpfte Wilbert.
Petersen versuchte die Situation zu entschärfen: „Der kommt ja nicht von der Insel. Wir geben morgen die Fotos an Flugplatz und Bahnhof. Der sitzt in der Falle. Irgendwann muss der sich wieder zeigen."
„Irgendwann, das ist ein schwacher Trost“, äffte Wilbert Petersen nach.

Auf dem weiteren Weg zur Wache wurde kein Wort mehr gesprochen. Der augenscheinliche Misserfolg ihrer Aktion machte allen zu schaffen. Die Kommissare aus Wilhelmshaven

verabschiedeten sich auch sofort. Petersen und Mona räumten noch in der Wache auf. Mona verabschiedete sich, sie hatte schwer an diesem Fehlschlag zu knabbern. Petersen konnte sie jetzt nicht trösten. Er schnappte sich seinen Mantel und ging sehr schnell in Richtung Friedrich-August-Straße, sein Ziel war der „Störtebeker." Er hätte genug Grund gehabt, um sich jetzt zu betrinken, aber er brauchte eine Information. Die Kneipe war nur schwach besucht. Die Knobelrunde hatte sich schon aufgelöst. In der ihm eigenen Art wurde Petersen durch den Magister begrüßt:
„Hallo Sheriff, du siehst aus wie ein begossener Pudel. Ist was passiert?"
Petersen nahm ihn beiseite: „Ich muss dich mal eben unter vier Augen sprechen. Ich geh in fünf Minuten zur Toilette, hol dann mal eine Kiste aus deinem Kühlraum."
Der Magister nickte. Petersen wollte dieses kurze Gespräch nicht vor den anderen Gästen führen, es hätte den Magister kompromittiert. Diese Vorgehensweise hatte sich bei ihm eingebrannt, seitdem er mit Informanten aus der Drogenszene in Bremen zusammen gearbeitet hatte. Nach fünf Minuten trafen sie sich im Keller unten im Kühlraum.
„Zarowski ist entwischt. Wo kann der sich außer in seiner Wohnung auf der Insel aufhalten? Ich brauche diese Info bis Morgen. Denk dran der Typ hat dich geschädigt."
„Das brauchst du mir nicht zu sagen. Ich kümmere mich drum", antwortete der Magister, nahm eine Bierkiste und ging wieder nach oben.
Petersen betätigte den Handföhn in der Herrentoilette und kam dann langsam die Treppe wieder hoch. Er bestellte ein Bier, tauschte sich noch kurz über Werder aus und hörte nebenbei, dass morgen eine Trauerfeier für Brigitte Dunker in der Inselschule stattfinden sollte. Er bezahlte sein Bier und

ging ziemlich frustriert in die kalte Novembernacht. Er war bedient.

Mittwoch

Der nächste Tag war wieder ein typisch norddeutscher Novembertag, dichte Bewölkung, leichter Nieselregen. Mona hatte Brötchen geholt, während Petersen den Tisch deckte. Für ihn war klar, dass er die Sache mit Zarowski auf seine Art klären würde. Wilbert hatte sich heute noch kurz abgemeldet, bevor er den frühen Flieger zum Festland genommen hatte. Die Pressekonferenz war nicht ganz unwichtig, um den Druck der Medien auf die Ermittler zu verringern. Schlagzeilen wie die „rätselhafte Tote am Strand" machten sich sehr gut für die Presse. So etwas weckte das Interesse des Lesers in Norddeutschland und befeuerte deren Fantasie. Der Absatz von Inselkrimis, die ja in der letzten Zeit in Mode gekommen waren, würde weiter steigen. Petersen war sehr froh, dass November war, eine solche Tat mitten in der Hochsaison hätte ihre Arbeit immens erschwert. Mona wirkte beim Frühstück sehr einsilbig. Petersen wiederum war froh, dass er heute relativ autonom agieren konnte. Kommissar Gruben würde ihn nicht einschränken, dessen war er sich sicher. Er musste Mona aufrichten. Freundlich sprach er sie an:

„Den Fehlschlag gestern haben Sie nicht zu verantworten. Normalerweise macht man so was mit SEK-Leuten. Das Gelände war zu weitläufig, das hätten wir wissen müssen. Wir kriegen das schon wieder hin. Ich würde Sie bitten, jetzt gleich zum Bahnhof und zum Flugplatz zu gehen und den Angestellten Fotos von Zarowski zu zeigen, damit die uns Bescheid sagen, falls der die Insel verlassen will. Wilbert hat uns heute Morgen noch den Auftrag gegeben, eine neue Vernehmung von Remmers vorzubereiten. Und dann findet

heute in der Inselschule eine Trauerfeier für die Dunker statt, ich denke, da müssen wir hin."
Mona nickte und stand sofort auf, um Kopien von den Zarowski-Fotos zu machen. Petersen räumte den Tisch ab, während Kommissar Gruben die Dienststelle betrat. Petersen informierte ihn kurz über die Anweisung von Wilbert. Mona packte die Kopien in eine Klarsichthülle und verließ das Revier. Kurze Zeit später betrat Harm Gerdes, der Leiter der Feuerwehr, das Dienstzimmer.
„Moin Sheriff, moin Herr Kommissar", er nickte kurz Gruben zu und wandte sich dann wieder an Petersen:
„Unsere Chorprobe fällt heute aus. Sönke hat mich angerufen, er muss die Trauerfeier vorbereiten. Seid ihr schon weiter gekommen?"
„Wir verfolgen mehrere Spuren, mehr kann ich dir noch nicht sagen", murmelte Petersen und drehte seinen Kopf in Richtung Gruben.
Harm Gerdes verstand sofort, warum Petersen sich so bedeckt hielt. Petersen informierte Harm noch kurz über die Fahndung nach Zarowski, vermied es aber von dem gestrigen Desaster zu erzählen. Harm Gerdes verabschiedete sich. Gruben und Petersen waren zum ersten Mal allein. Petersen war sich bewusst, dass Gruben einige Demütigungen durch Wilbert hatte hinnehmen müssen. Er wollte sich weiterhin kollegial verhalten. Von seinen eigenen Erfahrungen aus Bremen wusste er, was herabsetzendes Verhalten von Vorgesetzten mit einem machen konnte.
„Wollen wir gleich noch einmal eine Bestandsaufnahme in Sachen Dunker machen?" fragte Petersen.
Gruben nickte: „Ich versuche gerade eine Zusammenfassung zu machen. Ich brauche noch etwas Zeit."

„Okay, dann so gegen 11 Uhr. Ich denke die Kollegin Behrens ist dann auch wieder da. Ich mache jetzt einen kurzen Streifenrundgang. Ich muss mich mal wieder zeigen. Wir hatten ja im Moment viele andere Sachen an den Hacken“.
Petersen zog seine Jacke an und nahm den Weg über die Anton-Günther-Straße zur Promenade. Der Wind blies ihm stark ins Gesicht, als er auf die See sah. Die Wellen hatten Schaumkronen. Mehrere Schiffe lagen vor Wangerooge auf Reede. Eine Fregatte der Bundesmarine fuhr mit hoher Geschwindigkeit im Wangerooger Fahrwasser Richtung Englischer Kanal. Was stand der Besatzung bevor? Petersen dachte natürlich sofort an einen Anti-Pirateneinsatz vor Somalia. Vor 500 Jahren fuhren hier Hamburger und Bremer Kaufleute ihren Anti-Pirateneinsatz gegen Klaus Störtebeker und Gödeke Michels. Auch damals lagen viele Schiffe auf Reede vor Wangerooge und warteten auf günstigen Wind, um in die Flussmündungen von Elbe und Weser einzulaufen. Und wenn sie Pech hatten, wurden sie von den Piraten angegriffen, die auf die Unterstützung vieler friesischer Häuptlinge zählen konnten. Während Petersen seinen Gedanken nachhing, winkte ihm Gero vom „Strandkorb“ zu. Petersen ging die Stufen zur Kneipe hinauf. Hier wurde sauber gemacht, die Barhocker standen auf der Theke. Aus den Boxen tönte „Sympathy for the Devil“ von den Rolling Stones, ein Lied, welches Petersen immer schon sehr mochte.
„Was hast du für gute Musik an?“ Petersen nickte Gero zu.
„Ich muss das ab und zu haben, das erinnert mich an meine wilde Zeit. Habe die Stones einmal in Bremen und dann noch in Hannover gesehen. Du weißt, damals mit Maffay als Vorgruppe, wo die Tomaten flogen“.

Petersen nickte, auch er war damals im Niedersachenstadion dabei gewesen „und nicht zu vergessen die J. Geils Band als weitere Vorgruppe, die haben richtig eingeheizt."
Gero machte beiden einen Cappuccino und sie setzten sich an den Tisch in der Nische. Nachdem die Musik von ihm leiser gedreht worden war, musste die Frage kommen, der Petersen nicht ausweichen konnte.
„Habt ihr Zarowski gestern noch erwischt?"
Petersen schüttelte den Kopf: „Der ist uns durch die Lappen gegangen. Das ist ein schlauer Hund. Wo außer in seiner Wohnung könnte der sich versteckt halten?"
Gero legte eine kurze Pause ein, antwortete dann aber: „Schwierig, mit 'ner Frau hab ich den hier nie geseh'n. Ich glaube der hatte nur Kontakt mit seinen Mitspielern an den Daddelautomaten, Wilfried Kerner und Hans Manott, aber ob die den verstecken, weiß ich nicht."
Petersen notierte sich die beiden Namen, trank seinen Cappuccino aus und verließ die Kneipe. In der Zedeliusstraße war es wieder menschenleer. Er musste sich beeilen, er wollte nicht zu spät im Revier sein.

Im Dienstzimmer hatte Kommissar Gruben mehrere Flipcharts aufgehängt und die bisherigen Ermittlungsergebnisse zusammengefasst, auch Mona war wieder zurück. Petersen setzte sich zu den beiden. Man servierte ihm einen Kaffee, danach fing Gruben an zu referieren. Auf der Seite der offenen Fragen standen die noch ausstehenden Ergebnisse der Befragungen der Manager von Islandinvest und der Ermittlungen des BKA im ehemaligen RAF Umfeld. Trotz dieser noch ausstehenden Ermittlungsergebnisse waren sich alle drei einig darin, dass das Totschlagszenario eher auf einen privaten Hintergrund hindeutete. Mörder aus der Wirtschaft oder auch aus dem Umfeld der ehemaligen RAF würden nach

Ansicht aller Anwesenden ihr Opfer nicht mit einem Stein erschlagen. Der später untergeschobene RAF-Zettel deutete eher auf ein gezieltes Ablenkungsmanöver. Da die beiden Ermittlungsstränge RAF und Islandinvest nicht in ihren Händen lag, war man einig, sich auf die zweite Vernehmung von Remmers zu konzentrieren. Welche Fragen waren noch offen? Hier übernahm jetzt Petersen das Wort, weil er bei der Vernehmung von Remmers anwesend war.

„Fest steht jetzt, dass Remmers eine Beziehung zu der Dunker hatte und relativ kurz vor ihrem Tod Geschlechtsverkehr mit ihr hatte. Für die Tat hat er ein festes Alibi, die Sitzung des Werkausschusses. Hier dürfte eine Manipulation am Alibi ausgeschlossen sein. Eine für mich wichtige Frage ist, wusste er von der RAF-Vergangenheit seiner Geliebten? Irgendeiner muss davon gewusst haben, sonst wäre nicht nachträglich der Leiche der Zettel untergeschoben worden."
Jetzt schaltete sich Mona ein: „Bei Fremdgehen stellt sich bei mir immer die Frage, ob der Partner davon wusste?"
Petersen überlegte, war sich aber nicht sicher, ob Mona diese Frage nicht vor einem persönlichen Hintergrund stellte. Er wusste viel zu wenig über diese Frau. Dies wollte er ändern. Da jetzt eine Pause entstanden war, schob Petersen diese persönlichen Gedanken schnell zur Seite und mischte sich wieder ins Gespräch ein:
„Eine völlig richtige Überlegung. Wir werden ihn nach seiner Frau fragen müssen."
„Und ob noch jemand anderes außer seiner Frau eventuell von der Beziehung wusste", ergänzte Gruben.
„Und so bitter das für Remmers sein kann, plädiere ich auch für eine Vorladung seiner Frau", schlug Petersen vor.
Alle nickten. Gruben versprach alle Fragen systematisch zusammen zu fassen, während Mona und Petersen die

Trauerfeier für Brigitte Dunker in der Inselschule besuchen wollten.
Nach einer Mittagspause verabredeten sich Mona und Petersen gegen 15:45 Uhr zur Inselschule zu gehen. Zwischenzeitlich versuchte Petersen den Magister zu erreichen. Der war ihm noch eine Information schuldig, aber es meldete sich nur die Mailbox. Wahrscheinlich lag der schlafend auf dem Sofa, dachte Petersen. Auf dem Weg zur Inselschule trafen sie viele Insulaner, die den gleichen Weg hatten. Die Anteilnahme der Bevölkerung am Tod der Lehrerin war groß. Groß war auch das Entsetzen über das Verbrechen. Sicherlich hatte es schon Verbrechen mit Todesfolge auf der Insel gegeben. Aber diesmal hatte es eine durchaus beliebte Lehrerin und Gemeindepolitikerin getroffen und deshalb war den Spekulationen kaum Einhalt zu gebieten. Petersen stereotype Antwort auf solche Spekulationen war immer die Standardformel:
„Wir verfolgen mehrere Spuren."
Man konnte so die Insulaner überzeugen, dass die Polizei ihren Job machte. Der Begriff „mehrere Spuren“ hörte sich in jedem Fall vielversprechend an, war er der Meinung. Nur zu lang konnte man das natürlich nicht durchhalten.

Mittlerweile waren sie an der Inselschule angekommen. Langsam traten die Trauergäste wie bei einer Prozession in die Schulaula ein. Auf der Bühne war ein großes Bild von Brigitte Dunker aufgestellt. Links und rechts von dem Bild waren Blumen und Kerzen dekoriert worden. Rechts auf der Bühne standen Instrumente und Mikrofone. Nachdem sich alle Trauergäste gesetzt hatten, ging Schulleiter Timmsen an eines der Mikrofone. Mit bewegten Worten schilderte er die engagierte Arbeit der Lehrerin an der Schule. Petersen musterte die Anwesenden. Der komplette Gemeinderat war erschienen, das Lehrerkollegium, viele Schüler, die sichtlich damit kämpften, ihre Fassung zu wahren. Petersen nickte kurz Harm Gerdes zu, mit ihm hatte er ja die ganze Suchaktion durchgeführt. Er war ihm eine große Hilfe gewesen.

Nach der Rede des Schulleiters gingen einige Schüler und Sönke Meiners auf die Bühne. In normaler Bandbesetzung spielten sie das Lied *Blowin in the Wind* von Bob Dylan, der Klassiker der Friedensbewegung aus den 60-er Jahren. Petersen bewunderte die beiden Schülerinnen, die das Lied sangen, für ihren Mut vor einer solchen Trauergemeinde ein solch emotionales Lied darzubieten. Nach dem Lied betrat Bürgermeister Depken die Bühne. Er wirkte sehr unsicher, es war ihm anzusehen, dass er sich nicht wohl in seiner Haut fühlte. Schweißperlen zierten sein hochrotes Gesicht. Die Spannung im Saal war mit den Händen zu greifen. Was würde der erklärte politische Gegner der Dunker für Worte wählen? Depken lobte das politische Engagement der Brigitte Dunker, verschwieg aber nicht, dass man zuweilen anderer Meinung über die Gestaltung der Zukunft der Insel gewesen sei. Diese politische Gegnerschaft sei aber nicht ins Persönliche gegangen. Er lobte die politische Integrität der Brigitte Dunker. An diesem Punkt trug er, nach Meinung von Petersen, etwas zu dick auf. Man merkte der Rede an, dass sich hier jemand rechtfertigen wollte. Nach den Worten des Bürgermeisters trug die Schulsprecherin ein Gedicht von Erich Fried, augenscheinlich ein Lieblingsautor von Brigitte Dunker, vor. Es war das Gedicht „Nachhall“ aus der Sammlung der Liebesgedichte von Erich Fried. Als letzter Programmpunkt war noch einmal die Schülerband dran. Diesmal spielten sie von den Rolling Stones *As Tears Go Bye* ein Titel, den auch Marianne Faithfull gesungen hatte. Petersen erinnerte sich daran, dass er in der Wohnung der Dunker auffällig viele

Rolling Stones CDs gesehen hatte. Mit dem Lied war die Trauerfeier beendet. Vor der Schule bildeten sich noch verschiedene Gesprächsgruppen. Petersen bedeutete Mona, dass sie schnell verschwinden sollten. Er befürchtete zu viele Fragen zu den Ermittlungen.
Auf dem Heimweg fragte Mona Petersen: „Warum hat denn hier kein Pastor geredet?“
Petersen schüttelte erstaunt den Kopf: „Ich glaube nicht, dass ehemalige RAF-Mitglieder was mit der Kirche am Hut hatten. Sie haben in dieser Zeit halt noch nicht gelebt, Frau Kollegin“.
„Danke, Herr Oberlehrer“, entfuhr es Mona.
Petersen grinste: „Wichtig für Sie das Fach Politische Bildung auf der Polizeischule. Ich will Sie ja nur fortbilden." Jetzt musste auch Mona grinsen.
Das Diensthandy von Petersen unterbrach ihre amüsante Unterhaltung. Es war der Magister. Petersen ging ein wenig zur Seite. Mona beäugte ihn misstrauisch. Petersen hörte, was der Magister zu sagen hatte:
„Hör zu, Zarowski verkehrt immer mit Hans Manott, der hat einen Garten mit Gartenhaus hinter den Osterdünen, da könnte Zarowski sich aufhalten."
„Wie finde ich den Garten?“ fragte Petersen.
„Da steht ein Fahnenmast und im Moment weht da eine HSV-Fahne, die kannst du denn ja gleich mit kassieren."
„Okay, Danke." Petersen beendete das Gespräch.
Mona, die mit einigem Abstand neben Petersen ging, hatte ein ungutes Gefühl. Was kochte der Sheriff da aus? Petersen vermied es auch tunlichst, Mona über das Gespräch zu informieren. Das war jetzt sein Ding. Er war gewohnt so zu arbeiten, deshalb musste er das jetzt auch so durchziehen. Die verpatzte Festnahme von Zarowski nahm er teilweise auf seine Kappe. Sie hatten elementare Regeln des Polizeihandwerks

missachtet. Bei einer Festnahme durfte der Verdächtige nicht mehr als zehn Meter entfernt sein, nur so könnte man das Überraschungsmoment ausnutzen. Die Kommissare aus Wilhelmshaven hatten sich allerdings auch nicht mit Ruhm bekleckert. Er würde die Sache auf seine Art lösen. Auf keinen Fall durfte er Mona in die Sache reinziehen, dazu war sein Vorhaben zu riskant. Ebenfalls war ihm klar, dass er die Sache heute Abend durchziehen musste. Morgen würde Wilbert wieder auf der Matte stehen und der Fall Dunker würde ihre volle Aufmerksamkeit beanspruchen.

Nachdem sie im Revier angekommen waren, erledigten sie den üblichen Schreibkram. Gruben verabschiedete sich gegen 17 Uhr. Um 17:30 Uhr machten auch Petersen und Mona Feierabend. In einem unbeobachteten Moment steckte Petersen sich einen Lageplan der Insel ein und nahm diesen mit auf sein Zimmer. Die Straße „In den Osterdünen" war ihm zwar bekannt, aber die dahinter liegenden Kleingärten waren ihm bisher noch nicht aufgefallen. Allerdings half ihm die Karte nicht unbedingt weiter. Die Schrebergärten waren nicht verzeichnet. Ihm blieb nichts anderes übrig, als eine Aktion im unbekannten Gelände zu starten und das auch noch bei Dunkelheit. Ihm war durchaus klar, dass er wieder gegen klare Einsatzregeln der Polizeiarbeit verstoßen würde, aber das war ihm in diesem Moment egal. Nachdem er sein Abendbrot verzehrt hatte, spielte er noch etwas Gitarre, aber so recht war er nicht bei der Sache, dauernd sah er auf die Uhr. Zwar war es schon stockdunkel draußen, aber er wollte die Aktion nicht vor 22 Uhr starten. Er stellte die Weckzeit in seinem Handy also auf 22 Uhr und legte sich mit Kopfhörern aufs Bett und nach einer Weile fiel er tatsächlich in eine Art Tiefschlaf, bis ihn das zuckende Licht seines Handys weckte.
Völlig benommen wusch er sein Gesicht mit kaltem Wasser ab

und zog sich die Uniformjacke an. Pistole und Handschellen musste er noch aus dem Dienstzimmer holen, ohne dass Mona etwas davon mitbekam. Auf Zehenspitzen ging er die Treppe runter und schloss das Dienstzimmer auf. Jetzt fiel ihm auch noch ein, dass er eine Taschenlampe mitnehmen sollte. Die Suche nach der Lampe ging leider nicht ganz geräuschlos vonstatten. Er musste einige Schubladen durchwühlen, bis er eine gefunden hatte, die in seine Jackentasche passte. Leise schloss er die Türen wieder zu und ging auf die Straße. Niemand war zu sehen. Um diese Uhr– und Jahreszeit war Wangerooge wie ausgestorben. Über die Kapitän-Wittenberg-Straße gelang er zu den „Osterdünen." Die Straße endete in einem Dünengebiet. Ab hier gab es keine Straßenbeleuchtung. Er konnte die Dünen nur erahnen. Zu diesem Zeitpunkt wollte er die Taschenlampe noch nicht benutzen. Die Gefahr, dass ihn jemand sehen würde, war am vorderen Dünenrand noch sehr groß. Langsam tastete er sich durch den Sand. Das Dünengras war sehr feucht und er musste höllisch aufpassen, nicht auszurutschen. Rechts von ihm erahnte er in etwa 150 Meter Entfernung den Schotterweg, der zur Müllpressstation führte. Die Straßenlaternen waren schon ausgeschaltet, was für sein Vorhaben eher günstig war. Nur, wo war der Einstieg zu den Schrebergärten? Es blieb ihm keine andere Wahl, er musste seine Taschenlampe einschalten.

Halblinks von ihm war das halbrunde, gusseiserne Eingangstor von einem Garten zu erkennen, auch ein weißer Fahnenmast war auszumachen. Langsam tastete er sich am Zaun des Gartens entlang. Die Fahne, die am Mast sehr schlaff herunterhing, war anscheinend blau, aber war es das HSV-Blau? Petersen war verunsichert, ein dunkles Blau war es auf keinen Fall und auch nicht der Ansatz der HSV-Raute war zu erkennen. Als Bremer liebte man diese Fahne in keinem Fall,

aber erkennen würde sie jeder, der Fan vom SV Werder war. Es war demütigend genug, wenn die Hamburger Fans mit ihren Fahnen durch die Bremer Innenstadt zogen. Sehr häufig musste er als Polizist Sonderschichten einlegen, um die beiden Fangruppen, die als äußerst aggressiv galten, zu trennen. Nur ungern erinnerte er sich an seine Ausbildungszeit bei der Bremer Bereitschaftspolizei, wo sie an jedem Heimspielwochenende Dienst rund ums Weser-Stadion tun mussten.
Es half nichts, Petersen schaute sich mehrfach um und leuchtete die Fahne mit seiner Taschenlampe an. Peinlich, wie konnte er nur diese Fahne Griechenlands mit der HSV Fahne verwechseln? Er musste also weiter an den Gartenzäunen entlang laufen, wobei es sich eher um ein vorsichtiges Tasten handelte. Hatte er Schritte hinter sich gehört? Petersen drehte sich um. Aber schnell beruhigte er sich wieder. Schritte auf diesem Gemisch aus Sand und Dünengras würde man nicht hören können. Petersen wartete einen Moment, aber es rührte sich nichts. Wahrscheinlich war er Opfer seiner eigenen Nervosität geworden. Langsam tastete er sich weiter vor. Der nächste Garten hatte zwar auch einen Fahnenmast, an dem aber keine Fahne flatterte. Er ging, ohne das Licht seiner Taschenlampe zu benutzen, einige Schritte weiter. Kalter Schweiß schoss ihm ins Gesicht. In der nächsten Gartenbude war ein Lichtschein zu erkennen. Nur langsam konnte er sich von seiner Schockstarre befreien. Aber, was hatte er erwartet? Wenn Zarowski in einer der Buden war, würde er auch Spuren hinterlassen. Ärgerlich über sich selbst ging er langsam bis zum Gartentor der betreffenden Parzelle vor. Er umklammerte verkrampft den Zaun, kalt lief es ihm über den Rücken, am Fahnenmast flatterte die Fahne mit der schwarzen Raute, die weiße Umrahmung und dann die typische blaue Farbe. Er war

am Ziel! Selten hatte die HSV Fahne ihn derart in Unruhe versetzt. Durch tiefes Atmen versuchte er sich zu beruhigen. In den Garten reinzukommen würde kein Problem sein, aber wie Zarowski aus der Bude locken? Mit einem richtigen Einsatzkommando wäre das kein Problem gewesen. Wenn Zarowski nicht freiwillig herauskommen sollte, würde man mit einem Rammbock die Tür öffnen, Nebelkerzen werfen usw. Aber er war allein und ihm wurde das Risiko klar, das er mit dieser Soloaktion einging, von den möglichen disziplinarischen Folgen ganz zu schweigen, aber dies war ihm in diesem Moment egal.

Ohne auch nur ein Geräusch zu machen, überkletterte er den Gartenzaun. Die Bude hatte eine Holzeingangstür ohne Fenster, an den beiden Seiten waren kleine Fenster zu erkennen, aus denen der Lichtschein kam. Langsam nahm er seine Waffe aus dem Holster und entsicherte sie. Ihm blieb nichts anderes übrig. Er musste sich als Polizist zu erkennen geben, alles andere wäre falsch und hätte ihn den Job gekostet. Er atmete kurz durch und pochte dann sehr laut an die Eingangstür der Gartenbude:
„Hier ist die Polizei", rief er mit lauter Stimme, „kommen Sie langsam mit erhobenen Händen raus!"
Es war kein Laut zu hören, aber das Licht in der Bude wurde gelöscht, das war kein gutes Zeichen. Petersen trat wieder näher an die Parzellentür heran und wiederholte seine Aufforderung an Zarowski, mit erhobenen Händen rauszukommen. Die Taschenlampe anzumachen verbot sich von selbst, er wollte auf keinen Fall in diesem Dunkel eine Zielscheibe abgeben. Langsam ging er rückwärts von der Tür zurück. In diesem Moment nahm er rechts von sich einen Schatten wahr, diese Wahrnehmung kam zu spät. Er hörte das Klicken einer Revolversicherung und ein schmerzhafter Tritt

in die Seite brachte ihn zu Fall. Er umklammerte seine Waffe und versuchte sich am Boden zu drehen, aber schon spürte er einen kalten Pistolenlauf an seiner Schläfe.
„Lass deine Waffe los, Bulle“, wurde er angeherrscht.
Petersen löste seine Finger von der Waffe. Er war überrumpelt worden. Zarowski musste durch einen Hinterausgang oder durch ein anderes Fenster unbemerkt aus der Bude rausgekommen sein. Plötzlich wurde die Szenerie durch einen Taschenlampenkegel hell erleuchtet. Eine schneidende Frauenstimme schrie in die Stille der Dünenlandschaft:
„Polizei, Waffe weg Zarowski, sonst schieße ich!“
Zarowski war so perplex, dass er sich von Petersen wegdrehte. Blitzschnell zog Petersen mit beiden Armen an Zarowskis Beinen, so dass dieser zu Fall kam. Mit seinem gesamten Körper begrub er Zarowski unter sich und konnte so seine Waffe ergreifen. Zwei Handschellen wurden ihm gereicht. Zarowski leistete keine Gegenwehr mehr. Langsam richtete Petersen sich auf und sah in das schöne Gesicht von Mona. Am liebsten hätte er sie jetzt umarmt, aber beide mussten Zarowski im Auge behalten. Er hatte in diesem Moment viele Fragen im Kopf, wie war sie hierher kommen? Woher hatte sie von seinem Vorhaben gewusst? Alles das musste jetzt warten. Hauptaufgabe war erst einmal, Zarowski möglichst ohne Zwischenfälle in die Dienststelle zu bringen. Mona bewachte Zarowski, während Petersen die Gartenbude durchstöberte.
Auf den ersten Blick war hier nicht viel zu finden. Eine gründliche Durchsuchung würde man bei Tageslicht durchführen. Er verriegelte die Bude und steckte die Schlüssel ein. Auf Vorschlag von Petersen gingen sie den überschaubareren Weg über die Müllpressstation. In dem relativ unwegsamen Dünengelände konnte ihnen Zarowski leichter entwischen, obwohl dieser einen ziemlich

niedergeschlagenen Eindruck machte. Er trottete mit gesenktem Kopf zwischen Petersen und Mona. Er hatte sich wie der sichere Sieger gesehen und war von der blonden Polizistin total überrumpelt worden. Sein Widerstandsgeist war gebrochen. Als sie in die Friederich-August- Straße einbogen, durchbrach Zarowski das Schweigen:
„Wo kamen Sie bloß her, ich dachte, der macht das Ding hier alleine?“
Mona warf Petersen einen strengen Blick zu: „Solche Einsätze machen Polizisten nie alleine, das ist von der Dienstvorschrift gar nicht erlaubt. Der Kollege Petersen war nur die Einsatzspitze, ich war die Absicherung."
„Gutes Team“, murmelte Zarowski. Petersen senkte seinen Blick, er wagte es in diesem Moment nicht, Mona ins Gesicht zu sehen. Ihre Kritik lag auf der Hand und sie hatte ja auch Recht. Er wollte sie nur nicht als Berufsanfängerin in eine solche Aktion treiben, die für ihre Karriere absolut hätte schädlich sein können. Mit ihrer Interpretation des Einsatzes hatte sie schon die vermeintlichen Formulierungen des Einsatzberichtes, die ihm den Arsch retten würden, vorweg genommen. Er stand dieser Frau gegenüber in einer tiefen Schuld und wusste nicht, wie er diese begleichen konnte. Während er seinen Gedanken nachhing, waren sie in der Charlottenstraße angekommen. Zarowski musste Hosengürtel und Schnürsenkel abgegeben, danach wurde er in die Arrestzelle gesperrt.
Telefonisch informierte Petersen das Lagezentrum in Wilhelmshaven und bat um die Abholung des Gefangenen am nächsten Tag. Mit etwas Widerwillen nahm er die Glückwünsche des Kollegen aus Wilhelmshaven entgegen. Nachdem er aufgelegt hatte, ließ er sich in seinen Stuhl fallen. Die ihm gegenüber sitzende Mona sagte kein Wort. Petersen

empfand diese Stille als unerträglich. Unausgesprochene Vorwürfe standen im Raum. Er begann zu schwitzen, langsam zog er seine total verdreckte Uniformjacke aus. Wie sollte er beginnen? Dass er etwas sagen musste, war klar. Aber wie die richtigen Worte gegenüber dieser Frau, der er so viel zu verdanken hatte, finden. Er blickte recht unterwürfig in ihre Augen und stammelte: „Danke!“
Kühl kam die Antwort: „Geschenkt!“
„Ich wollte Sie da nicht mit reinziehen, Sie sind in der Ausbildung“, begann er sich zu rechtfertigen, „den ersten Einsatz gegen Zarowski habe ich mit verbockt, ich wollte das wieder grade biegen.“
„Aber doch wohl nicht so, Herr Kollege“ kam es eisig zurück, „das hier heute Abend wäre voll in die Hose gegangen, warum haben Sie so wenig Vertrauen zu mir? Mache ich hier eine so schlechte Arbeit?“
Petersen schüttelte den Kopf, kleinlaut antwortete er: „Im Gegenteil, bei einem Misserfolg wären Ihre vielversprechenden Karriereaussichten zunichte gemacht worden. Sie sind eine tolle Polizistin, das wäre aber dann schnell vorbei gewesen.“
„Und Sie hätten das nächste Diszi kassiert, wo hätte das denn geendet, in der Aktenablage von Rhauderfehn?“ kam es bissig zurück.
„Das hätte passieren können, stimmt, aber meine Laufbahn ist mit den Ereignissen in Bremen vorbei, um mich geht es hier nicht."
„Bloß nicht so viel Selbstmitleid“, ereiferte Mona sich, „Sie machen hier auf der Insel eine tolle Arbeit, warum setzen Sie das alles aufs Spiel? Die Insulaner beginnen Sie zu mögen, Sie haben sich mit ihrer Musik toll integriert, wollten Sie das alles wegwerfen?“

Diesem emotionalen Druck konnte Petersen kaum standhalten, er musste mit den Tränen kämpfen. Mona ließ aber nicht locker, dieser sture Hund soll ruhig mal Emotionen zeigen, dachte sie.
„Wenn wir beide das von Anfang an zusammen gemacht hätten, wäre da 'ne saubere Polizeiaktion rausgekommen oder?"
Petersen nickte. Die Situation war für ihn unerträglich, das alles vor einer Polizeianwärterin, zu der er sich ohne Zweifel hingezogen fühlte, aber er sah sich nicht in der Lage diesen Emotionen freien Lauf zu lassen. Er fühlte sich gefangen in seiner Rolle und in seinem männlichen Selbstverständnis.
"Eine Frage noch, woher wussten Sie ....?"
„Ja, wie wohl", unterbrach Mona ihn, „Sie tapern hier nachts in der Dienststelle rum, hauen ab mit Waffe und Uniform, da war mir schon klar, dass Sie nicht saufen gehen. Ihr Busenfreund, der Magister, hatte mehr Vertrauen zu mir als Sie, der hat mir ein paar Tipps gegeben, wo ich Sie wahrscheinlich finden könnte. Bei dem können Sie sich auch gleich bedanken. So jetzt habe ich keine Lust mehr. Morgen formuliere ich einen schönen Einsatzbericht von einer perfekten Festnahme durch zwei fähige Beamte."
Bei diesen Worten erhob sie sich. Auch Petersen stand auf, wie ferngesteuert, ging er auf sie zu und nahm sie in die Arme. Mona leistete keine Gegenwehr, ungefähr 30 Sekunden standen beide eng umschlungen im Dienstzimmer. Obwohl er die Situation genoss, erschrak Petersen über sich selbst. Schweigend lösten sie sich aus der Umklammerung. Ohne ein weiteres Wort zu sprechen, gingen beide in ihre Dienstwohnungen, die nur wenige Meter nebeneinander lagen.

Donnerstag

Als Mona am nächsten Morgen das Dienstzimmer betrat, glich der Schreibtisch von Petersen einem Frühstücksbuffet. Er hatte extra die für die Insel berühmten Seelenbrötchen gekauft, weil er wusste, dass Mona diese Brötchen liebte. Petersen war gerade damit beschäftigt zwei belegte Brötchen auf ein Tablett zu legen und einen Pott Kaffee fertig zu machen.

„Wir müssen ja unseren Gefangenen versorgen", murmelte er in Richtung Mona, „sonst gibt es nachher Beschwerden wegen Gefangenenmisshandlung."

Mona, die diese Bemerkung für nicht sehr witzig hielt, schüttelte nur ihren Kopf. „Wieder ganz der Alte, Herr Kollege."

Petersen spürte, dass seine ironische Bemerkung nicht gut ankam und wurde sofort dienstlich.

„Bitte begleiten Sie mich zur Arrestzelle, wenn ich ihm das Frühstück bringe, ich möchte keinen Fehler machen. Ich habe meine Lektion gelernt."

Diesmal grinste Mona ihn freundlich an: „Okay, dann gehen wir zu ihm. Ich nehme das Tablett, damit die traditionelle Rollenverteilung gewahrt bleibt."

Jetzt mussten beide lachen. Sie gingen in den Seitentrakt des Polizeireviers, in dem sich drei Arrestzellen befanden, die aber nur selten benutzt wurden, wie Onno Siebelts Petersen erzählt hatte. Manchmal mussten volltrunkene Kontrahenten einer Kneipenschlägerei zur Beruhigung in die Zellen gebracht werden. Dieses Phänomen trat laut Onno vor allem in den Wintermonaten auf, wenn man auf der Insel unter sich war

oder Handwerker das große Wort in den Kneipen führten. Zarowski lag noch auf dem Zellenbett, als Petersen die Zelle aufschloss, dann trat er zur Seite und Mona stellte das Tablett auf den Zellentisch, Petersen hatte bei dieser Aktion seine Hand an seiner Dienstwaffe. Zarowski machte aber eher einen gebrochenen Eindruck, sein Widerstandsgeist schien gebrochen, sogar ein höfliches „Danke" kam aus seinem Mund.
„Sie werden heute noch aufs Festland gebracht. Wann das genau sein wird, wissen wir noch nicht. Wir sagen rechtzeitig Bescheid", belehrte Petersen Zarowski, als er die Zelle wieder zuschloss.

Im Dienstzimmer angekommen, begannen jetzt Petersen und Mona mit ihrem Frühstück, das morgendliches Ritual, welches beide ja so liebten. Nach den Vorfällen der gestrigen Nacht mochte sich aber nicht so recht eine Unterhaltung entwickeln. Beide hatten augenscheinlich Schwierigkeiten das emotionale Ende der Nacht zu deuten und zu verarbeiten. Petersen vermied es Mona direkt anzusehen, aber auch sie rührte ständig in ihrem Kaffee, obwohl sie ihn immer schwarz trank. Als das Telefon klingelte, waren beide sichtbar erleichtert. Kommissar Gruben meldete sich aus seiner Pension und teilte ihnen mit, dass er Kommissar Wilbert um 10:15 Uhr vom Flughafen abholen würde. Sie kämen dann direkt in die Polizeistation. Petersen entschloss sich, Gruben über die Festnahme von Zarowski zu unterrichten. Dieser reagierte verärgert, wie es Petersen befürchtet hatte.
„Warum haben Sie mich nicht informiert, so etwas mit der Kollegin Behrens alleine durchzuziehen, war sehr riskant", ereiferte sich Gruben.
„Wir hatten überraschend einen Tipp bekommen und mussten schnell handeln", rechtfertigte Petersen sich. Dabei war ihm klar, dass Gruben ihm nicht glaubte.

Dieser beendete das Gespräch mit der Bemerkung: „Hauptsache, wir haben ihn."
Petersen ließ erleichtert das Telefon in die Ladestation rutschen. „Er hat es erst mal geschluckt, mal sehen, was nachher noch kommt."
Mona hatte sich an ihrem PC das Berichtsformular aufgerufen. „Bis die beiden kommen, bereite ich schon einmal den Bericht von gestern vor, okay?"
Petersen nickte. Er wusste, dass nur sie diesen Bericht schreiben konnte, er begab sich damit in ihre Obhut, ihm war aber klar, dass er nach gestern keine andere Wahl hatte. Kurze Zeit später meldete sich die Wasserschutzpolizei Wilhelmshaven. Mit auflaufendem Wasser würde das Wasserschutzboot „Wilhelmshaven" gegen 14 Uhr den Hafen Wangerooge anlaufen, um den Gefangenen Zarowski zu übernehmen. Jetzt musste Petersen nur noch den Transport zum Hafen organisieren. Wie immer fiel ihm in einer solchen Situation Harm Gerdes ein, sie waren ein gutes Team. Harm sicherte ihm zu, mit dem Rover gegen 13:30 Uhr zur Polizeistation zu kommen. Mona bat er nach Fertigstellung des Berichts, noch einmal einen Blick in die Gartenbude zu werfen. Mona nickte, „ich gehe jetzt gleich, für meinen Bericht ist es wichtig, dass ich mir die Örtlichkeiten mal bei Tageslicht ansehe."

Nachdem Mona gegangen war, atmete Petersen kurz durch. Er stand immer noch unter dem Eindruck der Ereignisse der gestrigen Nacht, ein starkes Gefühl gegenüber Mona war nicht zu leugnen, aber er wusste nicht, was er damit anfangen sollte. Sie war seine Auszubildende, sie war viel zu jung und somit war jeder Gedanke, der auf eine Perspektive hinauslief, wegzuschieben. Rational war ihm das alles klar, doch sein Bauchgefühl bereitete ihm große Schwierigkeiten. Er nahm seine Jacke und entschied sich für einen Rundgang, um seinen Kopf frei zu bekommen.

Langsam ging er die Anton-Günther-Str. zur Promenade hinauf. Die ersten Bauarbeiten für die neuen Appartementhäuser hatten begonnen, jetzt war es nur noch eine Frage der Zeit, bis auch die Promenade selbst bebaut wurde. Brigitte Dunker hatte nicht nur ihr Leben verloren, sondern auch ihren politischen Kampf. Als er die Promenade erreicht hatte, lief ihm Bürgermeister Depken über den Weg. Diese Begegnung hätte Petersen sich gerne erspart, aber diesmal war es keine Feindschaft, die ihm entgegenschlug. Depken klopfte ihm anerkennend auf die Schulter:
„Gratulation Petersen, endlich haben Sie mal einen erwischt, die ganze Insel spricht schon davon, das schafft Vertrauen in die Polizei!“
Petersen bedankte sich für das Lob und suchte schnell das Weite. Das hatte ihm noch gefehlt, dass er für diese, in seinen Augen verpatzte Aktion, Lob und Anerkennung bekam. Nur Mona hatte diese Anerkennung verdient, doch durfte man das nicht öffentlich machen.

Die Nordsee trug an diesem Vormittag Schaumkronen, Petersen schätzt den Wind auf Stärke 5 bis 6 Beaufort. In der Ferne konnte er sehen, wie das Lotsenboot den Lotsen auf einen Containerfrachter absetzte. Er bewunderte es immer wieder, wie die Lotsen die Jakobsleiter an der Schiffswand dieser Riesenschiffe hochkletterten. Die frische Seeluft tat ihm gut. Heute würden sie sich wieder dem Fall Dunker zuwenden, das war auch dringend nötig. Hier waren sichtbare Erfolge vonnöten. Er war gespannt, welche neuen Erkenntnisse Wilbert vom Festland mitbringen würde. Auf Grund der unangenehmen Begegnung mit dem Bürgermeister entschied

er sich nicht in die Zedeliusstraße einzubiegen, sondern die Anton-Günter-Straße wieder zurück zu gehen. Er hatte keine Lust für eine Aktion gelobt zu werden, die für ihn kein Ruhmesblatt war. Unten an der Friedrich-August-Straße angekommen, traf er auf Mona, die gerade vor dem Neubau der Feuerwehr stand und diesen aufmerksam musterte.
„Wollen Sie zur Feuerwehr überwechseln, das wäre aber schade für die Polizei?“ sprach er sie von hinten an. Etwas irritiert drehte Mona sich um und lachte ihn an.
„Keine Angst, ich bleib bei unserem Verein. In der Bude habe ich übrigens nichts Auffälliges gefunden. Der Besitzer, der Manott war da und hatte Schiss, dass er in die Sache mit reingezogen wird. Ich habe ihm gesagt, dass er sicherlich noch von uns hören wird."
Petersen nickte. „Bin gespannt, was Wilbert uns heute mitbringt? Der Dunker-Fall muss wieder in den Mittelpunkt. Ich möchte hier bald wieder Ruhe haben."
Mona blickte ihn erstaunt an: „Können Sie denn mit Ruhe umgehen?“
„Ich glaube schon. Ich habe genug Aufregungen in meinem Leben gehabt."
So recht mochte er aber seinen eigenen Worten selber nicht glauben.

Schweigend gingen beide den Rest des Wegs zur Wache. Petersen ging direkt zur Arrestzelle durch und informierte Zarowski darüber, dass es heute Mittag ans Festland ging. Dieser nickte nur abwesend und legte sich wieder auf seine Pritsche. Petersen reichte ihm noch eine Flasche Mineralwasser, bevor er das Dienstzimmer betrat. Mona hatte wieder begonnen den Bericht weiterzuschreiben und Petersen überflog noch einmal die Flipcharts zum Fall Dunker. Eine Frage begann ihn zu beschäftigen. Wenn Remmers für den

Tatzeitraum ein lupenreines Alibi hatte, konnte er aber der Kapuzenmann am Strand gewesen sein? Von der Statur her hätte er es ohne Zweifel sein können. Er schrieb eine entsprechende Notiz auf die Wandzeitung. Mona war mit ihrem Bericht vom nächtlichen Einsatz fertig und schob das Papier auf den Schreibtisch von Petersen. Ohne das Papier eines Blickes zu würdigen, schob er es wieder zurück zu Mona.

„Ich korrigiere das nicht, Sie werden alles vernünftig geschrieben haben. Ich begebe mich in Ihre Hände." Bei den letzten Worten grinste er etwas gequält.
Mona funkelte ihn böse an: „Und wenn ich nun Blödsinn geschrieben habe, Sie können doch nicht einfach einer unerfahrenen Auszubildenden vertrauen."
Petersen sah sie ernst an: „Dass ich Ihnen vertrauen kann, habe ich letzte Nacht eindrucksvoll erfahren. Lassen Sie es gut sein, für mich sind Sie keine Auszubildende mehr."
Mona errötete und senkte ihren Blick. Sie empfand diese Äußerung von ihrem Vorgesetzten wie einen Ritterschlag, hatte aber Schwierigkeiten damit umzugehen. Meinte er das ernst oder war das wieder seine komische Ironie? Diese Frage blieb für Mona unbeantwortet im Raum stehen, als die Kommissare Wilbert und Gruben das Dienstzimmer betraten.

Wilbert schleuderte ihnen ein lautes „Moin“ entgegen. Er schien gute Laune zu haben. „Und was ist mit Tee?“ äffte er die Werbung einer ostfriesischen Teemarke nach. „Lagebesprechung, es gibt viel zu bereden." Bei diesen Worten zauberte er eine Platte Butterkuchen aus seiner Tasche. Petersen begann Tee zu machen und Mona verteilte den Butterkuchen auf die Teller.
„Vielleicht sollten wir unserem Gefangenen auch was abgeben? Ein Mittagessen wird er heute nicht bekommen“, schlug Mona

vor.
Wilbert nickte. „Das war ja ein Ding, was Sie beide da abgezogen haben. Gruben hat es mir erzählt. Für meinen Geschmack etwas zu riskant, aber es zählt, was hinten rauskommt. Geben Sie mir mal den Bericht."
Er schob den Bericht zu Wilbert und ging dann, ohne Blickkontakt zu Petersen, mit dem Kuchen zur Arrestzelle.
Nach kurzer Lesepause meldete sich Wilbert wieder:
„Na, ja so riskant war es ja auch nicht. Sie haben sich ja gegenseitig gut abgesichert, wie aus dem Lehrbuch der Polizeischule."
Petersen wäre bei diesen Worten beinahe die Teekanne aus den Händen geglitten. Mona musste fürchterlich übertrieben haben. Jetzt ärgerte er sich, den Bericht nicht vorher durchgelesen zu haben. Ohne auf das Lob von Wilbert einzugehen, unterrichtete er ihn, wie Zarowski heute aufs Festland geschafft werden sollte.
Wilbert nickte und schaute auf die Uhr, „dann haben wir noch etwas Zeit für unsere Lagebesprechung. Ich möchte kurz über meinen Festlandsaufenthalt berichten und dann sollten wir die nächsten Schritte abstimmen."
Sie warteten noch kurz auf Mona, dann legte Wilbert los:
„Vor der Pressekonferenz gestern hat das BKA Kontakt zu mir aufgenommen. Sie haben alle möglichen ehemaligen Kontaktpersonen der Dunker aus der RAF-Szene überprüft. Es gibt null Hinweise auf eine späte Abrechnung, auch wird die Bedeutung der Dunker nicht sehr hoch angesiedelt. Sie gehörte nicht zu der ersten Garde der RAF. Dagegen hat ja der Jürgen Peter Boock viel mehr über ehemalige Tatvorgänge in Büchern und Talkshows berichtet, der ist aber unseres Wissens nie behelligt worden. Die anderen haben ja meist ihre Strafen abgesessen, aber nie öffentlich über Tatvorgänge gesprochen.

Der Buback-Sohn hat doch alle aufgefordert ihr Schweigen zu brechen, bisher ohne Erfolg. Also alles das deutet daraufhin, dass es keinen RAF-Hintergrund für unseren Fall gibt. Na ja, Hintergrund schon, aber mit Racheszenarien sollten wir uns nicht beschäftigen. Wir haben dann das so auch auf der Pressekonferenz verkauft. Ich kann nur hoffen, dass die Presse uns damit jetzt zufriedenlässt. Für uns alle gilt, keine Statements gegenüber Journalisten, immer den Hinweis auf die Pressestelle in Wilhelmshaven bringen. Okay, das war das! Über den Stand der Ermittlungen haben wir nichts gesagt, aus „ermittlungstaktischen Gründen", die Nummer kommt immer gut. Die Kollegen in Köln haben eine Vernehmung der Islandinvest-Mitarbeiter noch nicht vorgenommen, das wird aber in dieser Woche noch laufen. Wir konzentrieren uns jetzt auf das Wangerooger Umfeld Remmers/Dunker. Was sind unsere nächsten Schritte?" fragend blickte Wilbert in die Runde. Petersen räusperte sich und tippte mit seinem Zeigefinger auf seine letzte Eintragung auf dem Flipchart:
„Wusste Remmers was über die RAF- Vergangenheit von Dunker? Wenn ja, kann er der Kapuzenmann sein?"
„Okay", mischte sich Wilbert wieder ein, „Remmers muss unser Schwerpunkt sein, er war der Geliebte der Dunker."
„Was ist mit der Ehefrau?" warf Mona ein, „bei Seitensprüngen gibt es immer auch eine Betrogene oder einen Betrogenen, wusste sie was von den Eskapaden ihres Mannes? Ich kann mir schlecht vorstellen, dass so etwas auf einer so kleinen Insel geheim bleibt. In einer Großstadt ist das sicherlich anders."

Petersen beobachtete Mona bei ihren Ausführungen. Hatte sie selbst schon solche Erfahrungen gemacht? Es hörte sich fast so an. Irgendwann würde er sie danach fragen, nahm er sich vor.

„Gut“, unterbrach Wilbert Petersens Gedanken, „Remmers und Ehefrau sind unsere nächsten Kunden. Gruben machen Sie bitte Termine möglichst noch für heute Nachmittag, wenn die Kollegen Petersen und Behrens Zarowski weggebracht haben. Pause, ich muss mal in die Pension. Gruben informiert uns über die Termine heute Nachmittag per Handy."
Mit diesen Worten erhob sich Kommissar Wilbert, nahm seine Tasche und verließ das Revier. Gruben hängte sich ans Telefon. Petersen und Mona blieb nichts anderes übrig, als sich mit dem Abwasch des Kuchengeschirrs zu beschäftigen. Wortlos verrichteten sie den Abwasch, bis das Plärren des Funkgeräts ihre Aufmerksamkeit auf sich zog. Das Wasserschutzboot hatte im Hafen festgemacht. Petersen schaute auf die Uhr. Es lohnte sich nicht mehr Harm Gerdes anzurufen, der würde sowieso in einer Viertelstunde kommen. Mona und er gingen zur Arrestzelle. Zarowski saß ziemlich zerknittert auf seiner Pritsche. Den Butterkuchen hatte er vollständig aufgegessen.
Als Petersen ihm die Handschellen anlegen wollte, protestierte Zarowski: „Muss das sein?“
„Ja, das muss sein. Ich will kein Theater mehr“, konterte Petersen ziemlich barsch.
Mit einem lauten Hupen kündigte sich Harm Gerdes mittlerweile an. Petersen und Mona nahmen Zarowski in die Mitte und geleiteten ihn so zum Feuerwehr-Rover.
Harm grinste: „Die rote Minna ist dienstbereit."
Sie verfrachteten Zarowski auf die Rückbank. Petersen setzte sich neben ihn, während Mona vorne Platz nahm. Harm startete das Feuerwehrfahrzeug.
„Soll ich das Blaulicht einschalten, Sheriff?“ lachte er.
„Untersteh dich“, kam es von der Rückbank.
„Die ganze Insel ist begeistert von dieser Festnahme“, nahm Harm die Unterhaltung wieder auf, „da wird euch beim

Magister so manches Jever ausgegeben werden, schätze ich."

Petersen konnte es nicht mehr hören, er fühlte sich nicht wohl in seiner Haut und er war Mona sehr dankbar, als diese sich nach der Sollstärke der Freiwilligen Feuerwehr erkundigte. Harm berichtete von den Schwierigkeiten Nachwuchs zu rekrutieren und dass man rechtlich sogar die Möglichkeit habe, zwangsweise Insulaner zum Feuerwehrdienst zu verpflichten. Vor ihnen fuhr Bodo vom Gepäckdienst, der sein Zuhause im Westen nahe des Bünder Schullandheims hatte.

„Jetzt wollen wir Bodo mal in Trapp bringen, die alte HSV-Lusche“, lachte Harm laut.
Er schaltete Blaulicht und Sirene an. Und tatsächlich fuhr Bodo seinen E-Karren rechts ran und machte dem Feuerwehrfahrzeug Platz. Harm gestikulierte und auch Bodo schwang seine Faust.
„Das musste sein, Entschuldigung Sheriff“, prustete Harm, der sich immer noch nicht beruhigen konnte.
„Ihr seid richtige Kinder, man merkt, dass ihr um diese Jahreszeit nicht ausgelastet seid“, warf Petersen ein.
Mittlerweile waren sie am Westturm angekommen und bogen rechts zum Hafen ab. Die Aufbauten des Wasserschutzbootes waren schon deutlich zu erkennen. Die Salzwiesen im Deichvorland waren überflutet. Das Hochwasser schien heute etwas höher zu kommen. Harm schloss die Tür zum Hafen auf und fuhr direkt mit dem Rover zum Schiff. Dort wurden sie schon von drei Wasserschutzbeamten erwartet. Zarowski wurde den Beamten übergeben. Nachdem Zarowski unter Deck verschwand, schmissen die Wasserschutzleute schon ihre Leinen los, um möglichst schnell nach Harle zu kommen. Danach wollten sie sofort nach Wilhelmshaven weiter fahren. Man winkte sich noch kurz zu, als das Schiff im Hafen drehte.

Petersen, Mona und Harm machten sich auf den Heimweg. Auf der Fahrt wurde recht wenig gesprochen. Augenscheinlich genossen alle drei die Ruhe und die Aussicht während der Fahrt. Die Straße zum Westen führte am Dünenrand entlang und man konnte zur anderen Seite sehr gut das Wattenmeer mit den vorgelagerten Salzwiesen beobachten. Harm war es, der die Stille unterbrach:

„Sönke wird wohl demnächst einen neuen Übungstermin ansetzen und danach plant er einen ersten Auftritt als Testlauf für die neue Saison."

„In den letzten Tagen hat die Musik bei mir keine Rolle gespielt", antwortete Petersen, „ich muss mir die Sachen bald mal wieder vornehmen. Ich bin abends jetzt immer so kaputt."

„Kein Wunder", lachte Harm Gerdes, „wenn du nachts auf Verbrecherfang gehst."

Mona grinste Petersen an, dieses leicht spöttische Lächeln war für ihn nur schwer zu ertragen. Mittlerweile war man wieder am Polizeirevier angekommen. Petersen bedankte sich bei Harm.

Im Revier wartete schon Kommissar Gruben mit den neuen Vernehmungszeiten. Er hatte um 16 Uhr Remmers bestellt und eine Stunde später seine Ehefrau Angela. Petersen schaute auf die Uhr. Sie hatten noch etwas Zeit. Die bleierne Müdigkeit war noch immer in seinem Körper drin. Er entschuldigte sich und ging in seine Wohnung, um sich noch kurz aufs Ohr zu legen. Im Revier war mittlerweile Kommissar Wilbert wieder eingetroffen und man beriet, wer die Vernehmungen durchführen sollte.

„Ich schlage vor, Petersen und ich übernehmen Remmers", Wilbert sah in das entsetzte Gesicht von Gruben, der sich wieder einmal übergangen fühlte, „abwarten Kollege Gruben, Sie übernehmen mit Kollegin Behrens Ehefrau Remmers. In

dieser Sache halte ich es für unabdingbar, dass eine Frau dabei ist, okay?“
Grubens Gesicht hellte sich auf und auch Mona fühlte sich geehrt, dass sie als Anwärterin zu einem Vernehmungsteam gehören sollte.
„Wo ist eigentlich Petersen?“ fragte Wilbert in den Raum.
„Der ist kurz in seine Wohnung gegangen“, erklärte Mona.
„Na ja, war für ihn ja wohl auch sehr anstrengend die letzte Nacht. Können Sie ihn holen?“
Mona nickte und ging nach oben. Sie klopfte zweimal an die Wohnungstür, keine Reaktion, auch nach wiederholtem Klopfen regte sich nichts. Mona drückte die Klinke der Wohnungstür nach unten, die Tür war nicht verschlossen. „Hallo Kollege Petersen“, rief sie in die Wohnung.

Langsam tastete sie sich vor. Im Wohnzimmer angelangt, fand sie ihn, zusammengerollt wie ein Kleinkind, schlafend auf dem Sofa. Kerl wie ein Baum und dann dieses Bild, dachte Mona und musste lächeln. Fast zärtlich strich sie Petersen über die eine Schulter:
„Aufwachen Kollege Petersen, wir warten auf Sie!“
Petersen schreckte hoch, etwas benommen sah er Mona vor sich. Die Situation war ihm sichtlich peinlich. Er sprang sofort hoch, stürzte ins Badezimmer und rief:
„Komme sofort, gehen Sie schon mal wieder nach unten."
Mona schüttelte mit dem Kopf und ging langsam die Treppe zum Revier hinunter. Dieser Mann war ihr ein Rätsel, Macho-Gehabe, „Lonesome Rider“ Image und dann dieses Bild.

Petersen brauchte nicht lange, um sich frisch zu machen, dankbar nahm er den Kaffee an, den Mona ihm anbot. Es wurden kurze Verabredungen über die anstehenden Vernehmungen getroffen.

Pünktlich um 16 Uhr betrat Lehrer Jens Remmers die Dienststelle des Polizeipostens Wangerooge. Mona und Gruben gingen ins Nebenzimmer. Dankbar nahm Remmers das Angebot an, einen Kaffee zu trinken. Er wirkte sehr angespannt und konzentriert. Wilbert machte ihn mit den Formalien vertraut und betonte, dass er nicht als Beschuldigter, sondern als Zeuge vernommen werden würde. Dieser Tatbestand ergab sich aus dem lückenlosen Alibi, welches er für die Tatzeit hatte.
„Trotzdem haben wir einige Fragen hinsichtlich Ihrer Beziehung zu Frau Dunker“, eröffnete Wilbert die Vernehmung.
„Wie lange ging Ihre Beziehung zu Frau Dunker?“
Remmers überlegte nicht lange: „Von Beziehung zu sprechen ist übertrieben. Wir haben im Gemeinderat eng als Fraktionsmitglieder zusammen gearbeitet. Intim sind wir erst miteinander vor drei Monaten geworden, wenn ich das so ausdrücken darf. Wir standen hier sehr unter politischem Beschuss und sowas schweißt zusammen, auf einer so kleinen Insel ist das nicht so einfach diesem Druck standzuhalten und als Lehrer ist man sowieso vielerlei Vorurteilen ausgesetzt. Die gängige Meinung ist hier, dass Lehrer nichts in der Gemeindepolitik zu suchen haben. Das Problem ist natürlich anders als in der Großstadt, hier unterrichten sie als Gemeindepolitiker die Kinder ihrer politischen Gegner. Ich kann die Skepsis sogar ein Stück weit verstehen. Meiner Meinung nach haben wir uns aber immer sehr korrekt verhalten, professionell ist ja das vorherrschende Modewort."
„Galt das auch für Frau Dunker?“ unterbrach Petersen.
„Brigitte, ich meine Frau Dunker, war eine ausgezeichnete Lehrerin, das wurde auch von ihren politischen Gegnern

anerkannt. Von Elternbeschwerden habe ich nie gehört, die hat einen tollen abwechslungsreichen Unterricht gemacht. Sie können sich ja bei Rektor Timmsen erkundigen."
„Das werden wir auch machen“, schaltete sich Wilbert ein, „ist sie denn außerhalb des schulischen Umfelds, also eher im politischen Bereich, bedroht worden?“
Remmers überlegte kurz bevor er antwortete. „Bedroht ist ein etwas zu starkes Wort, aber Zoff gab es. Der Bürgermeister, mit seinen Investoren im Nacken, hat natürlich Druck gemacht, der will ja aus Wangerooge ein zweites Sylt machen und die Insulaner, die sich da große Geschäfte versprochen haben, wollten natürlich den Störfaktor Brigitte Dunker weghaben."
„Meinen Sie weghaben im körperliche Sinn?“ fragte Wilbert sofort nach.
„Nein, sie wollten sie politisch mundtot haben."
„Lassen Sie uns mal auf ein anderes Thema kommen“, Wilbert nickte Petersen kurz zu und fuhr fort, „wussten Sie, dass Frau Dunker eine RAF-Vergangenheit hatte?“
Die beiden Kommissare richteten ihre Blicke gespannt auf Remmers. Petersen bildete sich ein, eine kurze Unsicherheit in der Mimik von Remmers feststellen zu können.
„Wie meinen Sie das, ich verstehe nicht?“ Remmers machte jetzt einen leicht verwirrten Eindruck.
Wilbert fuhr fort: „Sie hat wegen RAF-Straftaten im Gefängnis gesessen, ihr wirklicher Name war nicht Dunker, wussten Sie das oder wussten Sie das nicht?“
Ohne zu zögern antwortete Remmers: „Nein, sie hat davon nie gesprochen."
Für Petersen ging Remmers diese Antwort etwas zu schnell über die Lippen, er setzte nach: „Haben Sie jemals über diese Zeit gesprochen, immerhin sind die Bücherregale der Frau Dunker voll mit Literatur aus dieser Zeit?“

„Ich hab das als Interesse an der jüngeren Geschichte der Bundesrepublik gedeutet“, kam es sehr schnell aus dem Munde von Jens Remmers, zu schnell fand Petersen.
„Diskutiert über diese Zeit haben wir nie“, ergänzte Remmers.
Wilbert übernahm jetzt wieder.
„Hat Ihre Frau eigentlich was von Ihrem Verhältnis zu Frau Dunker gewusst?“
Leichte Unsicherheit war jetzt bei Remmers zu spüren, seine Augen waren nicht mehr so konzentriert wie am Anfang der Vernehmung.
„Ich hab's ihr gestern gesagt, weil ich davon ausgegangen bin, dass Sie sie damit konfrontieren werden."
„Wie hat Ihre Frau reagiert?“ setzte Wilbert nach.
„Das können Sie sich ja denken, das war und ist nicht einfach. Ich weiß nicht, was werden wird.“ Es entstand eine kleine Pause.
„Wir haben noch eine Frage Herr Remmers“, setzte jetzt Petersen nach, „in der Nacht, nachdem die Leiche gefunden wurde, wo waren Sie da?“
„Was soll das denn jetzt?“ reagierte Remmers gereizt.
„Wir stellen die Fragen, Herr Remmers“, insistierte Petersen mit fester Stimme.
„Ich war zu Hause, meine Frau kann das bezeugen."
„Danach werden wir sie sicher gleich fragen“, mischt sich Wilbert ein. „Fürs Erste war‘s das. Ich glaube aber, dass wir sicher noch weitere Fragen im Laufe der Ermittlungen haben werden, halten Sie sich bitte zu unserer Verfügung.
„Sie haben mich doch jetzt alles gefragt“, reagierte Remmers gereizt, „mehr kann ich Ihnen nicht sagen, mehr weiß ich nicht, nun akzeptieren Sie das doch mal."
„Wir suchen ein Mordmotiv, Herr Remmers, und wie es scheint, standen sie dem Opfer am nächsten hier auf der Insel,

da sind Sie für uns ein interessanter Zeuge, das muss Sie doch nicht beunruhigen", stellte Kommissar Wilbert sachlich fest.
Sie verabschiedeten sich, Remmers verließ das Revier mit hochrotem Kopf. Mittlerweile war seine Frau von den beiden anderen Beamten in Empfang genommen worden. Man wechselte jetzt die Zimmer.

Kommissar Gruben und Mona Behrens begleiteten Angela Remmers ins große Dienstzimmer des Polizeipostens. Angela Remmers trug eine blaue Vliesjacke. Sie hatte enge rote Jeans an, ihre leicht rötlich gefärbten Haare waren kurz geschnitten, das Gesicht schmal mit ausdrucksvollen braunen Augen. Die Nervosität war ihr sofort anzumerken. Sie nestelte am Reißverschluss ihrer Jacke, bevor sich alle hingesetzt hatten, fragte sie in gereiztem Ton:
„Ich weiß überhaupt nicht, was Sie von mir wollen. Ich kenne diese Dunker kaum, ich hatte nie was mit der zu tun."
Gruben eröffnete die Vernehmung: „Frau Remmers beruhigen Sie sich. Sie werden hier als Zeugin vernommen, nicht als Beschuldigte. Wir versuchen uns nur ein Bild vom Umfeld der Frau Dunker zu machen. Sie war immerhin Kollegin und politische Weggefährtin ihres Mannes."
„Ich gehöre nicht zum Umfeld der Dunker", unterbrach sie Gruben.
„Wussten Sie, dass Ihr Mann ein Verhältnis mit Frau Dunker hatte?" nahm Gruben die Unterhaltung wieder auf.
Bei dieser Frage verlor Angela Remmers etwas die Fassung, die Tränen rannen ihr über das Gesicht, sie begann zu schluchzen. Mona reichte ihr ein paar Papiertaschentücher. Es entstand eine kurze Pause. Langsam fing sich Frau Remmers wieder. „Entschuldigung, gestern hat mir mein Mann die Sache

gebeichtet, für mich ist eine Welt zusammengebrochen, das ist alles noch zu frisch. Meine Ehe, die ich für gut gehalten habe, löst sich gerade in ein Nichts auf."
Gruben fühlte sich angesichts solch kräftiger Emotionen überfordert, hilfesuchend blickte er in Richtung Mona.
„Ich kann Ihre Betroffenheit nachvollziehen, Frau Remmers“, versuchte Mona das Gespräch wieder in Gang zu bringen, „gab es für Sie keine Anzeichen, keine Verdachtsmomente, dass Ihr Mann fremdgehen würde?“
„Na, ja, dass er sehr viel Zeit mit der Dunker verbracht hat, ist mir schon aufgefallen, aber dafür gab es ja Gründe. Sie waren Schulkollegen und in der Gemeindepolitik gemeinsam unterwegs, da denkt man ja nicht gleich ans Ficken oder?“
Beide Beamte waren peinlich berührt bei dieser Wortwahl. Mona interpretierte den Gebrauch dieses Wortes als Ausdruck der Verbitterung bei Angela Remmers.
„So genau interessiert uns das eigentlich gar nicht“, schaltete sich Gruben wieder ein, „an dem Tag als die Leiche gefunden wurde, wo waren Sie da?“
Sofort kam die Antwort: „Mein Mann und ich waren zu Hause. Er hat korrigiert und ich habe Fernsehen geguckt, der letzte Bulle auf SAT 1."
„Okay, das war‘s erst einmal, kann sein, dass wir noch mal mit Ihnen reden müssen, bitte verlassen Sie in den nächsten Tagen nicht die Insel“, beendete Gruben die Vernehmung.
„Also bin ich doch verdächtig?“ fragte Angela Remmers hochgradig erregt.
„Nein, beruhigen Sie sich doch, Sie sind Zeugin mehr nicht“, schaltete Mona sich ein.
„Von was soll ich denn Zeugin sein, ich hab‘ doch nichts gesehen“, setzt Angela Remmers nach. Gruben wurde langsam ungeduldig:

„Das haben wir Ihnen doch erklärt, wir untersuchen das Umfeld des Opfers."
„Und ich sage, dass ich mit dieser Person nichts zu tun hatte, das können Sie überall auf der Insel erfragen."
„Gut Frau Remmers, das haben wir jetzt festgestellt, Sie können deshalb auch gehen“, versuchte Gruben der Unterhaltung ein Ende zu setzen.
Mit den Worten, „nochmal komme ich aber nicht hierher“, verließ Angela Remmers die Polizeiwache Wangerooge.
„Was war das denn?“ seufzte Gruben, „die war ja total durch ’n Wind."
„Die stand unter Strom, nachdem sie gestern das von dem Fremdgehen ihres Mannes erfahren hat“, versuchte Mona eine Erklärung zu liefern.
Im Nebenzimmer hatten Wilbert und Petersen das Ende der Vernehmung mitbekommen und betraten das Dienstzimmer. Beide Teams berichteten sich gegenseitig von ihren Vernehmungen. Man war sich einig, dass ein Ermittlungsfortschritt nicht erkennbar war. Mit Blick auf die fortgeschrittene Zeit machten sie Feierabend und verabredeten sich für morgen Früh um 9 Uhr.
Mona und Petersen räumten das Dienstzimmer noch auf, lüfteten und die täglichen Mails wurden noch gecheckt. Petersen blickte aus dem Fenster, während der PC runtergefahren wurde.
„Wir können froh sein, dass im Moment alles so ruhig ist auf der Insel, sonst könnten wir so nebenbei nicht noch Mordermittlungen durchführen. Ich hatte mir das hier alles ruhiger und beschaulicher vorgestellt, auf der anderen Seite ist so 'ne Mordsache auch interessant.“
Mona nickte: „Hatte mir auch gedacht, dass Ausbildung auf Wangerooge richtig langweilig wird, bin positiv überrascht,

was ich hier so mitbekomme und lernen kann und dann das qualifizierte Personal hier“, bei diesen Worten lächelte sie Petersen an.
„Soll das jetzt ironisch sein?“ Er war wieder verunsichert. War das ernst gemeint? Oder wollte sie ihn hochnehmen wegen seines Versagens letzte Nacht? Das Lächeln dieser Frau mit den großen blauen Augen betäubte offensichtlich sein Urteilsvermögen. Es verunsicherte ihn und er empfand es als beunruhigend. Warum wusste er nicht.
„Mit Lob können Sie überhaupt nicht umgehen oder?“ Bei diesen Worten schüttelte Mona den Kopf.
„Bevor wir jetzt Psychogespräche führen, lade ich Sie zum Essen ein. Es ist schon spät und ich glaube in der „Düne 17“ kriegen wir noch was. Einverstanden?“
Mona nickte, „ein charmanter Abbruch unseres Gesprächs. Ich zieh mich eben um, in einer Viertelstunde?“
Petersen nickte, beide gingen in ihre Wohnungen, um sich ihrer Uniformen zu entledigen.

Petersen wartete vor dem Revier auf seine Kollegin. Es war stockfinster draußen. Ein leichter Nebelfilm lag wieder über der Insel, selbst von hier hörte man das Rauschen des Meeres.
„Kann los geh'n“, Mona betrat die Straße. Sie trug ihre blonden Haare offen, hatte eine enge schwarze Lederhose an, schwarzer Rollkragenpullover, der ihre gute Figur betonte und darüber eine schwarze Motorradjacke.
Petersen starrte sie an, „Wow, jetzt kommt unsere Rockerlady. Wenn ich jetzt die Gitarre dabei hätte, würde ich *Born to be wild* anstimmen."
„Ist okay, ich bin früher viel Motorrad gefahren."
„Warum heut nicht mehr?“ fragte Petersen. Monas Gesicht versteinerte sich. Er spürte ihre innerliche Anspannung.
„Erzähl ich vielleicht mal später, heute nicht."

Er ärgerte sich das Thema angesprochen zu haben, denn die lockere Stimmung war erst einmal zerstört.
Schweigend gingen sie die Zedeliusstraße hinauf. In der „Düne 17“ brannte noch Licht. Nur zwei Gäste saßen an der Theke. Petersen fragte die Bedienung, ob man noch was zu essen bekommen könne.
“Ich muss mal eben hinten fragen, ob noch was geht, denn eigentlich ist die Küche schon aus." Sie verschwand in der Küche. Nach kurzer Zeit kam die Bedienung zurück. „Unsere Köchin sagt, für unsere Polizei geht immer was, eine Runde Baguette?“
Petersen und Mona nickten und bestellten sich ein Bier. Petersen fühlte sich nicht ganz wohl in seiner Haut, denn er hatte sich für heute Abend etwas vorgenommen. Nachdem Mona ihm gestern Nacht so rausgehauen hatte, sah er die Zeit gekommen, ihr das Du anzubieten. Eigentlich brauchte er für dieses Unterfangen einen Schnaps, hatte aber Hemmungen, sich einen zu bestellen. Wie würde das aussehen? Als das Bier gekommen war, bekam er schon ein halben Schweißausbrauch, nahm jetzt aber seinen ganzen Mut zusammen. Mona wollte gerade das Bier antrinken, als Petersen das Schweigen unterbrach:
„Einen Moment, Frau Kollegin. Ich möchte mich noch einmal bei Ihnen für ihr beherztes Eingreifen gestern Nacht bedanken. Ich hätte mich ganz schön blamieren können, irgendwie arbeiten wir sehr gut zusammen, das hab ich noch nicht zu vielen Kollegen gesagt." Er hob sein Glas. „Ich möchte Ihnen das Du anbieten, Ausbildung hin, Ausbildung her. Ich heiße Lars."
Mona errötete leicht und sah Petersen in die Augen. Diesmal konnte er ihrem Blick standhalten. Ein warmes Gefühl durchströmte ihn. „Mona“, sagte sie leise.

Die Biergläser stießen zusammen, aber ihre Blicke lösten sich erst voneinander, als der erste Schluck getrunken war.
„Da ich über dich ein Gutachten schreiben muss, sollten wir das hier vor den Kollegen aus Wilhelmshaven geheim halten. Ich hab da kein Problem mit, aber für dich ist das besser."
Mona nickte, auch sie wollte jeden Eindruck einer privaten Mauschelei vermeiden und konnte diesen Gedankengang nachvollziehen. Es entstand eine etwas peinliche Pause und Petersen war sehr froh, als die beiden Baguettes auf dem Tisch standen. Beide hatten etwa die Hälfte ihres Baguettes gegessen, als das Diensthandy laut klingelte. Auf dem Display blinkte Leitstelle Wilhelmshaven. Das verhieß nichts Gutes. Jemand musste 110 auf der Insel gewählt haben. Petersen meldete sich sehr förmlich.
„Polizeiposten Wangerooge, Petersen am Apparat."
Der Beamte aus Wilhelmshaven meldete Petersen, dass die Gastwirtschaft „Zum Störtebeker" den Notruf 110 gewählt hatte wegen einer Kneipenschlägerei.
„Okay, wir kümmern uns drum", mit diesen Worten drückte Petersen die rote Handytaste. „Es soll nicht sein, Einsatz Mona, Schlägerei beim Magister."
Petersen zahlte sofort und im Laufschritt eilten die beiden die Zedeliusstraße hinunter. Die Tür zur Kneipe stand offen. Auf der Terrasse stand eine Traube von Männern, die sich wild gestikulierend gegenüber standen. Einer hatte eine zerbrochene Bierflasche in der Hand und bedrohte damit die umstehenden Männer. Der Magister stand daneben und verarztete einen stark blutenden jungen Mann. Ca. zehn Meter bevor Petersen und Mona die Menschentraube erreichten, rief Petersen mit lauter Stimme:
„Polizei, sofort aufhören."
Die Männer drehten sich in Richtung Petersen und Mona um.

Ein Mann, der augenscheinlich kein Insulaner war, lachte laut in Richtung Petersen:
„Wenn du die Polizei bist, bin ich der Papst!“
Ohne Vorwarnung nahm Petersen den Mann in den Polizeigriff, verdrehte ihm die Arme auf den Rücken. Mona, die neben ihm stand, zog ihren Polizeiausweis aus ihrer Jacke und hielt ihn dem Festgehaltenen unter die Nase. Ein Kollege des Mannes, der die Aktion offenbar nicht ernst nahm, schubste Mona mit den Worten:
„Und du bist hier die Lara Croft für Arme, was?“
Nach einer kurzen Drehung setzte Mona eine Beinsichel an und brachte den Schubser zu Fall, drehte ihn auf den Bauch und hielt ihm den Ausweis vor die Nase. Die umstehenden Männer wichen beeindruckt zurück. Petersen löst langsam den Griff. Durch das beherzte Eingreifen der Beamten beruhigte sich die Szene zunehmend. Auch Mona ließ ihren Widersacher aufstehen, der völlig verwirrt stammelte.
„Ich konnte ja nicht wissen, dass Sie wirklich von der Polizei sind."
„Jetzt wissen Sie’s“, blaffte Mona zurück.
„Alle mal herhören“, Petersen verschaffte sich Aufmerksamkeit, „ich stelle jetzt von allen die Personalien fest. Wer Anzeige erstatten will, kommt morgen um 11 Uhr zur Polizeistation, Charlottenstraße 9. Wenn heute Abend noch mal Randale ausbricht, bekommen diejenigen eine Anzeige von uns und da ist dann auch Widerstand gegen die Staatsgewalt drin."
Petersen Worte schienen die Umstehenden zu beeindrucken. Man nickte und hörte ein leises zustimmendes Gemurmel. Nachdem die Personalien aufgenommen worden waren, zerstreuten sich die Kontrahenten.
Der Magister, der seine Verpflasterungsaktion beendet hatte,

verkündete laut: „Feierabend für heute. Ich hab' die Schnauze voll!"

Nur Mona und Petersen wurden von ihm in die Kneipe gewunken. Nachdem beide eingetreten waren, schloss er die Kneipe zu und löschte das Licht der Außenreklame. Der untere Schankraum sah chaotisch aus. Glasscherben lagen auf dem Boden, vor dem Tresen waren Blutspuren zu erkennen, die von der Toilettentreppe bis zur Eingangstür reichten, zwei Barhocker lagen vor dem Tresen. Der Magister hatte einen hochroten Kopf und beim Griff zum Zapfhahn war ein leichtes Zittern seiner Hände zu beobachten.

„Lasst uns erst mal ein Bier trinken, ich muss runterfahren. Diese Scheiße muss ich wirklich nicht haben, langsam werde ich zu alt dafür."

„Was war denn nun los, erzähl mal?" unterbrach ihn Petersen.

„Jedes Jahr im November der gleiche Stress. Die Insulaner gehen verstärkt in die Kneipen, weil die meisten Touris weg sind. Gleichzeitig kommen die ganzen Handwerker vom Festland, Renovierungen von Ferienwohnungen, Umbau des Schwimmbads und die Neubauten an der Promenade. Nach Feierabend hab' ich dann die Knobelrunde hier, die kennt ihr ja und dann kommen die Handwerker, alles säuft sich hier die Hucke voll und dann geht die Laberei los. Die Handwerker sticheln über die faulen Insulaner, weil keine Lokale geöffnet sind, wo die billig essen können. Die Insulaner verteidigen sich mit der 7 Tagewoche in der Hochsaison. So geht das dann rund und wenn die breit sind, kannst du das ganz schlecht kontrollieren. Ich muss dringend mal von der Insel, sonst dreh ich noch durch. Der Doktor hat mich sowieso schon verwarnt wegen meinem Bluthochdruck."

Mona und Petersen hörten erst nur einmal zu. Sie spürten, dass der Magister Dampf ablassen musste, um wieder

runterzukommen. Er atmete schwer und die beiden Polizisten sahen sich sorgenvoll an. Mona rutschte von ihrem Barhocker runter und bat den Magister um einen Besen.
„Wir machen mal eben ein bisschen Klarschiff und du erholst dich. Lars, kümmerst du dich um einen Eimer für die Scherben?“
„Hab ich richtig gehört, ihr duzt euch?“ meldete sich der Magister, „hab ich was verpasst Sheriff?“
Petersen kannte den Magister nur zu gut, er hatte schon mit dieser Bemerkung gerechnet.
„Ein kollegiales Du erleichtert die Zusammenarbeit“, warf er trocken ein.
„Da hab ich aber neulich von dir andere Töne gehört. Was läuft denn da?“
„Mach dir keine Sorgen, alles im grünen Bereich."
Der Magister lachte, während er begann den Tresen aufzuräumen. Petersen und Mona brachten den vorderen Thekenbereich wieder in Ordnung.
„Beim Putzen harmoniert ihr ja schon ganz gut, wie so ’n altes Ehepaar“, der Magister konnte es nicht lassen „und das andere kommt schon noch."
„Du bist ein Spinner“, murmelte Petersen vor sich hin.
Nachdem die Aufräumarbeiten getan waren, wurde ein zweites Bier gezapft. Petersen eröffnete wieder die Unterhaltung:
„Was ich dich jetzt frage, bleibt unter uns. Was sagt dir Angela Remmers? Wir haben rausgekriegt, dass ihr Macker sie betrogen hat, wusste die was davon?“
Der Magister lachte laut los: „Als Kneipenwirt müsst ihr mich jetzt aber erst von der Schweigepflicht entbinden, sonst mach‘ ich mich strafbar."
Und wieder ertönte das donnernde Lachen. Petersen grinste:

„Dir scheint es ja wieder besser zu gehen. Nun, lass mal was raus“, forderte Petersen ihn auf.
Der Magister nahm einen Schluck aus seiner Bierflasche und verzog die Lippen.
„Klar hat die das gewusst, die gehört zu meiner Rommeerunde. Einmal im Monat spielen die hier bei mir Karten, da geht das schon sehr heftig zu und wenn die breit sind, fangen die auch über ihr Privatleben an zu reden. Ich hab‘ mindestens zweimal gehört, wie die über ihren Alten geschimpft hat, dass der 'ne Kollegin vögelt."
Wann hat die das gesagt?“ unterbrach ihn Petersen.
„Na ja, das ist mindestens einen Monat her."
Petersen wiegte seinen Kopf hin und her: „Sieh an, sieh an."
„Wie ist die denn so drauf?“ schaltete Mona sich ein.
„Na ja, eigentlich ist die ganz zurückhaltend, aber wenn die Alkohol getrunken hat, kommt die schon ganz gut in Fahrt, so wie die ganze Runde, die haben schon mal einen von der Knobelrunde ausgezogen, da wird heute noch von geredet."
Mona schüttelte mit dem Kopf.
„Was passiert denn, wenn du angetrunken bist?“ versuchte der Magister sie zu provozieren und prompt kam die Antwort:
„Um einen Mann auszuziehen, brauch ich keinen Alkohol."
„Das sind doch Perspektiven Sheriff." Der Magister wandte sich grinsend Petersen zu, dem diese Wende des Gesprächs höchst unangenehm war.
„Wo arbeitet die Remmers eigentlich?“ versuchte er wieder sachlich zu werden.
„Die sitzt beim Schwimmbad an der Kasse. Aber an eurer Stelle würde ich mal die Rosi aus der Rommeerunde anzapfen, die arbeitet auch im Kurhaus, die hat 'nen richtigen Brass auf den Remmers, der unterrichtet nämlich ihren Sohn und die hat nur Ärger mit dem."

„Wie heißt die genau?“ fragte Petersen.
„Rosi Eden“, kam es vom Magister.
„Was macht die denn im Kurhaus? Wie komm‘ ich an die ran, ohne dass die Remmers das gleich merkt?“
„Lass dir 'ne Massage machen, die ist Physiotherapeutin."
Mona tippte auf die Uhr. Es war spät geworden. Petersen nickte, zwar hätte er noch gerne ein Bier getrunken, aber er hatte keine Lust mehr auf die Anspielungen des Magisters. Der Magister bedankte sich artig bei den beiden, nicht ohne ein „macht mir keinen Scheiß, denk an dein Herz Sheriff, das ist 'ne junge Frau“ loszuwerden.
Petersen machte eine abwehrende Handbewegung, als sie die Kneipe verließen. Draußen auf der Straße schüttelte er nur den Kopf:
„Solche Unterhaltungen sind seine Spezialität, das war schon immer so."
Mona lachte: „Und wenn ihr allein ward, dann warst du bestimmt gut mit dabei."
Petersen schüttelte den Kopf und gab Mona einen Stoß in die Seite.
„Herr Kollege Ausbilder, das ist körperliche Belästigung." Beide lachten. Man sagte sich dann gute Nacht und jeder verzog sich in seine Dienstwohnung. Bei dem Versuch einzuschlafen, musste sich Petersen eingestehen, dass er ein merkwürdiges Gefühl im Bauch hatte, dieses Gefühl aber nicht zulassen wollte.

Freitag

Gegen 7:30 Uhr kam Petersen noch ziemlich verschlafen ins Dienstzimmer. Auf seinem Schreibtisch lag ein Zettel von Mona: „Bin Brötchen holen."
Also war es an ihm, Kaffee zu kochen und aufzudecken. Beim Aufdecken ließ er das Gespräch mit dem Magister Revue passieren. Wie könnte man Kontakt zu der Rosi Eden bekommen? Wenn er da aufkreuzen würde, könnte das Überraschungsmoment verloren gehen, erst recht, wenn die Wilhelmshaven-Kommissare da auflaufen würden. Es ging nur über Mona. Ein Gespräch über das Fremdgehen des Mannes einer Freundin konnte seines Erachtens besser von einer Frau geführt werden. Ohne Zweifel verfügte Mona über das notwendige Einfühlungsvermögen, um von Frau zu Frau ein solches Gespräch zu führen. Mona könnte sich in zivil eine Beratung wegen eines Rückenleidens holen und nach Frau Eden fragen, das würde nicht auffallen. Er musste die Sache gleich beim Frühstück mit Mona besprechen. Während er in seinen Gedanken versunken war, klingelte das Diensttelefon:
„Hier Bernd Ihnen von der Müllpressstation. Ich wollte 'ne Meldung machen. Vielleicht ist das für euch ganz interessant. Wir haben hier zwei Stöcke in einem Müllcontainer gefunden, da ist, glaube ich, Blut dran."
„Was für Stöcke sind das?“
„Na ja, solche mit denen die hier alle am Strand rumlaufen."
„Bloß nichts anfassen, nur mit Handschuhen, belehrte ihn Petersen „wir kommen in einer Stunde vorbei, nicht weiter anfassen. Vielen Dank, das kann sehr wichtig sein."
Petersen pfiff durch die Zähne. Die Sticks der Dunker, sie

hatten sie vergessen. Wo waren die Teile geblieben? Wenn das die Sticks sind, haben wir einen Ermittlungsfortschritt. Das Jagdfieber hatte ihn wieder gepackt.
Mittlerweile war Mona mit den Brötchen eingetreten. Sie hatte noch Teile des Gesprächs zwischen Petersen und dem Mitarbeiter der Müllpressstation mitbekommen. „Die Sticks.....?“
Petersen unterrichtete sie kurz über das vollständige Gespräch.
„Sag mal, was ist denn eine Müllpressstation?“ erkundigte sich Mona.
„Die verdichten hier den Müll auf der Insel, das ist da in der Nähe, wo wir die Parzellenaktion hatten, und dann wird der Müll mit der Inselbahn zum Anleger gebracht und mit dem Schiff zur Entsorgung aufs Festland“, erklärte Petersen.
Beim Frühstück erläuterte er seine Gedanken zur Befragung von Rosi Eden. Mona konnte sich eine solche Aktion vorstellen.
„Ich denke aber, dass Wilbert sein Okay geben muss." Petersen nickte.
Nach dem Aufräumen wurde der Alltagskram erledigt, den sie eben nebenbei machen mussten. Während Mona die Tassen für die Kommissare aus Wilhelmshaven aufdeckte, hatte Petersen ein anderes Problem:
„Ich hoffe nicht, dass wir wegen gestern Abend eine Flut von Anzeigen bekommen. Dann haben wir nämlich mächtig Schreibarbeit und auf sowas hab‘ ich keinen Bock.“
„Glaub‘ ich nicht. Solche Typen stellen keine Anzeigen, danach gibt es doch vielmehr Stress und aufklären lässt sich sowas sowieso nur schwer. Wer hat was gesagt? Und in ihrem Suff können die sich in der Regel nicht mehr an Einzelheiten erinnern."
„Deine Worte in Gottes Ohr“, murmelte Petersen vor sich hin.

Nach etwa einer Viertelstunde trafen die Kommissare aus Wilhelmshaven ein. Man versammelte sich zu einer „Morgenlage“, so wie Wilbert es nannte. Petersen kannte diesen Begriff nur aus der Politik. Er hatte mal gelesen, dass die Kanzlerin oder früher die Kanzler morgens so etwas immer mit ihren Mitarbeitern veranstalteten. Petersen berichtete kurz über die Ereignisse der letzten Nacht und gab auch seine Informationen über eine mögliche Lüge von Angela Remmers preis. Wilbert grinste, als Petersen mit seinem Bericht fertig war:

„Petersen, Sie mit Ihren Informationen aus irgendwelchen Quellen, da kommt doch der alte Drogenspürhund wieder zum Vorschein. Ich will gar nicht wissen, wer Ihre Quellen sind, nur müssen wir exakte Zeugenaussagen daraus machen und das ist häufig nicht so einfach. Wenn die Remmers tatsächlich seit längerer Zeit von den Seitensprüngen ihres Mannes wusste, können wir sie als Verdächtige betrachten. Diese Zeugin, wie hieß sie noch gleich?“

„Rosi Eden“, warf Petersen ein.

„Ich halte die Idee vom Kollegen Petersen für sehr gut, dass Sie, Kollegin Behrens, dieser Frau auf den Zahn fühlen“, fuhr Wilbert an Mona gerichtet fort, „ohne Uniform und bitte sehr diskret. Trauen Sie sich das zu?“

Mona nickte. Im weiteren Fortgang der Unterhaltung berichtete Petersen von dem Anruf aus der Müllpressstation.

„Interessant, interessant, jetzt nimmt die Sache Fahrt auf. Da gehen wir gleich mal hin. Wegen dieser Anzeigen, kann Kollege Gruben auch hier bleiben. Petersen Sie müssen auf alle Fälle dabei sein. Sie haben mehr Ortskenntnisse."

Grubens Gesicht hatte mittlerweile eine hochrote Farbe angenommen. Wieder einmal wurde er von Kommissar Wilbert vor den Kopf gestoßen. Er, als Mordermittler, sollte sich mit irgendwelchen Anzeigen von Trunkenbolden herumärgern, während der Dorfpolizist, der auch noch strafversetzt war, in die Ermittlungen immer mehr einbezogen wurde und eine immer größere Rolle zu spielen schien. Petersen spürte die Spannung im Raum. Er fühlte sich dieser Situation etwas hilflos ausgeliefert. Auf der einen Seite wurde hier eindeutig an der Kompetenz von Gruben durch seinen Vorgesetzten gezweifelt, auf der anderen Seite freute er sich über das Vertrauen, das Kommissar Wilbert ihm entgegen brachte.

„Ich glaube nicht, dass da irgendjemand kommt, um Anzeige zu erstatten“, versuchte Petersen die Situation zu entschärfen.

„Umso schlimmer“, rutschte es Gruben raus, „dann sitze ich hier und drehe Däumchen."

„Nun machen Sie mal halblang“, schaltete sich Wilbert ein, „ich brauch einen Mann von der Insel vor Ort, der die Lage und die Leute kennt."

Gruben mochte ihm nicht mehr antworten, aber dass Petersen nach so kurzer Zeit nun ein profunder Kenner der Insel war, daran hegte er seine Zweifel. In dieser spannungsgeladenen Stimmung trennte man sich. Mona ging nach oben, um ihre Uniform abzulegen und Petersen und Kommissar Wilbert machten sich auf den Weg zur Müllpressstation.

Am Ende der Straße „Am Wattenmeer“ öffnete sich ihnen der Blick auf die Müllentsorgungsanlage. Die Anlage verfügte über einen Gleisanschluss. Auf dem Gleis waren Waggons zu sehen, auf denen offene Müllcontainer standen, die mit grünen Netzen abgedeckt waren. Daneben stand eine große Halle. Das Tor zur Anlage war offen. Wilbert und Petersen betraten das Gelände. Ein Gabelstapler näherte sich ihnen. Der bärtige rothaariger Fahrer stoppte sein Fahrzeug und sprach die Kommissare an:

„Sie sind von der Polizei oder?“ Beide nickten.
Der Fahrer sprang von seinem Stapler und streckte den beiden Polizisten die Hand entgegen:
„Bernd Ihnen, ich hatte angerufen. Na, dann kommen Sie mal mit."
Bernd Ihnen führte sie in den hinteren Teil der Anlage, wo sich ein kleines Büro befand. Auf dem Schreibtisch lagen die zwei Sticks, die sorgsam mit einer Plastikfolie umwickelt waren.
„Hier haben Sie die beiden Fundstücke. Da wir hier nur mit Handschuhen arbeiten, dürften da keine Spuren von uns drauf sein“, erklärte Bernd Ihnen.
„Ausgezeichnet, Sie haben mitgedacht“, lobte Wilbert den Arbeiter, der sichtlich stolz war, den Kommissaren einen Hilfsdienst geleistet zu haben. Wilbert nahm die Walking-Stöcke, an denen zweifellos Blutspuren zu erkennen waren, an sich.
„Das müssen wir noch heute von der KTU untersuchen lassen“, murmelte Wilbert vor sich hin.
„Ich habe noch eine Frage“, meldete sich Petersen zu Wort, „können Sie nachvollziehen aus welchem Teil der Insel der Müll kam, in dem die Stöcker lagen?“
„Na klar“, antwortete Bernd Ihnen sofort mit großer Wichtigkeit in der Stimme, „die Abfuhr kam aus dem Gebiet des Dorfgrodens."
Beide Kommissare bedankten sich überschwänglich bei Bernd Ihnen und traten, mit den Sticks bewaffnet, den Rückweg an.
„Was ist denn in Gottes Namen der Dorfgroden, Petersen?“
„Das ist das Wohngebiet auf der Wattenmeerseite, jenseits der Bahngleise, da wohnen sehr viele Insulaner, übrigens auch die Familie Remmers."
„Bingo Petersen, ich wusste doch, warum ich Sie mitgenommen habe."

Zur gleichen Zeit näherte sich Mona Behrens dem Kurzentrum „Oase“ an der Strandpromenade. Es waren zu dieser Zeit kaum Menschen unterwegs. Der Wind blies heftig und die See wirkte extrem unruhig. Mona blieb kurz stehen und sog die Meeresluft tief ein. Ein Versorger der Bundesmarine kämpfte sich durch das Wangerooger Fahrwasser in Richtung offene See. Ihm folgte in gebührendem Abstand ein leerer Supertanker, der wohl seine kostbare Fracht in Wilhelmshaven angelandet hatte. In der Ferne konnte sie einige große Schiffe sehen, die auf Reede lagen. Etwas mulmig war Mona schon zumute. Wie sollte sie es anstellen, etwas Verwertbares aus der Zeugin rauszuholen. In solchen Dingen war sie sehr unerfahren. Auf der anderen Seite freute sie sich, dass Petersen und auch Kommissar Wilbert ihr die Lösung dieser Aufgabe zutrauten. Insbesondere Petersen schien seine Vorbehalte ihr gegenüber nach der nächtlichen Festnahmeaktion aufgegeben zu haben. Die Sympathie, die sie für diesen verbitterten Einzelkämpfer empfand, war größer geworden, auch wenn sie sich das nicht so richtig eingestehen wollte. Es half nichts, sie musste sich jetzt der ihr gestellten Aufgabe stellen. Die Eingangstür zum Kurzentrum öffnete sich automatisch. Die warme Luft mit leichtem Chlorgeruch kam ihr unangenehm entgegen. Sie öffnete ihre Jacke, an der Kasse entdeckte sie sofort Angela Remmers, die auf einen PC-Bildschirm starrte. Mona trat näher an die Kasse heran und räusperte sich:
„Ich hätte gerne Frau Eden gesprochen, ist die da?“
„Haben Sie einen Termin?“ Angela Remmers fixierte Mona, schien einen Moment verunsichert, fing sich aber wieder.
„Nein, ich brauche ein Beratungsgespräch, mein Arzt hat mir Frau Eden empfohlen."
„Haben Sie ein Rezept dabei?“
„Nein, mein Arzt macht das von dem Beratungsgespräch

abhängig“, log Mona unverfroren.
„Na gut, ich weiß nicht, ob die Zeit hat, so ohne Termin, gehen Sie mal nach oben und versuchen Sie Ihr Glück."
Gott sei Dank, dachte Mona, das war geschafft. Schnell ging sie die Treppe hinauf. Von dem großen Treppenabsatz gingen zwei Flure ab, über die man wohl die Behandlungszimmer erreichen konnte. Es war niemand zu sehen. Ziemlich unschlüssig stand Mona auf dem Treppenabsatz. Eine Tür ging auf und ein Mann mittleren Alters in weißer Arbeitskleidung kam auf sie zu:
„Kann ich Ihnen helfen?“ sprach er Mona freundlich an.
„Ich suche Frau Eden."
„Am Ende des Flures letzte Tür links."
Sie ging den Flur entlang und klopfte an die letzte Tür links. Ein freundliches „Herein“ ertönte und Mona betrat den Raum. An der rechten Seite des Raumes stand eine Liege, die mit einem weißen Laken überzogen war. Mehrere Regale standen an der Wand, die mit allerlei Tuben bestückt waren. Hinter dem Schreibtisch saß eine schlanke, etwa 35 Jahre alte Frau, die Mona freundlich anlächelte. Sie hatte halblange blonde Haare, war dezent geschminkt und bot Mona einen Stuhl an.
„Hatten wir einen Termin, hab‘ ich was verbaselt?“
Mona schüttelte mit dem Kopf:
„Nein, jetzt nicht erschrecken, ich komme von der Polizei."
Mona reichte ihren Dienstausweis über den Tisch.
Rosi Eden war aber keineswegs verunsichert.
„Klar, Sie sind die junge Kollegin von unserem neuen Polizisten Petersen. Ich hab‘ Sie schon mal zusammen gesehen, da dachte ich, Sie seien die Freundin von dem, aber da wäre wohl der Altersunterschied zu groß gewesen oder? Manchmal stehen junge Frauen ja auf erfahrene ältere Männer.“
Mona lächelte verlegen. Das Gespräch ging in die falsche

Richtung. Sie musste jetzt die Initiative ergreifen.
„Ich brauche eine Auskunft von Ihnen, die Sache ist etwas heikel, dieses Gespräch ist erst einmal nichts Offizielles. Ich will nur Ihre Meinung hören. Es geht um das Ehepaar Remmers." Rosi Eden rollte mit den Augen. „Eine unendliche Geschichte."
„Wieso?“ fragte Mona mit Erstaunen, wollte Rosi Eden gleich zur Sache kommen?
„Dass die den Typen noch nicht verlassen hat, ist mir ein Rätsel, hühnert mit seiner Kollegin rum, Gott habe sie selig, und die gute Angela lässt alles über sich ergehen."
„Stopp, nicht so schnell“, unterbrach Mona, „seit wann gehen Sie davon aus, dass Herr Remmers ein Verhältnis mit Frau Dunker hatte?“ „Na seit ungefähr drei Monaten glaube ich. Gesa Janssen, die Nachbarin der Dunker, hat mir das mal gesteckt. Als die im Garten war, hat sie das Stöhnen der Dunker gehört und das soll heftig gewesen sein. Und 'ne halbe Stunde später kam unser Superpädagoge aus der Wohnung der Dunker. Ich hab‘ das der Angela dann erzählt, für die ist eine Welt zusammen gebrochen."
„Den Herrn Remmers mögen Sie nicht oder?“ „Nicht wirklich, das ist der Lehrer meines Sohnes. Der textet die Kinder mit seinem grünen Zeug zu. Der hat sein dickes Lehrergehalt, wir leben hier vom Fremdenverkehr, der soll sich aus der Politik raushalten. Sein oberschlaues Reden geht hier vielen auf den Sack."
„Wurde die Dunker genauso gesehen auf der Insel?“
„Nein, die hat zwar ähnliche Sachen vertreten wie der Remmers, aber der Ton war nicht so oberlehrerhaft, die konnte zuhören und wirkte nicht arrogant. Schrecklich, was mit der passiert ist!“
„Hat Frau Remmers ihren Mann eigentlich mit ihrem Wissen

konfrontiert?“
„Die war zu feige, darüber haben wir ständig gestritten. Angela hatte Schiss, ihn zu verlieren, Lehrergehalt und Status spielten hier, glaub‘ ich, eine große Rolle. Sie hatte einfach fürchterliche Angst den Typen zu verlieren, da fehlt mir jedes Verständnis, hab‘ ich ihr auch immer gesagt. Aber die Wahrheit wollte sie nicht hören, da war sie wie vernagelt."
„Okay, Frau Eden Sie haben mir sehr geholfen, vielen Dank." Mona erhob sich und schüttelte Rosi Eden die Hand.
„Grüßen Sie Ihren Kollegen, der kennt mich zwar nicht, aber wir hatten lange nicht so einen guten Polizisten auf der Insel, Tschüss."
Erleichtert verließ Mona das Kurhaus. An der Kasse war niemand, schnell huschte sie durch die Eingangstür, wo sie sofort von dem kalten Nordseewind empfangen wurde. Langsam schlenderte sie die Anton-Günther-Straße hinunter. Die Remmers schien ihnen einen ganz schönen Bären aufgebunden zu haben, da war viel Emotionalität drin. Eine dunkle Vorahnung ergriff Mona. Wo konnte man jetzt ansetzen? Sie bog in die Charlottenstraße und traute ihren Augen nicht. Vor dem Polizeirevier hatten sich Kamerateams aufgebaut und auf der Eingangsstufe konnte man Kommissar Gruben sehen, der mit den Journalisten sprach. Hinter sich hörte Mona ein lautes Rufen:
„Frau Behrens, was ist da los?“ Mona blieb stehen.
Wilbert und Petersen kamen aus Richtung Müllstation angehetzt. Mona zuckte mit den Achseln.
„Bin auch gerade erst gekommen."
Wilbert hatte einen hochroten Kopf. Er war völlig außer Atem: „Wenn der da jetzt 'ne Pressekonferenz gibt, dreh ich durch."

Mittlerweile hatten auch die Kamerateams die heraneilenden Polizisten bemerkt und hielten ihre Objektive auf die drei

Beamten. Wilbert ruderte mit den Armen, was nicht sehr souverän wirkte:
„Lassen Sie uns unsere Arbeit machen, für alle weiteren Fragen wenden Sie sich bitte an die Pressestelle in Wilhelmshaven."
Ziemlich energisch schob er Gruben in die Eingangstür, Mona und Petersen folgten. Petersen schloss die Eingangstür ab, für Notfälle musste man die Sprechanlage benutzen. Im Dienstzimmer angekommen polterte Wilbert los:
„Um Gottes Willen, was haben Sie hier angestellt, Gruben?"
Gruben wirkte ganz entspannt. Er hatte seinen großen Auftritt gehabt und das schien ihm gut getan zu haben:
„Keine Panik, Chef, die sind hier reingeplatzt, da hab ich die erst einmal wieder raus gebeten und ihnen gesagt, dass die Ermittlungen Fortschritte machen und dass bei weiteren Fragen die Pressestelle zuständig sei und dann wollten die noch wissen, ob die Festnahme auf der Insel im Zusammenhang mit dem Mordfall stand. Das habe ich verneint. Ja, das war alles."
Wilbert‘s Gesicht entspannte sich. „Gut gemacht Gruben, gut dass Sie hier waren."
„War eigentlich jemand wegen der nächtlichen Schlägerei hier?" wollte Petersen noch wissen.
Gruben verneinte das. Mona und Petersen machten die Kaffeemaschine klar. Nachdem sich alle gesetzt hatten, begann Wilbert:
„Wir fassen mal alles zusammen, was wir jetzt in Sachen Familie Remmers haben, die anderen Sachen vernachlässigen wir mal einen Moment. Wir haben zwei blutbeschmierte Laufstöcke, die der Dunker gehört haben könnten, die müssen heute noch in die KTU ans Festland, wir nehmen sie gleich mit, wenn wir ins Wochenende fahren."
Petersen grinste Mona an. Er dachte an ein vielleicht ruhiges

Wochenende.
Wilbert wandte sich jetzt an Mona: „Was haben Sie rausgefunden, Kollegin Behrens?“
„Die Frau Eden war sehr zugänglich, weil sie nicht gut auf den Remmers zu sprechen war. Klar ist, dass die Remmers von dem Fremdgehen ihres Mannes wusste. Mehrere Leute auf der Insel haben das gewusst oder vermutet und es auch der Remmers mitgeteilt, die hat uns also glatt angelogen. Eine Trennung kam aber für sie nicht in Frage, laut Rosi Eden bestand da eine Art Abhängigkeitsverhältnis. Auf der anderen Seite hat ihr Umfeld augenscheinlich Druck gemacht. Es wurde getuschelt. Angela Remmers wurde belächelt, weil sie das mit sich machen ließ."
„Sie stand also mächtig unter Druck?“ wollte Wilbert wissen.
„Ohne Zweifel“, bekräftigte Mona noch einmal ihre Einschätzung.
Jetzt schaltete Petersen sich ein: „Bei der Vernehmung konnte man diesen Druck doch spüren oder?“ Alle nickten. „Was man hier nicht unterschätzen darf, ist die Situation auf der Insel, das ist anders als in der Großstadt, hier ist man dem Gerede der Leute gnadenlos ausgesetzt und man muss schon charakterlich sehr stark sein, um diesem Druck Stand zu halten."
„Absolut richtig Petersen, also, was folgt daraus für uns?“ Wilbert überlegte einen Moment: „Angela Remmers ist zum jetzigen Zeitpunkt unsere Hauptverdächtige. Sie hat ein glasklares Motiv und wahrscheinlich kein vernünftiges Alibi. Diese Laufstöcker könnten uns helfen, wenn wir da DNA finden sollten, vorausgesetzt, dass das überhaupt die Stöcker der Dunker sind. Also wir brauchen noch heute eine Speichelprobe von der Remmers."
Alle nickten wieder. Gruben sah nachdenklich aus dem

Fenster. „Wenn wir da jetzt hin marschieren, folgt uns die Meute da draußen, die belagern dann das Haus von den Remmers, das können wir nicht machen."
Es trat eine kleine Pause ein. Jedem war die Problematik bewusst. Wilbert musste an die Worte von Petersen über die Situation auf einer Insel denken. Die Sache war nicht so einfach zu lösen. Noch galt die Unschuldsvermutung und man konnte Familie Remmers nicht der Pressemeute zum Fraß vorwerfen.
„Wir lenken die ab“, meldete sich Petersen, „die beiden ermittelnden Beamten Wilbert und Gruben gehen nach Oben zur Gemeinde. Irgendeinen Gesprächsgrund finden Sie. Lassen Sie sich noch mal die Investoreninteressen erläutern oder so ähnlich. Kollegin Behrens und ich verlassen die Wache in einer zeitlichen Differenz von zehn Minuten. Einer geht in Richtung Straße „Am Wattenmeer“, der andere in Richtung Flugplatz. Falls uns niemand folgt, treffen wir uns „Im Dorfgroden“ in der Nähe des Hauses der Remmers. Wir sind normale Polizisten, uns wird man nicht folgen. Sie sind aber die Hauptermittler und wenn Sie dann noch zur Gemeinde gehen, wirkt das sehr seriös und glaubhaft."
„Petersen Sie sind ein ausgekochter Hund, warum hat Bremen Sie bloß ziehen lassen?“ Wilbert war über diesen Vorschlag begeistert.
Man beschloss genauso vorzugehen. Petersen nahm sich die Röhrchen mit den Q-Tipps, ließ sich noch mal kurz erklären, wie er das zu machen hatte. Wenn alles gut gehen würde, könnten die beiden Kommissare Sticks und DNA mit ans Festland nehmen. Angela Remmers würde in einer Viertelstunde Feierabend haben, da das Kurzentrum „Oase“ im November nur eingeschränkte Öffnungszeiten hatte. Wilbert und Gruben packten schon ihre Sachen für das Wochenende

zusammen, dann verließen beide das Revier.

Durch die Jalousie beobachtete Mona die Szenerie vor der Wache. Ein Kamerateam des NDR-Regional stand noch auf der Straße und in der Tat folgte es den beiden Kommissaren aus Wilhelmshaven in gebührendem Abstand. Mona und Petersen sprachen sich kurz über ihre Vorgehensweise ab. Petersen wollte den Weg über den Deich zum Dorfgroden wählen. Mona war dort noch nicht gewesen. Sie würde den Weg in Richtung Flugplatz gehen. Zuerst verließ Petersen die Wache. Niemand war zu sehen. Er bog sofort in die Kapitän-Wittenberg-Straße ab, um sich schnell von der Charlottenstraße zu entfernen. Dort verlangsamte er seinen Schritt, um nicht weiter aufzufallen. Bei den Ferienhäusern „Lagune am Wattenmeer" bog er auf den Deich ab. Zwar freute er sich auf ein vielleicht ruhiges Wochenende, aber irgendwie fehlte ihm der Glaube. Seitdem er auf der Insel war, hatte er praktisch einen 24 Stundenjob, völlig anders als er erwartet hatte und auch Onno Siebelts ihm prophezeit hatte.
Petersen kam einfach nicht dazu die Dinge, die ihn aus Bremen belasteten, zu verarbeiten. Der Mordfall auf der Insel motivierte ihn. Die Bestätigung, die er bekam, war für sein Selbstwertgefühl wichtig, das wusste er, aber das Tempo der Ermittlungen nagte an seiner körperlichen Verfassung. Die ständige Verfügbarkeit auf der Insel zerrte an seinen Nerven und dann natürlich noch die Sache mit Mona. Sie war ohne Zweifel eine große Hilfe. Er hatte in Bremen andere Polizeianwärter erlebt, da war sie um Längen besser. Die Emotionen, die zwischen ihnen zu spüren waren, verunsicherten ihn erheblich. Er war ein fast alter Mann und sie Mitte zwanzig. Die ganze Sache war völlig perspektivlos und würde nur seelische Wunden aufreißen. Beziehungschaos war das Letzte, was er jetzt gebrauchen konnte. Er verließ den

Deich und ging am Reitstall vorbei in Richtung Dorfgroden. Von weitem sah er Mona entgegen kommen. Nach Lage der Dinge folgte ihr niemand. Das Ablenkungsmanöver schien geklappt zu haben. In der Straße „Im Dorfgroden“ fanden sie sehr schnell das Haus der Remmers, ein flacher Bungalowbau, weiß gestrichen mit einem begrünten Flachdach. Der Garten machte einen leicht verwilderten Eindruck. Mitten auf dem Rasen stand ein Fahnenmast, an dem eine Fahne mit dem Sonnensymbol der Atomkraftgegner flatterte. Nach Lage der Dinge müsste Angela Remmers allein zu Hause sein, denn der Unterricht in der Inselschule war noch nicht beendet.

Die Tür des verwitterten Jägerzauns knarrte, als Mona und Petersen das Grundstück betraten. Im linken Fenster, das das Küchenfenster sein musste, brannte Licht. Der untere Teil des Fensters war durch eine kleine Gardine abgedeckt, wie man sie aus Holland kannte. Petersen und Mona sahen sich an, ein kurzes Nicken und Petersen drückte den Klingelknopf. Man hörte einen mehrstimmigen Gong, der stark an den Pausengong einer Schule erinnerte. Leise Schritte waren zu hören, dann wurde die Tür geöffnet. Angela Remmers erschrak sich, als sie die beiden Beamten sah. Sie trug einen blauen Jogginganzug aus Ballonseide. Ihr Gesicht war blass und eingefallen, die leicht geröteten Augen bildeten die einzigen Farbpunkte. Leicht aggressiv herrschte sie die Beamten an:
„Was wollen Sie denn schon wieder, es gibt nichts mehr zu sagen, lassen Sie uns zufrieden."
Petersen musste sich jetzt zusammen reißen, um nicht selbst aggressiv zu werden. Freundlich stellte er seine Frage:
„Moin Frau Remmers, dürfen wir kurz reinkommen, wir haben einige kurze Fragen an Sie?“
Wie aus der Pistole geschossen, kam ein schroffes „Nein."

„Wenn Sie nur kurze Fragen haben, dann machen wir das hier, es wird ja wohl nicht lange dauern."
Petersen hatte selten eine solche abweisende Reaktion erlebt. In der Regel ließen die Leute Polizeibeamte in ihre Wohnung. Die andere Reaktion war zu türmen oder man machte die Tür gar nicht erst auf. Mona versuchte es jetzt mit weiblicher Freundlichkeit: „Frau Remmers, wollen Sie wirklich, dass die Nachbarschaft sieht, wie wir hier mit Ihnen sprechen?“
„Das ist mir egal, durch Ihre bisherigen Ermittlungen haben Sie schon unseren Ruf ruiniert, wenig rücksichtsvoll nenne ich das. Jeder kann sehen, dass Sie uns schon wieder am Wickel haben, anstatt andere Spuren zu verfolgen."
Petersen hatte jetzt keine Lust mehr auf ein freundliches Vorgehen, so hatte man ihn selten abgefertigt.
„Hören Sie zu Frau Remmers, Sie haben uns ganz schön einen Bären aufgebunden, Sie wussten schon seit Längerem von dem Verhältnis Ihres Mannes zu Frau Dunker. Sie haben uns schlicht angelogen."
Das Gesicht von Angela Remmers war von unbändigem Zorn gezeichnet. „Sie spionieren in meinem Privatleben rum, das geht Sie gar nichts an, das sind Gestapo-Methoden“, schrie sie die beiden Polizisten an.
„Da irren Sie sich, wir ermitteln in einem Mordfall und Sie haben ein starkes Motiv. Überzeugen Sie uns von Ihrer Unschuld. Wir würden gerne eine Speichelprobe mitnehmen. Wenn bei dem Abgleich nichts raus kommt, haben Sie doch auch nichts zu befürchten."
„Sagen Sie mal, ticken Sie noch richtig“, kam es äußerst aggressiv zurück, „wir werden einen Anwalt einschalten und die Presse über diese Polizeistaatmethoden informieren." Mit diesen Worten schlug sie die Tür zu.
Etwas konsterniert blickten sich Mona und Petersen an. „So

kommen wir jetzt nicht mehr weiter“, murmelte Petersen, „da muss das große Besteck rausgeholt werden."
Sie verließen beide langsam das Grundstück. Sie konnten spüren, wie sie aus dem Küchenfenster beobachtet wurden. Auf der Straße vor dem Haus blieb Petersen stehen, zückte sein Handy und rief Kommissar Wilbert an. In kurzen Worten schilderte er ihm den Vorfall an der Haustür. Er konnte hören, wie Wilbert leise durch die Zähne pfiff.
„Das ist ja interessant, da haben Sie ja ins Wespennest gestochen, Kollege Petersen. Ich werde sofort, wenn ich auf dem Festland bin, mit dem zuständigen Staatsanwalt sprechen. Wir müssen eine richterliche Genehmigung für 'ne Speichelprobe einholen und eine offizielle Ladung zu einer Vernehmung, da kann die ja einen Anwalt mitbringen, das dauert dann jetzt ein wenig, aber ich glaube wir sind auf dem richtigen Weg. Schönes Wochenende, wir sehen uns am Montag, Tschüss“
Wilbert hatte aufgelegt. Beide gingen jetzt in Richtung Bahnhof. Petersen berichtete Mona kurz über den Inhalt des Gespräches mit Wilbert.
„Er wünscht uns ein schönes Wochenende“, grinste er Mona an, „das habe ich hier noch nicht gehabt, aber wir können jetzt nichts mehr machen. Die Staatsanwaltschaft ist am Zug und denen ist auch ihr Wochenende heilig."
Auf dem Bahnhof trafen sie Frieda Siebelts, die ihren Mann in der Kur besuchen wollte. Sie lachte Petersen freundlich an.
„Ich bin ja froh, dass Onno in Kur ist, das hätte der doch gar nicht durchgestanden. Diese Aufregung wäre Gift für sein Herz gewesen. Gut, dass du das machst, mit deiner Großstadterfahrung."
Petersen bedankte sich artig und gab Frieda liebe Grüße für Onno mit auf den Weg. In der Polizeistation räumten beide

noch ein wenig auf. Mona entwarf einen Bericht über die Aktion vor der Haustür der Eheleute Remmers. Petersen sinnierte vor sich hin:
„Wenn ich Glück habe, kann ich mir heute das Freitagspiel von Werder beim Magister ansehen. Morgen könnten wir eigentlich dann noch mal einen neuen Versuch mit dem Essengehen starten oder?“
Mona nickte: „Und lass dich nicht wieder so volllaufen, ich glaube bei Werder-Spielen bist du sehr gefährdet. Ich bleib mal in der Wohnung. Wenn was ist, ich stehe standby."
„Danke und keine Angst, ich werd‘ mich zusammenreißen. Im Moment besteht wenig Anlass, um bei Werder zu jubeln."
„Na ja, es gibt ja auch so was wie Frustsaufen oder?“
„Was du immer hast, als wenn ich hier ständig breit in der Gegend rumlaufe."
„Ich kann mich da an einen Abend erinnern."
„Nun hör‘ aber mal auf, einmal ist ja nun nicht ständig."
„Ist ja gut, reg dich nicht auf, schönes Spiel und einen schönen Abend, Tschüss."
Mona verließ auffällig grinsend die Dienststelle. Auch Petersen lachte in sich rein. Das war ja eben wie bei einem alten Ehepaar, dachte er und fuhr die PCs runter.

Das Spiel begann um 20:30 Uhr. Petersen betrat gegen 20 Uhr die Kneipe. Es waren wenige Gäste anwesend, nur die Theke war besetzt. Die allabendliche „After Work-Knobelrunde“ hatte sich schon aufgelöst, nur die Werder-Fans waren geblieben. Mit großem Hallo wurde Petersen begrüßt. Der Magister ließ es sich nicht nehmen ihn als „Ostfriesen-Wyatt Earp“ zu titulieren. Die meist jüngeren Thekensitzer konnten mit diesem Gag nicht so viel anfangen, weil sie keine Western-Filme mehr kannten, umso mehr der Magister, der sowieso über seine eigenen Witze am lautesten lachen konnte.

„So jetzt kommt Doc Hollyday mit der Tippliste, Einsatz 2 €“ und wieder ertönte sein donnerndes Lachen. Man trug seine Tipps ein und zahlte brav die 2 €. Wer das Ergebnis richtig hatte, bekam den „Pott“ ausgezahlt. Wenn keiner den richtigen Tipp hatte, wurde das Geld für ein gemeinsames Grünkohlessen aufgespart. Das Spiel gegen Mainz 05 entwickelte sich für Werder Bremen zu einem Desaster. Die Kommentare wurden immer bissiger. Eine Gruppe von acht Frauen betrat die Kneipe. Ihre Mienen verfinsterten sich als sie den Bildschirm sahen.

„Scheiß, Fußball, muss das sein“, wurde gestöhnt. Das war die Vorlage für den Magister:

„Hallo, hier ist Werder-Land, da muss man durch oder ihr geht woanders hin, außerdem, meine Mutter ist um diese Zeit nie in 'ne Kneipe gegangen."

Diesmal kam keine böse Reaktion und auch kein Abmarsch. Eine sympathisch aussehende Blondine, Petersen schätzte sie um die fünfzig, konterte: „Die Zeiten haben sich geändert alter Mann, wir bleiben, das hast du nun davon."

Der Magister war nun tatsächlich geschockt. Das bedeutete, dass er während des Spiels bedienen musste. Die lustige Frauengruppe nahm auf der Empore Platz und er musste nun die Bestellungen aufnehmen und das während des Werder-Spiels.

„Macht aber nicht so einen Lärm, wir müssen das Spiel analysieren“, spielte er den Ball noch einmal zurück. „Keine Angst“, konterte wieder die Blondine, „wir unterhalten uns über sensible Frauenthemen."

Die Thekengemeinde nahm dies wohlwollend zur Kenntnis. Die Werder-Niederlage nahm ihren Lauf. Nach dem Spiel wurde heftig über die Gesamtentwicklung des Vereins und die Torwartfrage diskutiert. Der Trainer wurde von einigen schon

wieder zur Disposition gestellt, während andere Fischer und Lemke als die Schuldigen der Misere ansahen. Petersen, der sich an der Diskussion heftig beteiligte, spürte den Stress der letzten Tage, auch die diversen Biere zeigten ihre Wirkung. Er musste an die Worte von Mona denken und kam sich in diesem Moment wie ein Ehemann vor, der vollständig unter der Fuchtel seiner Frau stand. Trotzdem zahlte er. Er wusste, wenn er noch blieb, würde er heillos abstürzen. Die Vernunft hatte gesiegt. Leicht wankend, verließ er die Kneipe. Der Magister rief ihm noch hinterher:
„Und grüß die schöne Mona von mir."

Sonnabend

Der Morgen dieses Tages verlief außerordentlich ruhig. Mona nahm eine Anzeige wegen Sachbeschädigung an mehreren Fahrrädern in der Friedrich-August-Straße auf. Petersen schlief lang und fest und widmete sich danach der Hausarbeit, Staubsaugen, Wäsche usw. Nach dem langen Schlaf fühlte er sich wesentlich besser als am Vortag. Er war froh, dass es gestern Abend nicht zum Absturz gekommen war. Die Niederlage von Werder allerdings nagte noch immer an ihm. Gegen 12 Uhr ging er nach unten ins Revier. Mona saß an ihrem PC und bearbeitete die Anzeige mit den Fahrrädern.

„Na, das war dann ja wohl nichts mit Werder oder?“ flötete sie ironisch.

„Bitte keine Kommentare von nicht kompetenten Mitbürgerinnen, nur wenige Menschen können ein Fußballspiel lesen und ich gehöre dazu."

Mona prustete vor Lachen los. „Da leidet aber jemand an Selbstüberschätzung, wohl wieder voll gewesen gestern?“

„Nein, Frau Kollegin, Vati war ganz solide und fühlt sich heute fit."

„Au, ha, das gibt ja heute was, ein ausgeruhter Kommissar, das schreit ja förmlich nach neuen Mordfällen."

„Hör bloß auf, heute darf nichts passieren, ich gehe nämlich mit einer schönen Frau aus. Ich habe um 19 Uhr einen Tisch im „Compass“ bestellt. Hoffentlich werde ich von der Dame nicht versetzt."

„Ein bisschen Geduld muss man schon haben, vielleicht kommt sie ja."

Damit war der kleine Schlagabtausch beendet. Mona ging jetzt ihrerseits in die eigene Wohnung, um ihre Sachen zu erledigen. Petersen checkte noch kurz die Mails und entschloss sich einen Spaziergang in Richtung Osten zu machen. Für danach hatte er sich vorgenommen, noch Gitarre zu üben. Mittwoch hatte Sönke Meiners einen Übungsabend angesetzt und am Freitag sollte das neue Programm der Insel-öffentlichkeit in der Dünenhalle vorgeführt werden. Es sollte eine Art Probelauf werden, denn über die Weihnachtstage und zum Jahreswechsel würde die Insel voll werden und traditionell gab es am 29.12. einen Auftritt des Shantychores. Petersen, der schon viele Auftritte mit diversen Bands absolviert hatte, verspürte eine große Unruhe, wenn er an den bevorstehenden Auftritt mit dem Shantychor dachte. So etwas hatte er noch nie gemacht und die Sache lag auch musikalisch nicht wirklich auf seiner Linie. Zwar hörte er gerne, vor allen im alkoholisierten Zustand, maritime Musik, aber damit aufzutreten, war ihm dann doch ein wenig unheimlich. Auf dem Deich war er vollständig alleine, der Wind hatte stark zugenommen und in der nächsten Woche war laut Wettervorhersage mit einer Sturmflut zu rechnen. Er war gespannt, was dann auf der Insel passieren würde und welches seine Rolle wäre, darüber musste er sowieso noch einmal mit Harm Gerdes, dem Leiter der Feuerwehr, sprechen. Welche Rolle spielte die Polizei bei einer solchen gefährlichen Wetterlage? Eine große Rolle konnte das nicht sein. Monas Zeit würde am Ende der nächsten Woche vorbei sein, dann war er wieder allein. Die „Ein-Mann"-Polizei beim Katastrophen-schutz, das war irgendwie ein lächerlicher Gedanke. Natürlich würde er in einem solchen Fall helfen, aber seine Mittel waren sehr begrenzt, er besaß nur ein Dienstfahrrad. Irgendwie eine lächerliche Vorstellung, ihn ärgerte schon, dass er immer auf das Fahrzeug der Feuerwehr angewiesen war. Nach seiner

Meinung gehörte ein Polizeifahrzeug auf die Insel. Vielleicht sollte er den Bürgermeister darauf einmal ansprechen, aber nach seinen bisherigen Kontakten mit dem Oberhaupt der Insel, würde dieses Unterfangen sich sehr schwierig gestalten.

In Höhe des „Café Neudeich“ entschied er sich, den Rückweg über den Strand anzutreten. Die See war stark aufgewühlt. Am Strand war sehr viel Zeugs angespült worden. Drei Fischkisten mit dänischer Aufschrift lagen am Flutsaum, Fetzen eines orangefarbenen Fischernetzes bewegten sich im Wind, eine Tube Sonnencreme erinnerte an den letzten Sommer. Ab und zu senkte Petersen seinen Blick auf die angeschwemmten Muscheln, vielleicht würde er ein Stück Bernstein finden. Stattdessen stolperte er über eine tote Möwe, deren Körper schon von Würmern ausgehöhlt war, ein ekeliger Anblick. Er hatte zwar schon während seiner langen Polizeidienstzeit so manch übel zugerichtete Leiche gesehen, aber vor dem Anblick des toten Vogels ekelte er sich mächtig. Die Gebäude der Promenade waren schon deutlich zu erkennen. Er freute sich auf den heutigen Abend. Vielleicht würde es ihm gelingen, etwas mehr über Monas Privatleben zu erfahren.

Der Nachmittag blieb völlig ruhig. Petersen übte das Repertoire des Shantychores und danach musste er sich noch an einigen Rock-Klassikern austoben. Gegen 18:30 Uhr zog er eine frische Jeans an, entschied sich für einen schwarzen Rollkragenpullover und natürlich für seine geliebte Lederjacke. Eine Viertelstunde später klopfte er an Monas Wohnungstür.
„Kleinen Moment noch“, hörte er sie rufen.
„Okay, ich warte unten“, rief er durch die Tür.
Der Wind hatte wieder etwas abgenommen, augenscheinlich

hatte er auf Südwest gedreht, die beiden Bäume im Vorgarten der Polizeistation bewegten sich kaum. Er kontrollierte die orangene Notrufsprechanlage, die neben der Eingangstür hing und hoffte, dass sie heute Abend von niemandem betätigt werden würde. In diesem Moment trat Mona aus der Tür. Sie hatte wieder ihr unwiderstehliches Rockeroutfit gewählt. Die blonden Haare trug sie offen und war dezent geschminkt. Eine Neuigkeit im Outfit fiel Petersen sofort auf. Die Fingernägel, die sonst transparent lackiert waren, trugen diesmal schwarzen Lack, passend zum Gesamtoutfit.
Mona spürte die Blicke von Petersen: „Alles okay oder stimmt was nicht?“
„Ich sage nur Lady in Black, von Kopf bis Fuß auf Black eingestellt, gefällt mir."
„Danke für das Kompliment, ich kenne sogar den passenden Song von Uriah Heep dazu, obwohl das ja nun vor meiner Zeit war.“
„Na ja, immerhin, zu meiner Schulzeit hat das jede Schülerband gespielt und alle haben die Feuerzeuge hochgehalten."
Langsam schlenderten sie in Richtung Zedeliusstraße. Die Straße war menschenleer und man konnte sich nur schwer vorstellen, wie voll es im Hochsommer auf dieser Straße war. Er hatte von Onno Siebelts gehört, dass es hier häufig zu schweren Fahrradunfällen kam, weil viele Touristen, aber auch Insulaner, sich nicht an das Fahrradfahrverbot in der Fußgängerzone hielten.

Im Lokal „Compass“ herrschte eine romantische Stimmung. Es waren nur wenige Tische besetzt. Auf den Tischen brannten Teelichter und an den Wänden hingen historische Aufnahmen von Wangerooge. Petersen und Mona wählten einen Platz am Fenster mit Blick auf das legendäre „Café Pudding“, das sich

aber zu dieser Zeit im Winterschlaf befand. Während des Essens erzählte Mona von ihrer Polizeiausbildung. Petersen musste staunen, wie viel sich doch im Laufe der Zeit geändert hatte. Der psychologische Teil der Ausbildung nahm einen viel größeren Raum ein als noch zu seiner Ausbildungszeit. Auf die Frage, wie sie überhaupt zur Polizei gekommen sei, stockte Mona und sagte dann leise „durch meinen Freund."
Petersen nahm seinen Mut zusammen und fragte: „Und wo ist dein Freund jetzt?“ Er erschrak als er die Reaktion auf seine Frage in Monas Gesicht beobachtete. Tränen liefen ihr übers Gesicht. Petersen ergriff ihre Hände, sie ließ ihn gewähren. „Was ist denn, hab ich was Falsches gefragt?“
„Nein, irgendwann muss ich dir das ja mal erzählen. Er ist tot!“
„Wie tot?“ entfuhr es Petersen, der sich selbst über seine Wortwahl erschrak.
„Er ist auf einem gemeinsamen Motorradausflug verunglückt."
„Du musst mir das nicht erzählen, wenn das zu viel für dich ist."
„Doch ich glaube ich kann dir davon erzählen, bisher konnte ich es nicht. Wir sind beide, er hieß übrigens Mark, Motorradfreaks gewesen. Er fuhr eine Vmax, das ist diese Maschine mit den dicken Reifen, hast du vielleicht schon mal geseh'n und ich hatte 'ne Harley."
Petersen hörte gebannt zu und blickte in das traurige Gesicht von Mona. Er hätte sie gerne in den Arm genommen, wollte aber ihre Erzählung nicht unterbrechen.
„Nach dem ersten Jahr unserer Polizeiausbildung haben wir uns unseren großen Traum erfüllt, Motorradfahren auf der legendären Route 66. Wir haben diese Tour mit einer Gruppe von Freunden unternommen, die wir aus Oldenburg kannten. Kurz vor Amarillo haben wir die Maschinen abgestellt und Pause gemacht. Wir wollten Fotos machen. Mark wollte einen

Film über unsere Tour drehen." Mona hatte wieder mit ihren Tränen zu kämpfen. „Bestellst du uns mal einen Grappa, mir ist jetzt da nach."
Petersen nickte und bestellte zwei Grappas. Nachdem sie die beiden Gläser gelehrt hatten, setzte Mona ihre Erzählung fort: „Während der Pause fing es an zu regnen. Mark stand ungefähr zehn Meter neben seiner Vmax und machte Aufnahmen. In diesem Moment kam ein großer LKW mit Anhänger um die Ecke, der Anhänger geriet auf der nassen Fahrbahn ins Rutschen und katapultierte die Maschine in Richtung Mark, der von ihr tödlich getroffen wurde. Das alles vor unseren Augen. Er war auf der Stelle tot. Wir hatten einen Medizinstudenten mit, der hat noch alles versucht, aber da war nichts mehr zu machen."
Mona fing wieder an zu weinen. Petersen streichelte ihre Hände.
„Ich kriege diese Bilder nicht mehr aus meinem Kopf."
Petersen bestellte noch zwei Grappas. Die Grappas zeigten bei Mona Wirkung, ihre Formulierungen wurden schleppender. Petersen wollte sie aber nicht stoppen, denn irgendwie hatte er das Gefühl, dass sie das jetzt brauchte. Mona erzählte weiter über die Abwicklung des Unfalls und wie die Gruppe mit einem Sarg im Flugzeug in Hamburg ankam und sie den Eltern von Mark gegenüber treten mussten. Insgesamt kam es zu fünf Grapparunden. Eigentlich wollte Mona noch nicht nach Hause. Petersen drängte aber zum Aufbruch. Monas Zustand machte ihm etwas Sorgen. Er konnte schwer einschätzen wie viel Alkohol sie vertrug, ihre desolate psychische Verfassung kam jetzt noch dazu. Aus eigener Erfahrung wusste er, dass diese Mischung zu fürchterlichen Abstürzen führen konnte. Mona wollte zwar weitertrinken, aber man musste es ja nicht zum Äußersten kommen lassen. Nachdem sie gezahlt hatten,

steuerte Petersen die Peterstraße an. Er wollte vermeiden, dass man in der Zedeliusstraße zwei angetrunkene Polizeibeamte beobachten konnte. Ihm war das letztlich ziemlich egal, aber er wollte nicht, dass Mona in diesem Zustand gesehen werden sollte. Eng umschlungen gingen sie in Richtung Anton-Günther-Straße. Petersen musste sie kräftig unterhaken, damit sie nicht stolperte. Sie war ziemlich anhänglich und versuchte ihn zu küssen. Er hatte hier zwar eine der attraktivsten Frauen seines Lebens im Arm, aber für ihn war völlig klar, dass er diese Situation nicht ausnutzen würde.

Im Revier angekommen, kontrollierte Petersen noch schnell, ob irgendetwas aufgelaufen war und war heilfroh, dass nichts auf dem Anrufbeantworter war. Er hakte Mona kräftig unter und zog sie praktisch die Treppe hoch. Mona war fast nicht mehr ansprechbar. Sie versuchte das Lied von Falco, *der Kommissar geht um*, zu singen. Sie erinnerte sich wohl an einen der ersten Abende beim Magister, der Petersen gerne mit diesem Lied verarschte. Petersen schloss die Tür zu Monas Wohnung auf und legte Mona auf ihrem Bett ab. Sollte er sie so jetzt liegen lassen? Er hatte zwar eine gewisse Scheu davor, aber er entschloss sich, sie auszuziehen, zumindest bis zur Unterwäsche. Große Probleme bereitete es ihm, die enge Lederhose vom Körper zu bekommen.

“Wollen Sie mich verführen, Herr Kommissar?“ lallte Mona. Petersen antwortete nicht. Endlich hatte er die Lederhose vom Körper gezogen. Mona trug sehr sexy schwarze Unterwäsche. Petersen versuchte sich zu konzentrieren. Jetzt bloß keinen Fehler machen, dachte er und zog ihr jetzt den Pullover über den Kopf, deckte sie mit der Bettdecke zu und stellte zur Vorsicht einen Eimer neben ihr Bett. Schweißgebadet verließ er die Wohnung. Monas verführerischer Anblick machte ihm zu schaffen. Nachdem er im Bett lag, nahm er seinen I-Pod und hörte noch ein wenig Musik bis er einschlief.

Sonntag

Schrill ertönte das Diensthandy gegen 7:30 Uhr. Petersen schreckte auf. Leitstelle Wilhelmshaven stand im Display. Das war das sichere Zeichen, dass jemand auf der Insel die Nummer 110 gewählt hatte, das verhieß nichts Gutes. Wenn jemand diese Nummer auf der Insel wählte, war in der Regel wirklich Not am Mann. Der wachhabende Beamte vom Festland schilderte Petersen die Situation. Der Hausmeister des Schullandheims „Haus am Meer" beobachtet eine wahrscheinlich weibliche Person, wie sie auf einer Buhne vor dem Deckwerk ins Wasser geht. Mehr Informationen hatte der Beamte in der Zentrale nicht. Zur gleichen Zeit lief bei Petersen ein Anruf der Freiwilligen Feuerwehr auf, auch sie hatte einen Notruf erhalten. Harm Gerdes würde ihn in fünf Minuten mit dem Rover abholen. Petersen war im Nu vollständig wach. Schnell zog er seine Uniform an. Sollte er Mona wecken? Keine gute Idee entschied er. In ihrem desolaten Zustand wäre sie keine Hilfe. Er heftete einen Zettel an ihre Tür, dass sie nach dem Aufwachen die Revierzentrale besetzen sollte.

Als er vor die Dienststelle trat, sah er schon das Blaulicht des Feuerwehrfahrzeugs im Halbdunkel zucken. Der Wagen war mit vier Feuerwehrleuten besetzt. Harm Gerdes saß am Steuer. Petersen zwängte sich in das Fahrzeug. Harm, als auch er, waren auf dem gleichen Informationsstand: Weibliche Person auf einer Buhne im Westen. Harm hatte mittlerweile auch die Jungs von der Gesellschaft zur Rettung Schiffbrüchiger informiert. Sie überholten auf dem Weg nach Westen drei Männer auf ihren Fahrrädern, die zu ihrem Fahrzeugschuppen an der Müllpressstation fuhren. In diesem Schuppen stand ein

Geländefahrzeug, mit dem die Rettungsmänner zum Hafen fahren würden. Harm rief ihnen zu, dass man vor Ort eine Lagebeurteilung an die Seenotretter durchgeben würde. Nun gab Harm richtig Gas. Er schaltete zusätzlich das Martinshorn ein, um etwaige entgegenkommende Fahrradfahrer zu warnen. Die Straße oder besser der Weg zum Westen war sehr eng. Petersen musste sich sehr konzentrieren, der Restalkohol machte sich bemerkbar, aber wenn er sich seine Nebenmänner von der Feuerwehr ansah, so hatten die offensichtlich ähnliche Probleme. Es war der Fluch des Einsatzes an einem frühen Sonntagmorgen. Als sie die Gaststätte „Jan Seedorf" passiert hatten, gab Harm erst richtig Gas.
Die Straße führte mindestens einen Kilometer an der Rückseite der Dünenkette geradeaus direkt bis zum Schullandheim. Petersen, der direkt hinter Harm Gerdes saß, krallte seine Finger in den Vordersitz. Er mochte nicht auf die Tachonadel sehen. Vor dem Schullandheim stand die Frau des Hausmeisters und winkte mit beiden Armen. Eigentlich wollte Harm über das Gelände des Hafen- und Schifffahrtsamtes auf das betonierte Deckwerk fahren, aber wegen des Sonntags waren die Tore verschlossen. Die Frau des Hausmeisters wies ihnen den Weg über das Gelände des Schullandheimes. Der Rover nahm die steile Auffahrt zum Deckwerk ohne Probleme. Harm lenkte das Fahrzeug nach links. Vom Fahrzeugfenster aus konnten sie die langgezogene Buhne sehen, auf der fast am Ende eine Frau in einem blauen Jogginganzug bis zu den Knien im Wasser stand.
„Das ist die Remmers", entfuhr es Petersen. Die Männer sprangen aus dem Auto. Harm übernahm das Kommando:
„Einer muss auf die Buhne. Wir sichern ihn mit einem langen Tampen. Die Buhne ist sehr glitschig, wenn man da ausrutscht, ist man weg. Wir haben ablaufendes Wasser, wer hier jetzt

reinfällt, treibt in die offene See, das bedeutet den sicheren Tod, das gilt auch für die Remmers da vorne."

Die langen Buhnen aus Stein waren aufgeschüttet worden, um die Wellen, die im Westen der Insel besonders stark waren, zu brechen. Man hatte die Westspitze der Insel zubetoniert, um ein Wandern der Insel nach Osten zu verhindern. In der Geschichte Wangerooges hatte sich die Insel immer weiter nach Osten verschoben. Wo sie jetzt standen, war in grauer Vorzeit einmal der Mittelpunkt der Insel gewesen. Die Naturkräfte, die auf diesen Teil der Insel wirkten, waren immens. Hinzu kam, dass dieser Ort des Wattenmeeres berüchtigt war. Die Gezeitenströme mussten an dieser Stelle, zwischen Wangerooge und Spierkeroog, durch. Die Fließgeschwindigkeit war hier besonders hoch. Schwierig wurde die Situation, wenn der Wind gegen die Strömung lief und das war heute Morgen der Fall. Bei Nordwest-Wind und ablaufend Wasser stand Wind gegen Strömung. Unter diesen Bedingungen bauten sich teilweise 2 bis 3 Meter hohe Wellen auf und das bei einer geringen Wassertiefe von manchmal nur 3 bis 4 Metern. Es bildeten sich dann gefährliche Grundseen. So manches Schiff war an dieser Stelle zum Wrack geworden. Für die Schifffahrt war das Harle-Gatt, so nennt man diesen Engpass, bei dieser Wetterlage kaum passierbar.

Harm informierte per Handy die Seenotretter, die mittlerweile den Westanleger erreicht hatten. Ob sie mit ihrer „Wilma Sikorski“ ins Harle-Gatt einlaufen wollten, mussten sie selbst entscheiden. Harm benannte einen jungen Feuerwehrmann, der Rolf hieß, auf die Buhne zu gehen. Petersen unterbrach Harms Anweisungen:

„Lass das, ich mach‘ das, auch wenn ich nicht mehr so gelenkig bin, aber ich kenne die Frau und kann mir denken, warum sie da steht und ihrem Leben ein Ende setzen will."

„Wenn du dir das zutraust, okay, vielleicht kannst du sie zur Umkehr bewegen." Harm nickte.
Petersen bekam eine Feuerwehrjacke. Um seine Hüfte wurde eine Sicherheitsleine gebunden, die von drei Feuerwehrmännern gesichert werden sollte. Ein Funksprechgerät der Feuerwehr wurde in die vordere Brusttasche gesteckt, so dass Petersen jederzeit mit den Männern kommunizieren konnte. Harm manövrierte sein Fahrzeug noch näher an die Buhne heran. Als letzte Sicherung wurde die Leine am Rover festgemacht, eine Tatsache, die Petersen sichtlich beruhigte. Er musste sich beeilen, Angela Remmers stand jetzt bereits bis zur Brust im Wasser. Die Wellen rollten heftig in Richtung Buhne, wo sie gebrochen wurden. Wenn eine Welle die Remmers jetzt treffen würde, wäre alles vergebens gewesen. Von Ferne sah man die „Wilma Sikorski" gegen die Dünung ankämpfen. Petersen absolvierte recht zügig die ersten 50 Meter auf der Buhne, die auf diesem Teilstück noch sehr breit war, sich aber dann merklich verengte. Auf dem engen Teil wurden die Basaltsteine schon teilweise von den Wellen überspült. Hier verlangsamte Petersen seinen Schritt, um nicht auszugleiten. Er stand jetzt ca. 30 Meter hinter Angela Remmers, die ihn anscheinend noch nicht bemerkt hatte. Ihr Blick ging starr in Richtung Spiekeroog. Langsam bewegte sie sich weiter in Richtung tiefes Wasser. Sie stand jetzt bis zur Schulter im Wasser. Einige Schritte weiter und sie würde vom Ebbstrom mitgerissen werden. Petersen musste jetzt wieder schneller werden, obwohl er Harms Stimme aus dem Funksprechgerät hörte:
„Nicht zu schnell Sheriff, sonst rutscht du aus."
Jetzt stand er 10 Meter hinter Angela Remmers. Er musste etwas tun, sie anzusprechen war die einzige Chance. Halblaut rief er:

„Hallo Frau Remmers, kommen Sie zurück!"
Angela Remmers erschrak sichtlich, sie drehte sich halb um und hätte fast das Gleichgewicht verloren.
„Bleiben Sie da stehen, es ist vorbei, lassen Sie mich ins Wasser gehen."
„Wollen Sie auf diese Art enden? Kommen Sie, erzählen Sie mir, was passiert ist, es gibt für alles eine Lösung."
Diese Ansprache kam Petersen abgedroschen vor, wie aus etlichen Kriminalfilmen, aber ihm fiel nicht anderes ein.
„Sie wissen doch sowieso alles, lassen Sie mich in Ruhe", kam es zurück.
Petersen verringerte seinen Abstand zu ihr auf 5 Meter. Angela Remmers reagierte nicht.
„Ich weiß wenig und kann nur vermuten, dass Sie sehr sauer auf Frau Dunker waren." Wieder rückte er 2 Meter näher an Sie heran.
„Ich wollte sie nicht töten, aber sie war wie eine Furie, die wollte gar nicht mit mir reden, die hat mich noch verhöhnt."
Petersen traute seinen Ohren nicht, war das ein Geständnis? Er rief:
„Das wirkt sich doch alles strafmildernd aus, kommen Sie, kommen Sie!"
Sie schüttelte mit dem Kopf und ging einen Schritt nach vorn. Petersen sah die Welle anrollen, er verkürzte noch einmal den Abstand und sah das Unheil kommen. Die Welle erfasste Angela Remmers. Sie rutschte von der Buhne. Petersen hechtete auf sie zu. Beide rutschten ab und befanden sich im Wasser. Der starke Ebbstrom war sofort zu spüren. Petersen hatte irgendein Stoffteil vom Jogginganzug der Remmers zu fassen, das reichte aber noch nicht, um sie zu halten. Er musste nachfassen. Dabei gelang es ihm, einen Arm von ihr zu ergreifen. Er umklammerte ihn fest. Gott sei Dank beurteilten

die Männer am Sicherungsseil die Lage richtig und begannen zu ziehen. Langsam schwanden Petersen die Kräfte. Angela Remmers wehrte sich nicht, sondern krallte sich ihrerseits an Petersen fest, das brachte etwas Entlastung. Er hörte das Rufen der Männer jetzt sehr nah. Zwei Feuerwehrmänner packten Angela Remmers. Petersen wurde weiter auf den Sand gezogen. Kurzzeitig wurde ihm schwarz vor Augen. Harm Gerdes hatte in der Zwischenzeit den Inselarzt samt Krankenwagen gerufen. Dr. Meyerdierks, der Badearzt der Insel, kümmerte sich um Angela Remmers und die beiden Rettungssanitäter halfen Petersen auf und geleiteten ihn zum Krankenwagen. Er begann die Kälte erst jetzt zu spüren, als die Sanitäter ihn mit Wolldecken behängten. Auch Angela Remmers wurde in den Krankenwagen gebracht. Dr. Meyerdierks stieg hinten in den Wagen, der sofort losfuhr.
„Ich würde Sie beide zu mir mit in die Praxis nehmen, um Sie zu untersuchen“, sprach Meyerdierks sie an.
„Nicht nötig“, antwortete Petersen, „lassen Sie mich im Revier raus, ich dusche heiß, kümmern Sie sich um Frau Remmers. Meine Kollegin kommt dann mit in die Praxis."
„Na, gut, aber wenn was ist, melden Sie sich, Herr Petersen, eine Unterkühlung ist nicht zu unterschätzen." Petersen nickte. Der Arzt wandte sich jetzt an Angela Remmers:
„Sollen wir Ihren Mann verständigen, damit er frische Sachen bringt?“
„Frische Sachen ja, aber mein Mann ist der Letzte, den ich jetzt sehen will. Er ist an allem schuld“, flüsterte sie.
Mittlerweile hatten sie die Polizeistation erreicht. Mona wartete schon vor der Tür. Per Funk war sie von den Rettungssanitätern, aber auch von Harm Gerdes informiert worden. Mit besorgter Miene sah sie Petersen aus dem Krankenwagen kommen. Er ließ sie nicht zu Wort kommen:

„Du musst zur Praxis mitfahren. Sie hat gestanden. Ich melde mich, wenn ich geduscht habe."
„Du musst dich hinlegen Lars, so wie du aussiehst“, kam es ihm besorgt entgegen.
„Dafür ist später noch Zeit genug."
Mona stieg in den Krankenwagen und Petersen strebte der heißen Dusche entgegen.

Eine halbe Stunde später saß Petersen mit einer Tasse dampfendem Ostfriesentee am Schreibtisch. Das Blut zirkulierte in seinen Adern, er fühlte sich kaputt, aber einige Dinge waren noch zu erledigen. Kommissar Wilbert erreichte er über Handy beim Sonntagvormittags-Spaziergang. Petersen gab einen kurzen Bericht. Wilbert versprach, sich um einen Polizeihubschrauber zu bemühen. Er wollte die Remmers in jedem Fall unter polizeilicher Begleitung in einem Krankenhaus durchchecken lassen. Petersen bejahte diese Maßnahme und bat um eine rechtzeitige Information über das Kommen des Hubschraubers. Die Tür ging auf und Harm Gerdes betrat das Revier:
„Das kann doch wohl nicht wahr sein, dass du schon wieder arbeitest. Ruhe ist angesagt!“
Petersen stand auf und umarmte Harm: „Danke für eure Hilfe, ich hätte es fast nicht geschafft."
„Ja, das war knapp. Du hast deine Sache gut gemacht. Kannst gleich bei uns anfangen." Harm klopfte Petersen noch einmal auf die Schulter, bevor er die Wache verließ.
Petersen informierte Mona und Dr. Meyerdierks über die weitere Vorgehensweise. Nach der Untersuchung würde man Angela Remmers mit dem Krankenwagen zum Flugplatz fahren.
In der Praxis des Inselarztes weigerte sich Angela Remmers, ihren Mann zu empfangen. Mona musste sehr bestimmt

gegenüber Jens Remmers auftreten, der die Weigerung seiner Frau, ihn nicht sehen zu wollen, nicht akzeptieren wollte. Er wurde von Mona genötigt, frische Wäsche und eine Reisetasche von zu Hause zu holen.

Nach einer halben Stunde meldete sich Kommissar Wilbert bei Petersen. Der Hubschrauber würde in einer Stunde in Wangerooge landen. Petersen informierte die Praxis des Inselarztes und fuhr mit dem Dienstfahrrad ebenfalls zum Flugplatz. Nur kurz musste er auf den Krankenwagen warten. Die Sanitäter fuhren den Wagen auf das Vorfeld des Flugplatzes. Langsam ging Petersen zum Wagen. Er bat die Sanitäter, den Wagen zu verlassen, stieg von hinten in den Wagen. Angela Remmers saß aufrecht auf der Krankenliege, neben ihr Mona. Sie spürte, was Petersen vorhatte und verließ ebenfalls das Fahrzeug. Nachdem sie beide alleine waren, kehrte Stille ein.

„Danke", mit diesem Wort beendete Angela Remmers die Stille.

„Das war knapp für uns beide", nickte Petersen.

„Ich bin froh, dass jetzt alles vorbei ist und die Lügerei ein Ende hat. Sie hatten natürlich Recht. Auf einer Insel bleibt nichts unentdeckt. Meine Kartenschwestern haben früh begonnen, über die Fremdgeherei meines Mannes zu sticheln. Ich wollte es einfach nicht glauben. Und dann habe ich sie an dem besagten Tag am Weststrand beim Joggen getroffen. Sie mit ihren Stöckern, ich hab sie einfach gestellt und sie darauf angesprochen. Am Anfang war sie noch recht cool von wegen absolute Treue gäbe es nicht und ich solle über meine Ehe nachdenken. Diese intellektuelle Laberei hat mich richtig hochgefahren und dann habe ich zu meinem letzten Trumpf gegriffen. Mein Mann hatte mir gegenüber Andeutungen über die RAF-Vergangenheit der Dunker gemacht und dass das nicht ihr richtiger Name sei. Ich hab' sie dann vor die Wahl gestellt: Finger weg von meinem Mann oder die Insel erfährt, wer hier eigentlich unterrichtet! Mit dem Hinweis auf die RAF fühlte sie sich extrem provoziert. Da ist die ausgerastet und hat mit ihren Stöckern auf mich eingeschlagen. Ich habe mich natürlich gewehrt und sie ist dann in den Sand gefallen und ich hab' einen Stein genommen und ihren Kopf getroffen. Nun war auch ich wie von Sinnen und hab' mit ihren Stöckern auf sie eingestochen und dann hat sie sich nicht mehr bewegt." Es trat eine kleine Pause ein.

Petersen zwang sich keine Verhörfragen zu stellen, das würden andere später erledigen. Die Frau wollte sich erleichtern, reinen Tisch machen. Traurig blickte Angela Remmers Petersen an:

„Ich hab' mich selbst nicht mehr wiedererkannt, diese Raserei und blutige Gewalt. Als ich sie dann da so liegen gesehen habe, bin ich in Panik geraten und nach Hause gerannt, dort habe ich dann alles meinem Mann gebeichtet. Mein Mann war völlig entsetzt, hat mich angebrüllt, ist wie ein Derwisch in der Wohnung rumgerannt, ich dachte, der kriegt 'nen Herzinfarkt. Nach der ersten Panik hat er mich gefragt, wo die Leiche denn liegen würde, so ganz sachlich. Ich hab' ihm den Fundort geschildert, er hat dann überlegt und ist danach abends mit dem Fahrrad zum Weststrand gefahren und hat die Leiche unter die Sandsäcke gelegt. Mich hätten da keine zehn Pferde mehr hingekriegt, aber der hat cool überlegt und gehandelt."

Petersen konnte seine Neugier nicht zurück halten:

„Und wer hat diesen Zettel mit dem Hinweis auf die RAF da hingelegt?"

„Meinem Mann ist dann, als er anschließend wieder zu Hause war, die glorreiche Idee mit der RAF gekommen. Ihm war klar, dass sich alle Welt auf die RAF Vergangenheit von der Dunker stürzen würde. Die Insel wusste ja nicht, wer da in ihrer Mitte unterrichtete und Politik machte. Es sollte wie ein Racheakt der alten RAF-Leute aussehen, die mittlerweile ja fast alle wieder aus dem Knast raus sind. Er hat dann noch im Internet nach dem RAF-Symbol gegoogelt und hat es daraufhin nachgemacht, auf dem Zettel. Und mit dem Zettel ist er nachts wieder zum Strand gefahren und hat ihn zur Leiche gelegt und er wäre ja auch fast erwischt worden."

Petersen nickte: „Ja, er ist mir entwischt."

Irgendwie tat ihm die Remmers leid, die augenscheinlich dem Druck auf der Insel und in ihrem Privatleben nicht standhalten konnte.

Tragisch war es auch, dass eine geläuterte RAF-Aktivistin Opfer eines Eifersuchtsdeliktes geworden war.

Das laute Röhren des Hubschraubers wurde jetzt immer lauter. Petersen stieg aus dem Fahrzeug. Langsam landete der Helikopter vor dem Restaurant „Towerstübchen". Zwei Polizeibeamte und ein Sanitäter entstiegen der Maschine. Nach einem kurzen Informationsaustausch wurde Angela Remmers auf der Trage zum Hubschrauber geschoben. Sie richtete sich kurz auf, als sie an Petersen vorbeigeschoben wurde.

„Diese Insel werde ich nie mehr betreten."

Petersen starrte dem startenden Hubschrauber hinterher. Er spürte eine Hand auf seiner Schulter. Es war Mona.

„Ich nehm‘ das Fahrrad. Der Rettungswagen bringt dich ins Revier. Du hast es verdient."

Wieder im Revier angekommen, spürte er, wie kaputt er eigentlich war und er musste einsehen, dass hier nur das Bett helfen würde. Er kochte sich einen heißen Tee und begab sich in seine Wohnung. Kurz danach klopfte es an seiner Wohnungstür:

„Einen kleinen Moment noch Chef, ich finde es gut, dass du dich hinlegst. Ich muss aber noch was loswerden. Ich hab' dich im Stich gelassen heute Morgen, du kannst das in deinem Bericht erwähnen."

„Sag mal, spinnst du? Du hast hier die Einsätze koordiniert, auf meine Anweisung hin und so wird es auch in dem Bericht stehen. Man kann auf einer solchen Insel nicht erwarten, dass alle Beamten zur gleichen Zeit 24 Stunden verfügbar sind. Ich will davon nichts mehr hören. Raus! Ich will schlafen."

Montag und Dienstag

Nach einem fast vierzehn stündigen Schlaf erwachte Petersen. Er bemerkte sofort, dass etwas nicht stimmte. Als er versuchte aufzustehen, wurde ihm fast schwarz vor Augen. Seiner Verfassung nach zu urteilen, musste er hohes Fieber haben. Sein T-Shirt war von Schweiß getränkt. Der Weg zur Toilette kam ihm extrem lang vor. An Duschen war nicht zu denken. Im Badezimmerschrank suchte er nach einer Packung Aspirin, die er aber nicht fand. Völlig benommen kroch er wieder ins Bett und verfiel erneut in einen tiefen Schlaf. Etwa vier Stunden später wurde er durch ein Klopfen an der Tür geweckt. Mona steckte ihren Kopf ins Zimmer.

„Ach, du Schande, das hätte ich mir denken können, du bist krank." Sie setzte sich auf sein Bett und fühlte seine Stirn. „Du hast hohes Fieber. Ich rufe sofort Dr. Meyerdierks an."

Petersen versuchte zu widersprechen, aber er war zu kraftlos, um mit Mona eine Debatte anzuzetteln. Sie brachte ihm Tee und zwei Brötchen ans Bett, aber er war kaum in der Lage zu essen. Gegen Mittag erschien Dr. Meyerdierks und diagnostizierte eine schwere Grippe und einen allgemeinen Erschöpfungszustand. Auf Nachfrage verbot er Petersen die Teilnahme an der Shantychorprobe am Mittwoch. Diesen Tiefschlag musste er erst einmal verdauen. Er wollte und konnte den Chor nicht hängenlassen, deshalb bat er Mona, Sönke Meiners zu bitten, ihn zu besuchen.

Mona erledigte die anfallenden Routinearbeiten sehr souverän. Die Presse hatte von der Aktion am Sonntag Wind bekommen und versuchte Mona zu Aussagen zu bewegen. Sie verwies auf die Pressestelle, bejahte aber, dass es im Mordfall

Dunker am Sonntag zu einer Verhaftung gekommen sei. Auf der Insel war der sonntägliche Einsatz von Polizei und Feuerwehr das Tagesgespräch. Bürgermeister Depken erkundigte sich nach dem Gesundheitszustand von Petersen und auch sonst hatte Mona den Eindruck, dass für die Insulaner Petersen ihr Held war. Im polizeilichen Dienstbereich blieb glücklicherweise die Lage recht ruhig. Mona musste eine Sachbeschädigung aufnehmen. Die Schaufensterscheibe eines Bekleidungsgeschäftes in der Zedeliusstraße wurde eingeschlagen. Ansonsten blieb es merklich ruhig, als wolle die Insel Petersen eine Verschnaufpause gönnen.

Mittwoch

Der Zustand von Petersen besserte sich leicht. Das Fieber ging langsam zurück. Dr. Meyerdierks bestärkte gegenüber Petersen noch einmal sein Verbot, an der Chorprobe teilzunehmen. Er schärfte Mona ein, dieses Verbot zu überwachen. Für den Nachmittag hatte sich Chorleiter Sönke Meiners angesagt. Mona musste sich mit dem Diebstahl einer Deutschlandfahne am Dorfplatz beschäftigen. Am Dorfplatz traf sie den Magister, der sich intensiv nach Petersen erkundigte.
„Hoffentlich kann er am Konzert am Freitag teilnehmen, das wäre eine Bereicherung für den Chor. Lars ist ein echt guter Gitarrist, ich hab' ihn in Bremen ein paar Mal geseh'n, echt klasse. Und wann verlässt du unsere schöne Insel wieder?“, fragte er Mona.
„Am Wochenende ist meine Zeit vorbei, dann muss ich wieder zur Polizeischule nach Oldenburg."
„Unser Sheriff wird dich vermissen, auch wenn er das nicht so zeigen kann, der mag dich sehr."
Mona merkte, wie sie errötete. Alles was sie da hörte und was sie selbst fühlte, würde ihren Abschiedsschmerz nur steigern. Sie spürte, wie sie die Insel lieb gewonnen hatte und wusste insgeheim auch, dass dieses Gefühl nicht nur mit der Schönheit der Insel zusammenhing.

Am Nachmittag erschien ein besorgter Chorleiter bei Petersen. Meiners sorgte sich nicht so sehr um die fehlende Teilnahme von Petersen an der letzten Probe, denn er wusste, dass der ein hervorragender Musiker war, sondern war eher besorgt, ob Petersen bis Freitag wird fit werden würde. Petersen beruhigte

ihn und verwies auf die sinkenden Fieberwerte. Beide sprachen den genauen Ablauf des Auftritts durch. Zum Schluss kam eine für Petersen etwas heikle Sache zur Sprache. Der Chor wollte in Piratenkostümen auftreten und es musste für Petersen ein Kostüm her. Von dieser Idee war er wenig begeistert. Als kühler Hanseat hatte er nichts mit Verkleidungen, Fasching oder Karneval am Hut. Er wollte aber kein Spielverderber sein und versprach Sönke Meiners, sich um ein Kostüm zu kümmern.
Als er Mona davon erzählte, wollte die sich vor Lachen kaum einkriegen. Das machte die Sache für ihn noch schwerer. Es reichte ihm, sich vor den Insulanern zum Deppen zu machen, aber auch vor Mona. Diese fand aber zunehmend Gefallen an dem Gedanken, Petersen als Piraten zu verkleiden. Aus dem Erste-Hilfe-Kasten des Reviers zauberte sie eine schwarze Augenklappe. Ferner fiel ihr ein, dass eine der Gallionsfiguren beim Magister in der Kneipe, einen Dreizack-Hut trug, wie sie ihn auch aus dem Film „Fluch der Karibik“ mit Johnny Depp kannte. Sie würde das alles mit dem Magister klarmachen. Petersen, dem es sichtlich besser ging, überlegte ernsthaft, ob er nicht wieder ins Fieber verfallen sollte.

Donnerstag

Zum ersten Mal seit seiner Krankheit erschien Petersen wieder im Dienstzimmer des Reviers. Mona hatte zum Frühstück aufgedeckt. Petersen war sich bewusst, dass dies eines der letzten Frühstücke mit seiner Kollegin sein würde. Er hatte das allmorgendliche Ritual sehr lieb gewonnen. Demnächst würden zwei zusätzliche Beamte vom Festland als Verstärkung für die Zeit der Jahreswende auf die Insel kommen. Er konnte sich nur schwer mit diesem Gedanken anfreunden. Während des Frühstücks lief ein Anruf eines Wangerooger Geschäftsbesitzers auf. Vor seinem Zigaretten- und Lottogeschäft in der Charlottenstraße war der vor dem Geschäft stehende Leuchtturm beschädigt worden. Mona wollte sich den Schaden ansehen.

„Ich glaube, du hast ein Vandalismusproblem in deinem Revier“, sprach sie Petersen an, „in den letzten Tagen waren zwei Geschäfte betroffen."

Petersen nickte: „Das werde ich in Angriff nehmen, wenn du weg bist. Wenn du da gleich hingehst, werde ich die Schullandheime abtelefonieren, ob die Belegungen haben. Ich glaub so kurz vor Weihnachten nicht, aber besser ich frage mal nach. Onno Siebelts hat mir erzählt, dass Schulklassen, wenn die heimlich gesoffen haben, hier rumrandalieren.“

Mona nahm den Fotoapparat und verabschiedete sich, und Petersen setzte sich ans Telefon.

Freitag

Petersen ging es merklich besser. Er war völlig fieberfrei und die Lebensgeister waren in ihm wieder erwacht. Dr. Meyerdierks hatte für den heutigen Abend grünes Licht gegeben. Sönke Meiners war über diese Nachricht hoch erfreut und bat Petersen, doch schon um 18 Uhr in der Dünenhalle zu erscheinen. Er wolle gern mit Petersen noch einen Soundcheck machen. Nach dem Frühstück wurde Mona von Petersen erst einmal auf Streife geschickt. Er brauchte Ruhe, um das Ausbildungsgutachten über Mona zu formulieren. Gott sei Dank brauchte er nicht so viel Prosa schreiben. Das Gutachten war nach Kategorien gerastert, ein zwei Sätze zu jeder Kategorie und dann musste ein Bewertungskreuz gesetzt werden. Mona musste das Gutachten unterschreiben und hatte das Recht zu einer Gegendarstellung. Petersen war sich sicher, dass es dazu nicht kommen würde. Diese Frau würde sich in kurzer Zeit zu einer Spitzenpolizistin der Polizeidirektion Oldenburg entwickeln, davon war er überzeugt. Wenn er im Ruhestand war, würde seine Mona längst Polizeidirektorin sein. Er brauchte etwa zwei Stunden für das Gutachten. Kommissar Wilbert hatte ihm zugesichert, dass er einen positiven Zusatz für das Gutachten beisteuern würde. Das würde ordentlich Punkte bringen.

Mona hatte sich mit ihrem Streifengang sehr viel Zeit gelassen. Sie nahm Abschied von der Insel. Vielleicht würde sie hier später mal Urlaub machen, vielleicht aber auch nicht, denn diese Zeit auf Wangerooge war für sie eine emotional sehr tiefgehende Zeit gewesen. Zum ersten Mal konnte sie mit einem Menschen über den tragischen Tod ihres Freundes

Mark reden und zum ersten Mal hegte sie wieder Gefühle für einen Mann, auch wenn sie wusste, dass das keine Perspektive hatte. Sie hatte von Petersen viel gelernt und spürte auch, seine harte Schale etwas angekratzt zu haben.

Als sie wieder im Revier angekommen war, legte ihr Petersen das Gutachten vor.
„Lies dir das in Ruhe durch, ich gehe so lang nach oben und mach mich langsam fertig. Wenn du einverstanden bist, unterschreib, wenn nicht, begründe deinen Widerspruch."
Mit diesen Worten verließ er das Dienstzimmer. Aus seiner Wohnung hörte Mona sehr laut eine verzerrte Gitarre den Riff von *Smoke on the Water* spielen. Beim Lesen des Gutachtens lief ihr ein warmer Schauer über den Rücken. So eine brillante Beurteilung hatte sie nicht erwartet, gut dass sie allein war und niemand bemerkte, wie ihr ein paar Tränen über die Wangen liefen.
Petersen stand vor dem Spiegel. Nur mit Widerwillen probierte er seine Piratenkleidung an. Er hatte sich für eine schwarze Jeans und für ein weißes Hemd entschieden. Dazu würde er die Augenklappe anlegen und den schwarzen Dreispitz aufsetzen, den Mona ihm vom Magister mitgebracht hatte, aufsetzen. Nach der Anprobe packte er die Sachen in eine Tasche. Zum Auftritt wollte er seinen eigenen Gitarrenverstärker mitnehmen. Der eigene Sound war jedem Gitarristen wichtig, selbst bei einem Auftritt für den Shantychor. In dieser Sache dachte Petersen sehr professionell. Von Frieda Siebelts hatte er sich einen Bollerwagen organisiert, mit dem er sein Equipment zur Dünenhalle transportieren wollte. Da er nicht genau wusste, was ihn heute Abend erwarten würde, zuckelte er langsam mit seinem Gepäck los. Wegen seiner Krankheit hatte er die Generalprobe versäumt, dieser Umstand machte ihn leicht nervös.

In der Dünenhalle herrschte hektische Betriebsamkeit. Einige Helfer arbeiteten noch am Bühnenbild. Die Bühne selbst war mit Inselsand vollgeschüttet worden. Das Bühnenbild sollte den Strand mit einer Dünenlandschaft im Hintergrund darstellen. Alle Instrumentalisten waren schon da. Petersen wurde mit großem Hallo begrüßt. Man klopfte ihm auf die Schulter, zeigte sich hocherfreut, dass er pünktlich zum Auftritt wieder gesund geworden war. Sönke Meiners drängte zum Soundcheck für die Instrumentalisten.

Eine halbe Stunde vor Veranstaltungsbeginn versammelte sich der Chor hinter der Bühne, vorglühen nannten sie das. Alle versammelten sich zu einem Kreis, jeder ein Schnapsglas in der Hand, und man wünschte sich gegenseitig einen guten Auftritt. Sönke vermeldete, dass der Saal knüppeldicke voll sei. Zu dieser Zeit waren kaum Touristen auf der Insel und die Insulaner genossen es, einmal unter sich zu sein. Selbst der Magister hatte angekündigt, seine Kneipe während des Auftrittes zu schließen, danach allerdings witterte er das große Geschäft.
Der Auftritt wurde eingeleitet durch eine Zuspielung, die von einer CD kam. Man hörte Geräusche der Meeresbrandung, dazwischen das Gekreische der Möwen. Der Chor und die Instrumentalisten standen in voller Bekleidung hinter dem Vorhang. Sönke Meiners begann, noch bei geschlossenem Vorhang, mit dem Akkordeonvorspiel von *Wo die Nordseewellen trecken an den Strand*, der großen Friesenhymne. Langsam öffnete sich der Vorhang und der Chor begann mit dem Lied. Der ganze Saal begann sofort zu schunkeln. Petersen, der nur die wenigen Akkorde mitspielen musste, kam sich vor wie bei den „Lustigen Musikanten der Volksmusik." Jetzt fehlte nur noch Florian Silbereisen. Er konnte in aller Ruhe das Publikum beobachten. Alle

Honoratioren der Insel waren gekommen, Bürgermeister, Gemeinderäte, die wichtigen Geschäftsleute der Insel. Zuerst konnte er Mona nicht erkennen, aber er entdeckte sie in einer der hinteren Reihen. Sie saß neben dem Magister, der es sichtlich genoss, neben einer so attraktiven Frau zu sitzen. Ihr Rockerbrautoutfit zog die Blicke der Insulaner auf sich und nicht jeder von ihnen erkannte darin die Kollegin von Petersen, der sich jetzt wieder auf die Musik konzentrieren musste, da nun sein großer Auftritt anstand, *Exxon Valdez* von Achim Reichel.
Der Verfolgungsscheinwerfer wurde auf ihn gerichtet, der Schlagzeuger zählte vor und Petersen setzte ein. Er spürte sofort, dass das Publikum den Song annahm. Sein Sprechgesang, unterstützt durch den Chor beim Refrain, kam sehr gut an, zudem er nun auch die Gitarre lauter spielen durfte. Das ganze klang jetzt eine Idee rockiger. Die Moderatoren Sönke Meiners und Harm Gerdes lobten in ihrer Abmoderation den „neuen Inselpolizisten." Als Zugabe und Höhepunkt wurde jetzt *Aloahe* wieder von Achim Reichel dargeboten. Das Publikum hielt es nicht mehr auf den Sitzen. Einige junge Leute setzten sich auf den Hallenboden und begannen zu rudern. Das Orginalgitarrensolo dröhnte durch die Dünenhalle. Petersen gab Gas und die Halle tobte. Sie mussten dreimal diesen Song als Zugabe spielen, um die Menge zu beruhigen. Hinter der Bühne schüttelten sich nach Auftrittsende alle noch einmal die Hände. Sönke Meiners umarmte Petersen:
„Deine Gitarre hat es heute gebracht, vielen Dank! Diese Art der Musik müssen wir ausbauen."
Im Foyer der Dünenhalle umarmte die blonde Bäckereiverkäuferin Petersen sehr überschwänglich und flüsterte ihm ins Ohr:

„Ich wär ja gerne heute dein Groupie, aber gegen die da habe ich wohl keine Chance“ und drehte ihren Kopf in Richtung Ausgangstür, wo Mona grinsend auf ihn wartete.
Auch Mona umarmte ihn und hauchte einen Kuss auf seine Wange: „Klasse, deine Gitarre hat es heute ausgemacht."

Petersen freute sich über so viel Lob. Sie mussten sich beeilen, alles strebte in Richtung Kneipen. Petersen und Mona wollten in jedem Fall beim Magister noch einen Absacker trinken. Mona hakte sich bei ihm unter und so schlenderten sie dem „Störtebeker“ entgegen. Die Kneipe war schon mächtig gefüllt, als Petersen und Mona eintraten. Sie wurden mit großem Hallo begrüßt. Zwei Plätze an der rechten Thekenseite waren noch frei. Es herrschte ausgelassene Stimmung im „Störtebeker." Viele Chormitglieder waren anwesend und der Magister wusste genau, mit welcher Musikauswahl er die Stimmung noch weiter anheizen konnte. Wieder und wieder spielte er *Aloahe* und *Exxon Valdez*. Die gesamte Kneipe sang mit und erwies sich als außerordentlich textsicher.
Petersen hatte den Eindruck, als wenn von den Insulanern der Fluch der letzten Wochen abfiel. Er selbst empfand es auch so. Sein gebrochenes Selbstbewusstsein, das er aus Bremen mitgebracht hatte, erholte sich langsam. Trotzdem lag für ihn persönlich sehr viel Wehmut in der Luft, morgen würde Mona die Insel verlassen. Es war ihr letzter Abend, auch Mona schien Ähnliches zu empfinden. Sie war auffällig ruhig und nicht sehr unterhaltsam. Unter der Tresenkante spürte Petersen wie Mona seine Hand suchte und auch fand. Ab nun standen sie wie verschüchterte Teenager, die sich heimlich die Hand hielten, vor der Theke. Der Magister ging jetzt in der Musikauswahl zu Freddy Quinn über. Petersen musste sich sehr zusammennehmen als Freddy die Zeilen sang:
„Weine nicht beim Auseinandergeh'n, denn ein Seemann kann

Tränen nicht seh'n."
Gleichzeitig ärgerte er sich, dass er sich durch diese Musik so anrühren ließ. Der Magister wusste aber von vielen gemeinsamen Abenden, wo sie ihr Fernweh mit Musik von Freddy und Hans Albers verstärkten. Langsam füllte sich die Kneipe derart, dass man nicht mehr von einem gemütlichen Biertrinken sprechen konnte. Wildfremde Leute klopften Petersen auf die Schulter und versuchten ihm eine Unterhaltung aufzuzwingen, was er in dieser Situation nun überhaupt nicht brauchte. Nur mit Blicken verständigte er sich mit Mona darüber, ob sie gehen wollten. Er legte einen Schein auf den Tresen und verschwand klammheimlich mit Mona, ohne dass der Magister und die anderen Gäste etwas davon mitbekamen. Den kurzen Weg zum Revier gingen beide händchenhaltend und völlig wortlos. Jeder hing seinen Gedanken nach. Petersen schloss die Eingangstür auf und murmelte: „Die werden sich ja wohl heute nicht noch im Suff wamsen?"
„Ich hoffe es nicht", flüsterte Mona.
Petersen war jetzt etwas mulmig zumute. Wie würden sie jetzt Abschied nehmen?
Mona lachte ihn an: „Trinken wir noch einen Kaffee bei mir?"

Petersen bekam weiche Knie. Kaum waren sie in Monas Wohnung angekommen, presste sie sich an ihn und küsste ihn leidenschaftlich. So war Petersen noch von keiner Frau geküsst worden. In seiner Leidenschaft merkte er nicht, wie Mona die Tränen über die Wangen liefen. Beide rissen sich ihre Kleider vom Leibe. In ihrer Gier war keine Zeit, noch in Monas Schlafzimmer zu gehen. Sie liebten sich im Stehen, Mona lehnte an der Wand. Beide merkten nicht, wie dabei ein Wandbild, das den Strand von Wangerooge zeigte, zersplitterte. Nach der ersten Explosion fanden sie den Weg in

Monas Bett. Mona wollte eine Flasche Sekt öffnen, aber sie kam nicht dazu, da beide ihrer Hände nicht voneinander lassen konnten. Unausgesprochen war beiden klar, dass sie diesen Moment festhalten wollten. Eine Perspektive in Form einer Beziehung war ausgeschlossen. Beide wussten das und versuchten die Glücksmomente dieser Nacht festzuhalten. Immer wieder verkrallten sie sich ineinander, als wollten sie sich nie wieder loslassen. Gegen 3 Uhr morgens schlief Petersen erschöpft ein, seine Kräfte waren am Ende.

Sonnabend

Gegen 8 Uhr wachte Petersen auf. Die Wohnung war leer und aufgeräumt. Auf dem Tisch lag ein handgeschriebener Zettel, auf dem stand:
„Komm bitte nicht zum Bahnhof, ich werde dich nie vergessen!“
Das Wort nie war dreimal unterstrichen. Petersen kämpfte gegen seine Tränen, er verlor diesen Kampf. Ein Blick zur Uhr zeigte ihm, dass Monas Zug in einer Dreiviertelstunde losfahren würde. Er beschloss, den Tag mit einem Spaziergang zu beginnen.
Auf dem Bahnsteig herrschte kaum Betrieb. Nur wenige wollten um diese Zeit ans Festland. Mona hatte ihr Gepäck aufgegeben. Sie bestieg den letzten Wagen der Inselbahn und beschloss, draußen auf der Plattform stehen zu bleiben. Einmal noch die Inselluft einatmen, den salzigen Geschmack spüren und die Haare im Wind flattern lassen.
Sie hoffte, dass er ihre Bitte nicht zum Bahnhof zu kommen, respektieren würde. Einen Abschied am Bahnsteig würde sie jetzt nicht durchstehen. Sie hatte auf ihre Weise in dieser Nacht von Petersen Abschied genommen.
Tatsächlich kam er nicht. Die Lautsprecherdurchsage kündigte die baldige Abfahrt an. Nach dem Pfeifen der Lokomotive setzte sich der Zug in Bewegung. Langsam zogen die zurzeit unbewohnten Ferienhäuser vorbei. Am Deichschart verließ der Zug den Ort Wangerooge und fuhr ins Deichvorland.

Mona hing ihren Gedanken noch nach, als sie auf dem Deich stehend, einen Polizeibeamten in Uniform sah. Ganz schüchtern deutete dieser ein Winken mit der rechten Hand an. Mona erwiderte das Winken, auch sehr zaghaft. Sie war sehr froh, dass sie völlig allein auf der Plattform stand und niemand ihr leises Weinen hören konnte.

Auch der Polizist am Deich musste sich abwenden, weil seine Gefühle ihn übermannten, als er den Zug vor dem Westturm in Richtung Hafen abbiegen sah.

Epilog

Angela Remmers wurde wegen Totschlags zu einer Freiheitsstrafe von fünf Jahren verurteilt. Ihr Anwalt hat gegen dieses Urteil Berufung eingelegt. Er war der Meinung, dass es sich bei der Tat um Körperverletzung mit Todesfolge handele, schließlich sei seine Mandantin von Brigitte Dunker angegriffen worden. Die Ehe der Remmers wurde auf Antrag von Angela Remmers geschieden. Gegen Jens Remmers wurde eine Disziplinarverfahren eingeleitet, was noch nicht abgeschlossen ist. Er wurde vom Dienst als Lehrer der Inselschule suspendiert. Ferner wurde gegen ihn ein Strafverfahren wegen Manipulation von Beweisen und Mittäterschaft eingeleitet. Erst nach Abschluss dieses Verfahrens wird es zu einem Spruch der Disziplinarkammer des Verwaltungsgerichts kommen. Jens Remmers hat die Insel Wangerooge sofort nach der Verhaftung seiner Frau verlassen und alle politischen Ämter niedergelegt.

Mona Behrens wurde von der Polizeiakademie Niedersachsen als Jahrgangsbeste ausgezeichnet.

Kommissar Wilbert versuchte per Eingabe bei der Polizeibehörde die Disziplinarstrafe gegen Lars Petersen aufzuheben. Dieses Vorhaben scheiterte am Widerstand des Innensenators in Bremen, da Petersen vom Status her nur an das Land Niedersachsen „ausgeliehen war." Petersen bekam trotzdem von der Polizeiinspektion Wilhelmshaven/Friesland eine Belobigungsurkunde für seinen Einsatz im Fall Dunker. Beim Neujahrsempfang des Bürgermeisters von Wangerooge im Hotel Hanken wurden die Verdienste des Hauptkommissars Petersen für die Sicherheit der Insel gewürdigt.

Manche Anregungen zu diesem Buch habe ich an vielen Abenden in der „Kogge“ und im „Strandkorb“ erhalten. Trotzdem ist die Handlung frei erfunden.

Eine Ähnlichkeit mit lebenden Personen wäre rein zufällig und ist nicht beabsichtigt.

****

Ich danke

meiner Frau Monika

und Dittmar E. Fräbel

für die kreative Unterstützung.

****

Malte Goosmann

FSC
www.fsc.org
MIX
Papier aus verantwortungsvollen Quellen
Paper from responsible sources
FSC® C141904

Druck:
Customized Business Services GmbH
im Auftrag der
KNV Zeitfracht GmbH
Ein Unternehmen der Zeitfracht - Gruppe
Ferdinand-Jühlke-Str. 7
99095 Erfurt